DIE FRAU AUS DEM MOOR

Rolf Dieckmann

DIE FRAU AUS DEM MOOR

Der Wendland-Krimi   Erik Corvins dritter Fall

Ellert & Richter Verlag

Durch den Spalt zwischen den geschlossenen braunen Vorhängen fiel ein Lichtstrahl schräg auf den ausgetretenen Dielenboden. Die Luft im Zimmer roch abgestanden und stickig. Staubpartikel flimmerten im fahlen Licht. Die Frau mit den auffallend roten Haaren saß auf der Bettkante und hielt mit der linken Hand eine Schüssel mit kaltem Wasser auf den Knien.

Mit der rechten tauchte sie in regelmäßigen Abständen einen Frotteewaschlappen hinein, wrang ihn aus und legte ihn dem Mann auf die Stirn. Sein Kopf lag auf dem von Schweiß durchnässten Kissen, seine Augen waren weit aufgerissen.

Sie sah ihn mit sorgenvollen Augen an.

„Soll ich dir ein neues Kopfkissen bringen?"

Er wollte etwas sagen, aber nur ein Krächzen drang aus seinem Mund, dessen Lippen rissig waren. Er schloss die Augen und schüttelte den Kopf.

Er begann heftiger zu atmen, öffnete die Augen und die Frau merkte, dass er ihr unbedingt etwas sagen wollte. Mit äußerster Anstrengung hustete er die Sperre frei, die ihm den Hals verschloss. Seine Stimme klang brüchig und tonlos.

„Bevor ich sterbe, muss ich dir etwas…"

Er begann wieder zu husten, sein Gesicht lief rot an und die Augen traten hervor. Sie wollte ihm erneut den Lappen auf die Stirn legen. Mit einer Abwehrbewegung schob er ihren Arm zur Seite.

„Ich will…ich muss … ich muss mein Gewissen…" Der

Satz wurde von einem erneuten Hustenanfall unterbrochen. Er rang nach Luft.

„...erleichtern. Ich bin mit Schuld, dass ein Mensch getötet wurde."

Die Frau riss die Augen auf.

„Wie? Davon hast du nie etwas gesagt. Warum nicht? Was ist passiert? Ein Unfall?"

Er schloss die Augen und schüttelte langsam den Kopf.

„Nein."

Er machte eine längere Pause.

„Es war Mord."

Die Frau riss den Mund auf, brachte aber keinen Ton heraus. Ihr Oberkörper schnellte nach vorn, dabei entglitt ihr die Schüssel. Die fiel auf den Boden und das Wasser spritzte gegen das Bett und durchnässte ihre Leinenschuhe.

Sie sprang auf, bückte sich nach der Schüssel, die heil geblieben war, und sah ihn noch einmal ungläubig an.

„Warte, ich hole frisches Wasser und einen Feudel."

Mit schnellen Schritten verließ sie das Zimmer. Schon nach wenigen Minuten kehrte sie zurück.

Mit aufgelösten Haaren und völlig verwirrt ging sie vor dem Bett in die Knie und wischte den Boden trocken.

Dann setzte sie sich zurück auf die Bettkannte, schob die Haare aus dem Gesicht und tauchte den Waschlappen wieder ins kalte Wasser.

„Georg, bitte erzähl mir jetzt genau, was passiert ist."

Er antwortete nicht.

„Georg?"

Sie beugte sich über ihn.

Seine Augen waren weit geöffnet und starrten ins Leere, der Mund stand offen. So, als habe er etwas Schreckliches gesehen, kurz bevor sein Herz aufgehört hatte zu schlagen.

„Also, nehmt's mir nicht übel", sagte Kalle, „aber irgendwie finde ich, unser Repertoire ist ziemlich ausgelutscht. Wir sollten das mal ein bisschen upgraden."

„Jetzt geht das wieder los!", maulte Rebus und stand von seinem Schlagzeughocker auf. Reiner Bussau, den man seit Schülerzeiten Rebus nannte, was sich auch bei seiner langjährigen Tätigkeit im Bauamt nicht geändert hatte, griff in seine Hosentasche und zog eine Packung Marlboro heraus. „Ich rauch, jetzt erstmal eine!"

Corvin blickte ihn streng an und zog den Gurt seiner Fender E-Gitarre über den Kopf.

„Aber nicht hier drin. Geh auf den Hof."

Jürgen nickte.

„Genau. Hier drin ist schon genug dicke Luft."

Corvin zuckte mit den Schultern.

„Okay, dann machen wir eine Pause und lüften mal durch."

Obwohl er und die anderen drei Mitglieder der Band „Coincidence" wenig Lust auf feste Übungstermine verspürten, hatte der Ex-Polizist aus Hamburg doch eines Tages die Ärmel hochgekrempelt und zusammen mit seinem Nachbarn Erwin Wohlleben und Willy, einem befreundeten Zimmermann, das alte Kalthaus, das dem Dorf seit den Fünfzigern als kollektive Kühlmöglichkeit gedient hatte, entkernt, ausgebaut, gedämmt und mit ausreichend Steckdosen versorgt. Für die Verstärker, das Mischpult und nicht zuletzt für den alten Kühlschrank, in dem immer reichlich Bier vorhanden war. Jedenfalls fast immer.

„Verdammt", zischte Corvin, als er die Tür des betagten Bauknecht öffnete und in gähnende Leere starrte.

„Und ich hätte geschworen…"

Ärgerlich schlug er die Tür zu, richtete sich auf und stapfte über den Hof in Richtung Küchentür.

In der Küche fuhrwerkte seine resolute Haushälterin, Lieselotte Lorenz, von allen Lilo genannt, und summte „Atemlos durch die Nacht", wobei sie die Töne nicht immer ganz genau traf.

Corvin erhob seine Stimme.

„Lilo, könnte es sein, dass du die letzten Bierflaschen aus dem Übungsraum entfernt hast?"

Lilo hörte auf zu summen und schaute ihn streng an.

„Jawohl, mein Herr. Ich habe mir erlaubt, eure versiffte Bude mal richtig sauber zu machen. Und den Kühlschrank auch."

„Und was hast du mit dem Bier gemacht. Die Haare gewaschen oder womöglich sogar getrunken?"

Lilo setzte ihre Arbeit fort und schrubbte den Spülstein mit Scheuermilch sauber.

„Dann schau doch mal im Kühlschrank in der Speisekammer nach. Dort liegen die Fläschchen für die kleinen Jungs, säuberlich gestapelt. Und den Öffner habe ich jetzt mit einem Bindfaden an der Wand befestigt. Damit deine ewige Sucherei ein Ende hat."

Corvin musste grinsen.

„Ach, Lilo, wenn ich dich nicht hätte!"

Rebus, Kalle und Jürgen saßen nebeneinander auf dem dreieinhalb Meter langen halbierten Baumstamm, der mit drei querstehenden Sockeln und einer Rückenlehne ausreichend Platz für vier sehr schlechtgelaunte Musiker bot.

Corvin grinste noch immer, als er mit vier eiskalten Bierflaschen zurückkam.

„Hier, Leute, jetzt trinken wir erst mal was."

Dass die Ansage unmittelbar befolgt wurde, war nicht zu überhören, denn wenn vier durstige Musiker gleichzeitig einen Schluck Bier zu sich nehmen, entsteht ein Geräusch wie in einem Gully bei Starkregen.

Jürgen wischte sich den Schaum vom Mund und schaute Kalle an, dessen richtiger Name Karsten Hoppe war und der sein Geld als freischaffender Architekt verdiente.

„Was schwebt dir denn so vor?"

Kalle zog die Schultern nach oben und die Mundwinkel nach unten.

„Dire Straits zum Beispiel. Die frühen Sachen. So, wie ‚Walk of Life'. Man könnte…"

Sofort fiel Rebus ihm ins Wort.

„Ach und wer ist der Tastendrücker? Zu den Stücken gehört ja wohl ein Keyboarder. Willst du das übernehmen? Bass spielen füllt einen ja wahrscheinlich nicht so aus."

Für ein paar Sekunden sah es so aus, als würden Kalle und Rebus sich gegenseitig an die Gurgel gehen. Corvin registrierte das sofort und stellte sich zwischen die beiden, die ihre Oberkörper bereits kampflustig aufgerichtet hatten.

„Hab ich auch schon drüber nachgedacht. Ein Keyboarder wäre gar nicht mal so schlecht. Ich habe im letzten Jahr beim Elbrock in Langendorf einen gesehen, der war perfekt. Hatte keine feste Band und würde auch im Alter zu uns passen. Hat außerdem eine gute Stimme. Kommt immer noch ziemlich hoch. Der hat damals „A Whiter Shade of Pale" gesungen und gespielt … und das ist verdammt ziemlich heftig."

Rebus nahm einen Schluck Bier und lehnte sich zurück.

„Und wie heißt der Wunderknabe?"

Corvin zuckte mit den Schultern. „Weiß ich nicht mehr. Müsste aber leicht rauszukriegen sein. Ich glaube, Klaus oder so ähnlich. Lasst mich mal telefonieren."

Jetzt machte Jürgen, der mit vollständigem Namen Jürgen Berger hieß und eine Herrenboutique in Lüchow besaß, ein beleidigtes Gesicht.

„Okay, wenn Euch meine Stimmlage nicht mehr reicht. Mich hat neulich Petra von den ‚Kincaids' gefragt, ob ich nicht..."

Corvin hob die Hand.

„Leute, ihr fangt jetzt wirklich an, kindisch zu werden. Es wird ja wohl noch erlaubt sein, mal über was Neues nachzudenken. Das heißt doch aber nicht, dass wir irgendjemanden abservieren wollen. Schauen wir uns den Typen doch erst einmal an. Wir sind doch nicht gezwungen, ihn in die Band zu holen. Wollen wir jetzt weitermachen?"

Der Vorteil des Übungsraumes im alten Kalthaus auf Corvins Hof am Rande des Dorfes Waddeweitz war, dass man alles so stehen und liegen lassen konnte, wenn die Lust zu musizieren plötzlich verebbte. Keiner musste mehr abbauen und aufräumen. Der Nachteil war, dass nachfolgende mit erheblichem Biergenuss gepaarte Endlosdiskussionen, die im Laufe des Abends immer unsachlicher wurden, stets dazu führten, dass alle die Auflösung der Band beschlossen. In der Regel dauerte es allerdings vier Tage, bis einer nach dem anderen zum Telefon griff, um zu beteuern, dass das, was er zu vorgerückter Stunde gesagt haben könnte, mit Sicherheit nicht so gemeint war und dass man sich auf den nächsten Termin freue.

So schlug auch an diesem Morgen Erik Corvin, der eigentlich auf den Namen Enrico getauft worden war, seine Augen auf und begann, die Zusammenhänge zu sortieren, die vor dem Eintreten des Tiefschlafs den Abend zu einem Dickicht von Gefühlsausbrüchen hatten werden lassen.

Sein Blick fiel auf den Wecker, der auf dem alten Holzstuhl neben seinem Bett stand. Oha, gleich elf. In wenigen Minuten kam Lilo und er hasste es, seiner Haushälterin in einem für den Tag noch nicht so sehr gefestigtem Zustand gegenüberzutreten. Lilo hatte ein animalisches Gespür, wann ihn ein schlechtes Gewissen plagte, und damit konnte sie hervorragend spielen.

Er stellte sich unter die Dusche, wartete nicht, bis das Wasser warm wurde und ließ den kalten Schauer auf seine kurzen braunen Haare prasseln. Beim Abtrocknen fiel sein Blick in den bodentiefen Ankleidespiegel. Erste Ansätze eines Bierbauches beunruhigten ihn. Er stellte sich auf die Waage. Zweiundneunzig Kilo bei einem Meter und achtzig. Ein bisschen viel für einen 47-jährigen, der immer stolz auf seine athletische Figur gewesen war. Offenbar hatte er das der radikalen Änderung in seinem Leben zu verdanken. Mit der unerwarteten Erbschaft des geräumigen Resthofes und der Tatsache, dass die großen verpachteten Ländereien ihm jeden Monat ohne eigene Anstrengung ein beträchtliches Sümmchen auf das Konto spülten, war auch eine gewisse Bequemlichkeit in sein Leben eingezogen, die jetzt auf dem Display der Waage dokumentiert wurde. Ab morgen wird alles anders, sagte er laut und zog sich an. Allerdings kam ihm dieser Satz ziemlich bekannt vor.

Als er in die Küche kam, war Lilo bereits eingetroffen, zeigte aber zu seiner Überraschung nicht die geringsten Ambitionen, ihn wegen seines desolaten Zustandes in Widersprüche zu verwickeln. Mit ungewöhnlich ernstem Gesicht deckte sie den Frühstückstisch.

„Moin Erik. Ich hatte gestern keine Gelegenheit mehr, dir zu sagen, dass Corinna hier war und dich sprechen wollte."

Corvin hatte sich auf einen der alten Eichenstühle an dem langen Esstisch niedergelassen.

„Corinna? Welche Corinna?"

Lilo stemmte die Fäuste in ihre ausladenden Hüften.

„Welche Corinna? Corinna Harms natürlich. Du hast mich doch selbst beauftragt, zum Tode ihres Mannes ein Gesteck zu besorgen. Mit Schleife!"

Corvin fasste sich an die Stirn.

„Ach ja, Corinna. Die Frau von Georg. Und was wollte sie?"

Lilo zuckte mit den Schultern.

„Weiß ich nicht. Wahrscheinlich wollte sie sich bei dir bedanken. Allerdings machte sie einen ziemlich verstörten Eindruck."

Lilo goss Corvin heißen Kaffee aus der Glaskanne in seinen Becher.

„Naja, ist ja auch nicht einfach, den Mann so plötzlich zu verlieren. Nach kurzer schwerer Krankheit nennt man das wohl. Ich glaube, der war erst so alt wie du."

Corvin nahm vorsichtig einen Schluck vom heißen Kaffee, der angenehm durch die Speiseröhre in den Magen floss, seine Lebensgeister weckte und erinnerte sich im selben Augenblick an alle lebensverkürzenden Sünden, die er begangen hatte.

„Ja, glaube ich auch. Sie wohnten ja erst seit ein paar Jahren hier. Sind von Hamburg hergezogen, genau wie ich. Hat sie denn irgendwas hinterlassen? Soll ich sie anrufen?"

Lilo schüttelte den Kopf.

„Nein, sie wollte wiederkommen. Hat aber nicht gesagt, wann."

Obwohl den ganzen Vormittag über die Fenster zum Lüften geöffnet waren, blieb der Geruch hartnäckig im Raum. Dafür hatten Tausende von Zigaretten, verdunsteter Schnaps und Männerschweiß jahrelang gesorgt und sich in den schwarz gestrichenen Wänden und den gleichfarbigen Samtvorhängen festgekrallt. Die gläsernen Pailletten baumelten an dünnen Fäden von den Lampen herab und gaben in der Zugluft leise klirrende Geräusche von sich.

Der Mann hatte eine auffallend breite Nase mit großen Poren und eine graue Bürstenfrisur. Passend zu Wänden und Vorhängen trug er ein schwarzes Hemd, das weit offenstand und eine goldene Gliederkette einrahmte, die bei jeder Bewegung in den grauen Brustlocken hin und her rutschte. Ebenso grau wie sein Drei-Tage-Bart mit dem darüberliegenden Schnauzer, unter dem ein erloschener Zigarillo hervorschaute. Seine großen Hände mit den auffälligen Goldringen griffen nach ein paar Gläsern, die die letzten Gäste nicht ausgetrunken hatten, als sie im Morgengrauen die kleine Bar verlassen hatten. Er drehte den Wasserhahn auf und hielt die Gläser über die rotierende Bürste in der Mitte des Spülbeckens. Obwohl er offensichtlich einige Pfunde zu viel auf den Rippen hatte, bewegte er sich rhythmisch und gleichmäßig und man konnte sich gut vorstellen, dass er in früheren Zeiten den Boxring nicht nur von außen gesehen hatte.

„Du hast die Pferdchen nicht im Griff", sagte er mit einer Stimme, die seine Herkunft als gebürtiger Steiermärker nicht verleugnen konnte. Und die mit vielen Schnäpsen und ebenso vielen Zigaretten so trainiert worden war, dass sie tadellos zu seiner Figur passte.

Die Frau, die bisher von einer großen Vase mit Seidenrosen verdeckt wurde, trat ins Licht und zog die Augenbrauen hoch. Sie war etwa Mitte dreißig, trug die kurzen schwarzen Haare straff nach hinten gekämmt, Ohrringe mit großen goldenen Ringen und machte keinen übernächtigten Eindruck. Das Make-up war zurückhaltend perfekt und das rote Etuikleid makellos und kaum zerknittert.

„Bitte nicht schon wieder", sagte sie, ohne ihn anzublicken. „Kannst du nicht mal eine andere Platte auflegen?"

Der Mann nahm die Kippe aus dem Mund und drückte sie im Aschenbecher aus, obwohl sie längst erloschen war.

„So? Und kannst du mir mal sagen, wo Danita gestern Abend war?"

Die Frau zog abermals die Augenbrauen hoch und sortierte dabei Geldscheine in eine Metallkassette ein.

„Erstens heißt sie Danuta und zweitens hat sie sich ganz ordentlich krankgemeldet."

Der Mann stellte Gläser in das Regal hinter sich und drehte sich dann zu ihr um.

„Krank? Was hat sie denn? Migräne oder eine plötzliche Allergie gegen Männer?"

Die Frau, sichtlich genervt, schloss die Kassette mit einem Knall.

„Nein, sie hat eine ganz ordinäre Erkältung. Das kann ja wohl mal passieren. Sie ist sehr beliebt, aber kein Freier möchte eine Frau, die ihm dabei ins Gesicht niest und deren Nase tropft."

Der Mann zuckte mit den Schultern.

„Trotzdem. Ich finde, du lässt den Pferdchen zu viel

durchgehen. Die sollen wissen, dass sie sich nicht alles erlauben können, sonst passiert ihnen was. Ein bisschen Schiss ist nie verkehrt."

Sie schaute ihn mit einem bösen Blick in die Augen.

„Ja, ja, ich weiß. Du liebst es, wenn die Mädchen Angst vor dir haben. Aber solange ich hier bin, fasst du keine mehr an. Dir traue ich inzwischen alles zu. Bis zum heutigen Tag hast du immer noch keine Erklärung, warum Tereza plötzlich verschwunden ist, nachdem du sie beschimpft und bedroht hast."

Der Mann schaute sie wütend an.

„Woher soll ich das wissen? Wahrscheinlich ist sie längst wieder in Prag oder wo sie herkam."

„Wahrscheinlich!", sagte die Frau und warf ihm einen Blick zu, der ihm auch ohne Worte klar machte, dass sie ihm kein Wort glaubte.

Nach einem ausgiebigen Frühstück hatte Corvin beschlossen, doch noch einen Blick in den Übungsraum zu werfen und gegebenenfalls etwas aufzuräumen.

Doch dazu kam es nicht mehr. Denn als er durch die Küchentür auf den Hof trat, stand sie bereits in der Einfahrt. Corinna Harms war eine schlanke Frau mit einem schön geschnittenen ovalen Gesicht und einem blassen Teint. Was sofort auffiel, war ihr rotes Haar, das ihr in sanften Wellen auf die Schultern fiel. Ihre Kleidung stand im Gegensatz zu ihrer Porzellanhaftigkeit, denn sie trug Arbeitsklamotten, die eigentlich für Männer bestimmt waren. Ein kariertes Baumwollhemd, eine Zimmermannshose aus Cord mit den traditionellen zwei Reißverschlüssen und Schnürstiefel mit Stahlkappe, wie man sie in Werkstätten trägt. Die graue, etwas zu große Fleecejacke mit der Kapuze passte dagegen weniger zum restlichen Outfit.

Nach wenigen Schritten standen sie sich gegenüber.

„Hallo Erik", sagte Corinna und schaute ihn mit ihren traurigen blaugrauen Augen, die manchmal ins Grünliche wechselten, direkt ins Gesicht und dabei gleichzeitig ins Unendliche, wie man es von Tagesschau-Sprecherinnen beim Blick auf den Teleprompter kennt.

„Ich nehme an, Lilo hat dir gesagt, dass ich dich sprechen wollte."

Corvin nickte.

„Ja, hat sie. Lass mich dir sagen, wie leid es mir…"

Corinna hob die Hand.

„Danke, Erik. Ich bin froh, dass er sich nicht allzu sehr quälen musste. Jetzt soll er in Frieden ruhen."

Corvin ging einen Schritt auf sie zu und berührte sie am linken Oberarm.

„Du wolltest etwas mit mir besprechen? Was kann ich für dich tun?"

Sie nickte und schloss dabei die Augen.

„Können wir irgendwo hingehen, wo uns keiner hört?"

Er lächelte.

„Da wollte ich gerade hingehen. Unser Übungsraum im alten Kalthaus ist ziemlich chaotisch. Aber da hört uns garantiert niemand."

Er machte eine einladende Handbewegung, ging ein paar Schritte voraus und öffnete die Tür zum Kalthaus.

„Bitte sehr. Immer geradeaus."

Ohne ihn anzusehen, ging sie in den schmalen Flur und betrat den Übungsraum, in dem tatsächlich chaotische Zustände herrschten. Kabel, Boxen, Stative, Gitarrenständer und andere Gegenstände, deren Funktion nur Rockmusiker deuten konnten, lagen wirr durcheinander.

Ohne sich daran zu stören, setzte sie sich in den alten Ledersessel, den sonst Corvin für sich beanspruchte. Er griff Jürgens Hochlehner an den Armlehnen aus Eichenholz und stellte ihn daneben.

„Also, Corinna, was kann ich für dich tun."

Bisher hatte sie den direkten Blickkontakt vermieden, aber jetzt schaute sie ihm direkt in die Augen.

„Mochtest du Georg?"

Etwas überrascht von der Frage, lehnte sich Corvin umständlich zurück und atmete hörbar aus.

„Schwer zu sagen. Wir hatten ja nicht unbedingt gemeinsame Themen und geredet hat er ohnehin nicht viel. Wenn längere Gespräche stattfanden, dann ja wohl meistens zwischen uns, oder?"

Sie nickte.

„Ich weiß. Georg war ein ziemlich verschlossener Mensch und die meisten hielten ihn für arrogant. Aber das stimmt nicht. Er tat sich eher schwer im Umgang mit anderen. Schon, weil er glaubte, dass er nicht besonders gebildet war und nicht mitreden konnte. Dabei hat er mich oft mit dem, was er alles wusste, überrascht. Aber darüber wollte ich mit dir nicht reden."

Corvin nahm eine bequemere Haltung ein.

„Worüber denn?"

Sie versuchte sich in dem durchgesessenen Sessel, in dem man fast versank, so gut es ging aufzurichten und räusperte sich.

„Er hat mir kurz vor seinem Tod etwas gesagt, mit dem ich nicht fertig werde. Das beschäftigt mich von morgens bis abends. Ich schlafe damit ein und ich wache damit auf. Er hat mir..."

Sie machte eine Pause.

„Er hat mir gesagt, dass er mitschuldig ist am Tod eines Menschen."

Corvin beugte sich nach vorn.

„Ein Unfall?"

Sie schüttelte den Kopf.

„Das habe ich auch gleich gefragt. Aber er sagte, es sei Mord gewesen."

Corvin zog die Augenbrauen hoch.

„Ein Mord? Bist du sicher, dass du ihn richtig verstanden hast?"

Sie stand auf und ging ein paar Schritte durch die schmale Gasse zwischen Lautsprecherboxen, Mischpult und Schlagzeug. Dann drehte sie sich wieder zu ihm um.

„Ja, ich habe ihn richtig verstanden. Er hat Mord gesagt."

„Und? Hast du irgendeinen Anhaltspunkt, was er damit gemeint haben könnte?"

Sie schüttelte den Kopf und setzte sich wieder in den Ledersessel.

„Überhaupt keinen. Ich zerbreche mir seit Tagen den Kopf. Aber da ist nicht mal die Spur einer Ahnung."

Corvin drehte seinen Kopf in die andere Richtung, verharrte dort eine Weile und wandte sich ihr wieder zu.

„Entschuldige, aber ich muss dich das einfach fragen: Warum willst du es dann unbedingt wissen?"

Sie schaute ihn fast empört an.

„Warum? Weil ich keinen Tag mehr erleben werde, ohne daran zu denken. Weil ich erst wieder meine Ruhe finde, wenn ich weiß, was passiert ist. Verstehst du das nicht?"

Corvin hob beschwichtigend die Hand.

„Natürlich verstehe ich das. Ich will dir nicht vorgreifen, aber wahrscheinlich möchtest du, dass ich mich darum kümmere. Richtig?"

Sie nickte und schwieg einen Augenblick. Ihre Stimme hatte etwas Flehentliches.

„Du kennst dich doch aus in solchen Dingen. Vielleicht findest du eine Spur. Ich bitte dich."

Corvin atmete langsam ein und wieder aus.

„Gibst du mir Zeit bis morgen? Ich muss erst einmal darüber nachdenken. Ich rufe dich auf alle Fälle an."

Schweigend verließen sie den Übungsraum und ebenso schweigend gingen sie über den Hof durch die Einfahrt, wo sie unter den Kastanien ihren betagten Kombi geparkt hatte.

5

Nach drei Telefonaten war Corvin fündig geworden. Klaus Nowak hieß der Keyboarder, auf den er während des Elbrock-Festivals aufmerksam geworden war. Und nach einem weiteren Telefonat wusste er bereits, dass der Gesuchte in Hitzacker wohnte und wie er telefonisch zu erreichen war.

„…und wenn ihr nichts dagegen habt, lade ich ihn zu unserem nächsten Treffen ein", tippte er in die Tastatur seines Notebooks, um wenig später zwei eindeutige und eine nebulöse Antwort per E-Mail zu erhalten.

Während Rebus und Jürgen mit einem lakonischen „ok" und „meinetwegen" antworteten, fiel die Antwort von Kalle etwas länger aus.

„Wenn es der Klaus Nowak ist, den ich mal kannte, habe ich keine guten Erinnerungen an ihn. Aber wenn die anderen es wollen, soll er ruhig mal kommen."

Komisch, dachte Corvin, dann hätte er ja auch gleich sagen können, warum er mit dem Mann in der Vergangenheit offenbar mal zusammengerasselt war.

In der Vergangenheit? Verdammt, fuhr es ihm durch den Kopf, jetzt hättest du fast vergessen, Corinna anzurufen. Und du hattest es doch versprochen.

Er lehnte sich in seinem Schreibtischstuhl zurück. Schon wieder jemand, der deine Hilfe als Schnüffler in Anspruch nehmen will. Aber du hast dir doch mehrfach versprochen, so etwas nicht mehr zu machen. Andererseits – gib es zu – tut sie dir leid und eine interessante Person ist sie außerdem. Hast du dich nicht früher schon mal gefragt, warum eine solche Frau mit so einem Mann verheiratet ist?

Er musste grinsen.

Irgendwie hatte er sich doch längst entschieden. Und wählte ihre Nummer.

Nach dem dritten Rufton meldete sie sich.

„Hallo Corinna, ich habe darüber nachgedacht und will versuchen, dir zu helfen. Du weißt aber, dass ich dazu in eurem Privatleben stöbern muss."

Er hörte, dass sie schlucken musste.

„Natürlich, das ist mir klar. Ich fürchte nur, viel Aufregendes wirst du nicht finden."

„Wir werden sehen. Auf jeden Fall müssten wir uns noch einmal etwas intensiver unterhalten. Dazu komme ich am besten zu dir. Wann passt es?"

Das Haus, in dem Corinna Harms lebte, war eigentlich eine Scheune, die übrig geblieben war, als der Rest des Hofes nach einem Blitzeinschlag niederbrannte. Da sie unter Denkmalschutz stand, durfte sie nicht abgerissen werden, fand lange keinen Käufer und verfiel zusehends. Bis der Bauingenieur Georg Harms und seine Frau Corinna aus Hamburg bei einem ihrer Ausflüge ins Wendland durch Zufall dort vorbeikamen und Gefallen an dem alten Gemäuer fanden. Nach Verhandlungen mit dem Denkmalschutz wurde die Scheune zu einem ansehnlichen Wohnhaus umgebaut, diente zunächst als Wochenenddomizil und wurde, als Georg eine Festanstellung bei einem Bauunternehmer fand, zum ersten Wohnsitz. Für Corinna als gelernte Krankenschwester und Altenpflegerin war es nicht weiter schwierig, einen Job zu finden, da der demografische Wandel im Wendland ihren Beruf immer gefragter werden ließ.

Nachdem er seinen Wagen an der Pforte aus gespalte-
nen Haselnussästen geparkt hatte, kam sie ihm auf dem
mit Kopfstein gepflastertem Weg bereits entgegen. Sie trug
wieder ihre schwarze Zimmermannshose mit einem bei-
gen Leinenhemd, das lose über dem Gürtel hing. Sie hob
leicht die Hand, strich sich eine Strähne ihres roten Haars
aus dem Gesicht, lächelte aber nicht.

Wenn der Anlass nur nicht so tragisch wäre, dachte
Corvin. Trotzdem – ein verdammt schöner Anblick.

„Hallo Erik, schön, dass du gekommen bist."

Corvin blieb stehen und deutete ein Lächeln an.

„Wie ich dir schon am Telefon sagte, Corinna, ich werde versuchen einen Anhaltspunkt zu finden. Aber verspre-
chen kann ich gar nichts."

Sie nickte.

„Ich weiß. Aber allein die Tatsache, dass du dich damit
beschäftigst, beruhigt mich etwas. Komm rein, ich habe
gerade frischen Kaffee gemacht."

Hinter der Eingangstür ging es direkt in die Groot Deel,
deren Boden mit Eichendielen ausgelegt war. Die Ständer
und Querbalken waren sandgestrahlt, so dass die Struktur
des alten Holzes gut zur Geltung kam. Den Mittelpunkt
des Raumes bildete ein großer, nach allen Seiten offener
Kamin, der allerdings aus Brandschutzgründen nicht
betrieben werden durfte. Stattdessen hatte Georg Harms
auf dem Brennplatz einen Bullerjan platziert, der spielend
die ganze Diele heizte.

Der so norddeutsch klingende Ofen mit der seltsamen
Röhrenkonstruktion war in Wirklichkeit die Erfindung
eines Kanadiers für frierende Holzfäller. Und wenn die
nicht wissen, pflegen Kenner zu sagen, wie man die Stube
warm kriegt – wer dann sonst? Vor dem Kamin stand ein

großes Sofa, davor ein flacher Tisch mit einer Glasplatte. Links und rechts davon zwei neu aussehende Sessel mit losen Kissen.

Corinna machte eine einladende Handbewegung.

„Setz dich doch. Ich hole eben den Kaffee."

Sie durchquerte die Diele und verschwand hinter einer frisch weiß gestrichenen Stalltür, wo die Küche lag. Corvin setzte sich in einen der Sessel und schaute sich um.

Komisch, dachte er, alles sehr schön gemacht, aber irgendwie ohne Leben. Man hat nicht den Eindruck, dass hier viele Leute ein- und ausgehen.

Corinna war zurückgekommen und stellte ein Tablett mit einer Isolierkanne, Milch und Zucker, zwei Tassen und einer Schale mit Keksen auf den Tisch.

„Bediene dich bitte."

Er nickte und goss sich eine Tasse ein, nahm einen Schluck, stellte die Tasse wieder auf den Tisch und lehnte sich zurück.

„Sag mal, kanntest du eigentlich alle Freunde deines Mannes?"

Corinna kräuselte ihre Lippen und zwei Falten gingen zwischen den Augenbrauen in die Höhe.

„Ich denke schon. Georg war kein Buddytyp, der mit den Kumpels gern mal ein Bier trinken geht. Er hatte auch in Hamburg einen sehr überschaubaren Kreis. Meistens Kollegen. Die haben uns ein-, zweimal hier draußen besucht und das war's denn auch. Mit neuen Bekanntschaften tat er sich schwer, höchstens mal ein Small Talk mit den Nachbarn. Mit Heinrich, dem Landwirt, dessen Hof da gegenüber liegt, hat er sich manchmal unterhalten, weil ihn alles interessierte, was mit Maschinen zu tun hatte. Als Heinrich seinen neuen Trecker bekommen hat, war er richtig beseelt und stundenlang drüben. Und Heinrich war das auch ganz recht, wenn er jemandem mal seinen ganzen Stolz zeigen konnte. Aber ansonsten war unser Kontakt zu anderen Leuten im Dorf nicht gerade ausufernd."

„Aber du bist da doch anders. Du gehst doch immer ganz offen auf die Leute zu. Das bedingt ja schon dein Beruf und daraus ergeben sich doch auch sicher neue Bekanntschaften."

Corinna nickte.

„Ja, sicher. Aber wenn ich dann mal Leute zu uns nach Hause eingeladen habe und da war nur eine Winzigkeit, die Georg nicht mochte, dann klappte er sein Visier zu und sprach den ganzen Abend kaum ein Wort. Glaub doch nicht, dass sich aus solchem Verhalten irgendwelche netten Bekanntschaften ergeben."

Corvin nahm einen Schluck Kaffee.

„Es tut mir leid, aber du kannst dir sicher denken, dass ich diese Frage stellen muss: Warum hast du diesen Mann denn eigentlich geheiratet?"

Sie schwieg, als müsse sie erst einmal ihre Gedanken ordnen.

„Du musst das aus der Situation heraus verstehen. Georg und ich kannten uns ja schon als Teenager und als dann meine Eltern bei diesem Verkehrsunfall ums Leben kamen, hat er sich rührend um mich gekümmert. Alles hat er mir abgenommen, diesen ganzen Verwaltungskram, den so ein schreckliches Ereignis mit sich bringt und gleichzeitig war er mein Seelentröster. Diese ruhige Art, die er hatte, war genau das, was ich damals brauchte. Und darum stand für mich bald fest: Mit diesem Mann wollte ich mein Leben verbringen. Das ist jetzt genau zehn Jahre her."

Corvin nickte.

„Waren eure Lebensverhältnisse denn immer so, dass du – entschuldige bitte den Ausdruck – ihn ständig unter Kontrolle hattest?"

„Wenn du damit meinst, dass er sehr häuslich war – ja. Aber, wie gesagt, er hatte ein sehr großes Interesse an Technik. Und wenn es irgendwo eine Messe auf diesem Gebiet gab, dann fuhr er dorthin. Manchmal hatte seine Firma auch Bauprojekte, die weiter entfernt lagen. Dann war er tagelang nicht zu Hause."

Corvin hatte inzwischen seinen Moleskine Block und den Drehbleistift hervorgeholt und machte sich einige Notizen.

„Er hatte also schon Gelegenheit, Dinge zu tun, die nicht in deinem Einflussbereich lagen."

Corinna nickte.

„Ja, kann man so sagen. Möchtest du noch einen Kaffee?"

Corvin hatte sich vorgenommen, das erste Gespräch nicht länger als eine Stunde dauern zu lassen, aber dann wurden doch drei daraus. Als er Block und Bleistift wieder in die innere Seitentasche seines Jacketts schob, wurde ihm klar, dass die Arbeit, auf die er sich eingelassen hatte, wesentlich aufwändiger werden würde, als er am Anfang gedacht hatte. Er müsste sämtliche unbewachten Zeiten im Leben des Georg Harms durchleuchten. Das konnte dauern. Und dass er Corinna keinen Wunsch abschlagen konnte, wusste er schon länger.

Wenn man im Landkreis Lüchow-Dannenberg etwas wissen möchte, was nicht in der Zeitung steht, ist man gut beraten, als Erstes dem Zentralorgan wendländischer Kommunikation einen Besuch abzustatten. Im „Wendenhof" wurden nicht nur köstliche Speisen und durststillende Getränke serviert, sondern diese auch mit Nachrichten aus allen Lebensbereichen angereichert. Man sollte zwar nicht alles, was in der „Wende" erzählt wurde, einem Faktencheck unterziehen, aber der eine oder andere Anhaltspunkt war eigentlich immer dabei. Irgendwas wird schon dran sein, lautete das Credo der Gäste. Sonst würden wir ja nicht darüber reden. Und an einer schönen Geschichte zum Bier oder zum Wein, gab es immer Bedarf.

Corvin ging durch den Vorgarten, grüßte nach links und nach rechts und winkte denen zu, die etwas weiter weg saßen. Unter der Woche kannte er hier fast jeden, nur an Wochenenden und an Feiertagen waren die Tagestouristen in der Überzahl.

„Wie schön", dachte er, als er durch die offenstehende alte Eichentür den Schankraum betrat, „dass sich hier nie etwas verändert. Die Bewirtung nicht, die Gäste nicht und die Speisekarte schon gar nicht."

Frank Matthes, der Wirt, stand wie immer mit beiden Fäusten auf den Tresen gestützt und unterhielt sich mit dem dicken Klaas Vormann, der wie immer in seiner übergroßen Lederweste auf der Querbank saß. Zwischen Küche und Gastraum wirbelte Beatrix, Matthes' Ehefrau mit holländischen Wurzeln, und am langen Tisch in der Ecke stritt sich immer noch die Gruppe von Künstlern um den Maler Uno Brömmer über die Frage: Braucht die Kunst noch den Menschen?

„Na, sag schon", dachte Corvin, und Sekunden später knurrte Frank Matthes:

„Moin Erik. Köpi?"

Und wie immer sagte Corvin nichts, sondern reckte zum Zeichen der Einwilligung den Daumen der rechten

Hand nach oben und ließ sich auf dem Hocker am Tresen nieder.

Und auch Klaas Vormann enttäuschte ihn nicht. Der hustete einmal kräftig den typischen Zigarrenraucherhusten, lehnte sich zurück und schaute Corvin aus seinen wasserblauen Augen an.

„Na Erik, was läuft denn so?"

Und wie immer antwortete Corvin.

„Im Moment nur die Nase."

Das war die gewohnte Einleitung, denn nun kam Vormann zur Sache, die stets mit den Worten begann:

„Wusstest du eigentlich schon…?"

Und so begann er auch dieses Mal.

„Wusstest du eigentlich schon, dass der alte Pottgießer gestorben ist? Ich dachte, der lebt ewig. Letzten Dienstag war er noch hier."

Frank Matthes nickte zustimmend und polierte dabei ein Weinglas.

„Dreiundneunzig war er. Da kann das manchmal schnell gehen."

Das ist eine Steilvorlage, dachte Corvin, jetzt konnte er ganz beiläufig das Gespräch in die gewünschte Richtung bringen.

Er nahm einen Schluck Bier und wischte sich über den Mund.

„Besser so, als zu sterben, wenn man noch nicht mal halb so alt ist. Wie der…wie hieß er noch gleich. Der Mann von der Rothaarigen. Wisst ihr, wen ich meine?"

Frank Matthes stellte das inzwischen funkelnde Weinglas ins Regal.

„Ach, du meinst den Georg. Den Georg Harms. Ja, ich glaube, der war erst Mitte vierzig. So plötzlich. Das ist bitter."

Corvin schob Frank Matthes sein leeres Glas entgegen.

„Kanntet ihr den gut?"

Vormann zuckte mit den Schultern und machte einen spitzen Mund.

„Was heißt gut? Der war schon ein komischer Kerl. Nicht unfreundlich, aber immer so, als wollte er nichts mit einem zu tun haben. Dabei hatte er doch so eine nette, hübsche Frau. Von der würde ich mich auch gern pflegen lassen, wenn ich alt bin. Und darum hab ich mich damals auch gewundert."

Corvin schaute Vormann fragend an.

„Worüber hast du dich gewundert?"

Vormann dachte einen Augenblick nach.

„Ich glaub, das war im Oktober. Ja, im Oktober zur Bootsausstellung, da war ich mit Hansi und Walter in Hamburg. Dann waren wir abends noch auf St. Pauli, ein Bier trinken. Und da hab ich ihn gesehen. Mit einer Frau. Seine war es nicht."

Matthes machte ein skeptisches Gesicht.

„Der war doch auch hin und wieder mal geschäftlich unterwegs für seine Baufirma. Vielleicht war das was Geschäftliches."

Vormann lachte und schüttelte den Kopf.

„Das müssen aber komische Geschäfte gewesen sein. Oder kennst du jemanden, der seinem Geschäftspartner den Arm um die Hüfte legt?"

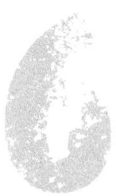

Das große alte Haus lag am Waldrand in einer Schneise an der Straße zwischen Prezelle und Gartow und war um 1920 als Direktionsvilla für den Inhaber eines Sägewerks gebaut worden. Nach dem Tod des umtriebigen Bretterkönigs wurde der Betrieb von einer uninspirierten Erbengemeinschaft heruntergewirtschaftet und ging in Konkurs. Die Hallen, Werkzeuge und der Fuhrpark wurden von einem Konkurrenzunternehmen aus der Konkursmasse ersteigert und demontiert, der Rest bis auf die Villa abgerissen. Nun stand das einstmals so imposante alte Haus wie ein Fremdkörper ganz allein an einem Weg, der von der Straße in den Wald führte. In den folgenden Jahren hatte es verschiedene Eigentümer gegeben, darunter einen spleenigen Millionär, der sich aus Angst vor einem Atomkrieg einen gigantischen unterirdischen Bunker mit einem Verbindungstunnel zum Haus bauen ließ. Später hatte eine Wohngemeinschaft, die überwiegend aus freischaffenden Künstlern bestand, das Gemäuer gemietet. Die Kunst, die dort produziert wurde, erregte nicht sehr viel Aufsehen. Dafür umso mehr die Partys, die dort gefeiert wurden. Da diese Lustbarkeiten stets unter dem damals sehr populären Motto „Sex and Drugs and Rock'n'Roll" standen, zogen sie nicht nur Paradiesvögel aus allen Ecken der Republik an. Interessierte Mitarbeiter von Polizei, Sittendezernat und Drogenfahndung gehörten zwar nicht zu den gern gesehenen, dafür aber zu den regelmäßigen Gästen in der „Säge" wie das Etablissement in Erinnerung an seine ursprüngliche Bestimmung genannt wurde. Eigentlich hieß es „Haus am Moor", weil es in der Nähe eines vor Jahrzehnten trocken gelegten Moores stand, das aber inzwischen renaturiert worden war.

Nach und nach verschwanden Kunst und Rock'n'Roll, übrig blieben ein paar Rolexträger aus dem Rotlichtmilieu. Allen voran ein Kraftpaket österreichischer Herkunft, das sich unter dem Namen „Kartoffel-Toni" auf St. Pauli einen Namen gemacht hatte. Wie einst der Seewolf, konnte er eine rohe Kartoffel in der bloßen Hand zerquetschen. Nachdem er diese Fähigkeit auch an ein paar Händen und Nasen unter Beweis gestellt hatte, wurde er alleiniger Hauptmieter der „Säge" und bot dort einen komfortablen Triebabfuhrservice für unausgelastete Wendländer und Besucher von außerhalb an. Als sehr praktisch erwies sich auch das riesige Waldgebiet, das das Haus umgab. In dem konnte man sein Fahrzeug gut verbergen und musste gleichzeitig einen gesundheitsförderlichen Spaziergang machen, bevor man sich der Sünde hingab.

An diesem Vormittag hatte Anton Kratochvil, wie Kartoffel-Toni mit bürgerlichem Namen hieß, schlechte Laune. Er hasste es, wenn Paloma das letzte Wort hatte.

Allerdings wollte er es sich mit Paloma auch nicht verderben. Es war ihm klar, dass sie die Seele des Unternehmens war. Die Mädels liebten sie, hatten aber auch großen Respekt vor ihr, denn dank einer ausgeprägten Menschenkenntnis konnte ihr so leicht keiner etwas vormachen. Daher musste alles, was er tat und sie nicht wissen sollte, solide vorbereitet sein. Und er musste auf Mitarbeiter zurückgreifen können, die loyal zu ihm standen und die Tugend des Schweigens perfekt beherrschten.

Er griff in die Tasche und zog sein Smartphone heraus,

das in einer vergoldeten Schutzhülle aus Aluminium steckte.

Am anderen Ende meldete sich eine männliche Stimme.

Toni räusperte sich.

„Wir wurden vorhin unterbrochen. Du bist also ganz sicher, dass er nichts gesagt hat, bevor er den Arsch zugekniffen hat?"

Der Angerufene schüttelte den Kopf, was Toni natürlich nicht sehen konnte.

„Nein, auf keinen Fall."

„Niemandem?"

„Glaube ich nicht."

Tonis Stimme wurde etwas lauter.

„Was heißt glauben? Ich will, dass das ganz sicher ist. Sonst müssen wir uns ein wenig um ein paar Personen kümmern."

Pünktlich zur ausgemachten Zeit um siebzehn Uhr fuhr ein gepflegter silberfarbener Mercedes Kombi auf Corvins Hof in Waddeweitz und parkte vor dem alten Kalthaus.

Corvin hatte ihn kommen sehen und ging auf den Wagen zu. Der Fahrer stieg aus. Er war ein großer, schlaksiger Mann von Mitte vierzig, der die bereits ergrauten Haare zu einem Pferdeschwanz gebunden trug. Obwohl er in einem lässigen Freizeitlook gekleidet war, konnte auch ein ungeübtes Auge sehen, dass die dafür nötigen Kleidungsstücke nicht ganz billig gewesen waren.

Corvin streckte die Hand aus und lächelte.

„Hallo, ich bin Erik. Du bist sicher der Klaus. Wir hatten telefoniert."

Klaus Nowak lächelte zurück.

„Ja, freut mich. Ich glaube, von Weitem kennen wir uns. Beim Elbrock in Langendorf, stimmt's?"

Corvin nickte.

„Komm rein. Die Jungs sind schon da. Du hast doch sicher was zum Reintragen."

Nowak drehte sich um und öffnete die Laderaumklappe des Kombis.

„Ich habe erst mal nur das kleine Equipment mit. Wäre nett, wenn du mal mit anfassen könntest."

Corvin schaute auf die Ladefläche und pfiff durch die Zähne. Dort lagen ein Keyboard der Marke Korg, ein Kofferverstärker, eine Monitorbox, Stative und eine Tasche für Kleinmaterial, Kabel und PC.

„Oh. Das ist in der Tat sehr überschaubar. Da bin ich von Keyboardern anderes gewohnt."

Nowak lachte.

„Ja, darum waren Keyboarder früher auch immer so verhasst. Wegen der Schlepperei. Keith Emerson hatte einen ganzen Truck für sich allein. Heute passt der gleiche Sound in einen Smart."

Beide lachten. Netter Kerl, dachte Corvin. Wenn das auch noch musikalisch passt, könnte das was werden. Sie griffen sich Teile der Ausrüstung und gingen ins Haus. Corvin stieß die Tür zum Übungsraum mit dem Fuß auf. Dort warteten bereits seine drei Mitspieler.

„Hey, Jungs. Das hier ist der Klaus. Und das sind Jürgen, Rebus und Kalle."

Dabei schaute er Kalle genau an und bemerkte, wie dessen Gesicht sich verfinsterte. Klaus Nowak behielt sein Lächeln, sein Blick ging von einem zum anderen und blieb dann bei Kalle hängen.

„Hallo Karsten, so sieht man sich wieder."

Jetzt richteten sich alle Augen auf Kalle, denn niemandem war entgangen, dass da irgendetwas in der Luft schwebte. Und nicht gerade etwas Freundliches.

„Ja…", sagte Kalle. Weiter kam er nicht, denn wie aus dem Boden gewachsen, stand plötzlich Lilo in der Tür.

„Bevor ihr wieder einen Höllenlärm macht, wollte ich nur sagen, dass ich Gulaschsuppe gemacht habe. Wenn ihr nachher Hunger habt, kommt in die Küche."

Dann drehte sie sich um und stapfte zurück auf den Hof. Corvin lachte.

„Das war eine gute Überleitung. Jetzt lasst uns doch erst mal ein bisschen warmspielen und dann gibt's was Warmes für den Magen."

Dann wandte er sich wieder Klaus Nowak zu, der gerade dabei war, die Kabelverbindungen herzustellen.

„Zum Warmspielen improvisieren wir am Anfang immer ein bisschen. So ein bisschen grooven im Blues-Schema. Bist du damit einverstanden?"

Nowak nickte und lächelte.

„Sag mir die Tonart und ich spiele alles mit."

Stunden später – Klaus Nowak war schon gegangen – saßen die vier Freunde noch bei einem Bier auf der großen Bank vor der Küche. Dass Nowak ein absoluter Könner auf seinem Instrument war, darüber waren sich alle einig. Und auch gesanglich hatte er allerhand drauf, ohne sich in den Vordergrund zu drängen. Das hatte sogar Jürgen hervorgehoben, der seine Position als Lead Singer nicht mehr gefährdet sah.

Auch Klaus Nowak hatte sich sehr wohlwollend über die Musiker geäußert und sich mit den Worten verabschiedet, dass er sich gut vorstellen könne, etwas Gemeinsames zu machen. Dann war er, lächelnd wie immer, davongefahren.

Corvin blickte von einem zum anderen.

„Na, was meint ihr?"

Jürgen nickte heftig.

„Technisch ist der unschlagbar!"

„Und stilmäßig passt der auch zu uns", ergänzte Rebus.

Kalle sagte nichts. Corvin sah ihn an und zog die Augenbrauen hoch.

„Willst du uns nun nicht endlich mal erzählen, was zwischen euch vorgefallen ist?"

Kalle schüttelte den Kopf.

„Nein, will ich nicht. Wie gesagt, musikalisch ist der okay und an mir soll es auch nicht scheitern. Aber menschlich gesehen ist der ein Schwein."

Am frühen Nachmittag des nächsten Tages fuhr Corvin wieder zu Corinna Harms.

„Du musst es dir aber gefallen lassen, dass ich in eurem Privatleben stöbere. Sonst kommen wir nicht weiter", hatte er zu ihr gesagt und sie hatte nur nachdenklich genickt.

„Mach bitte alles, was du für richtig hältst."

Als er die Haustür öffnete, war sie gerade dabei, einige Jacken ihres Mannes von der Garderobe zu nehmen und sie in einem Umzugskarton zu verstauen. Corvin griff nach ihrem Arm.

„Nein, tu das bitte nicht. Lass alles so, wie es war. Es könnten Dinge dabei sein, die wichtig sind."

Sie schaute ihn erschrocken an.

„Du hast recht. Aber es fällt mir schwer, jeden Tag auf seine Sachen zu starren, die mit einem Mal so nutzlos geworden sind. Verstehst du das?"

Corvin nickte.

„Ja, natürlich. Aber zeig mir doch bitte jetzt die Stellen, wo er die meisten persönlichen Dinge aufbewahrte."

Sie schüttelte den Kopf.

„Hier im Haus sind nur seine Kleidungsstücke. Alles andere ist im Stall."

Der Stall war ein kleines Fachwerkgebäude, das kurz vor dem Einsturz stand, als Georg und Corinna Harms das Grundstück kauften. Zuerst wollten sie es abreißen lassen, aber dann entschloss sich der gelernte Bauingenieur, das

Gemäuer doch noch zu retten und brachte es in Monate langer Arbeit wieder in Ordnung.

Der größere Teil diente der Unterbringung von Rasenmäher, PKW-Anhänger, Gartengeräten, Werkzeug und Kaminholz.

Einen Raum von etwa fünfundzwanzig Quadratmetern hatte er abgeteilt, einen Werkstattofen installiert und neue Fenster mit Isolierverglasung eingebaut. So konnte man sich auch in der kalten Jahreszeit hier aufhalten.

„Das hier war sein alleiniges Reich", sagte Corinna als sie die Tür zu dem Raum öffnete.

„Hier kannst du dich in aller Ruhe umsehen. Ich habe es nie fertiggebracht, in seinen Sachen zu kramen. Weder früher noch heute. Und darum lasse ich dich jetzt allein."

Er schaute sich um. Man konnte mit einem Blick erfassen, dass der Raum von einem Menschen eingerichtet worden war, dem Ordnung über alles ging. Aufgeteilt in einen theoretischen und einen praktischen Teil, dachte Corvin. Auf der rechten Seite stand ein Schreibtisch, vielmehr eine Holzplatte auf zwei Böcken mit einem Schreibtischstuhl. Links davon ein Regal mit Büchern, hauptsächlich Fachliteratur aus allen Bereichen der Technik. Auf der Schreibtischplatte befanden sich ein zugeklapptes Notebook, mehrere der Größe nach geordnete Schreibblocks sowie eine längliche Schale mit gespitzten Bleistiften. An der Wand über dem Schreibtisch hing ein großformatiger Fotokalender mit Motiven aus dem Wendland.

An der gegenüberliegenden Wand stand eine kleine Werkbank mit einem Schraubstock. Rechts daneben ein Regal mit unzähligen kleinen Kästen, in denen Schrauben, Muttern, Scheiben, Dichtungen, Kabel und Ähnliches aufbewahrt wurden. Alles der Größe nach sortiert und sorgsam beschriftet.

An der Wand über der Werkbank befand sich ein großes Lochbrett mit beweglichen Haken, an denen man Werkzeuge befestigen konnte. Überwiegend Werkzeuge, die Elektroinstallateure benötigen.

Da kannst du dir mal ein Beispiel nehmen, dachte Corvin. Wenn du auch so ordentlich wärest, bräuchtest du nicht tagelang nach Dingen zu suchen, die du regelmäßig im ganzen Haus verstreust.

Er setzte sich an den Schreibtisch und klappte das Notebook auf. Auf dem Bildschirm erschien ein Foto der Scheune, das Georg Harms während der Umbauten gemacht haben musste. Dazu das kleine Fenster, das nach dem Passwort fragte. Corvin überlegte. Die meisten Männer nehmen den Namen ihrer Frau und ein Datum. Was hatte Corinna gesagt? Zehn Jahre waren sie genau verheiratet. Mal sehen, ob das klappt. „Corinna2010" tippte er ein. Bingo, dachte er, als sich der Bildschirm öffnete und den Desktop freigab.

Für die E-Mails hatte Harms Thunderbird benutzt, der Zugang war nicht zusätzlich gesichert. Sowohl unter „Posteingang" als auch unter „Gesendet" war die Anzahl der Mails sehr überschaubar, überwiegend Angebote von Versendern aus dem technischen Bereich, sowie Mails von Harms, die er an offizielle Stellen geschrieben hatte. Wahrscheinlich hatte er jeden Tag alles Überflüssige gelöscht.

Ebenso spärlich war die Ausbeute bei „Eigene Dateien". Unter „Bilder" gab es eine ganze Reihe vom Umbau der Scheune sowie einige Urlaubsfotos, auf denen meistens Corinna vor einem Szenario abgebildet war, das sehr nach Griechenland aussah. Dazu noch einige Fotos von Baustellen, die aber nicht in Deutschland aufgenommen worden waren. Den Schrifttafeln nach zu urteilen, handelte es sich überwiegend um osteuropäische Länder.

Unter „Dokumente" waren ausschließlich unpersönliche Dinge abgespeichert, die Korrespondenz mit dem Stromlieferanten über angeblich zu hohe Abrechnungen gehörten schon zu den intimeren Schriftstücken.

Sieht ganz so aus, dachte Corvin, als sei jemand sorgsam darauf bedacht gewesen, nur nichts Persönliches zu hinterlassen. Wahrscheinlich hatte er jeden Tag alles, was ihm überflüssig erschien, gelöscht. Entweder aus übertriebenem Ordnungssinn oder aus Vorsicht. Insofern überraschte es ihn nicht, dass auch in der Chronik der besuchten Internetseiten keine Einträge gespeichert waren.

Ein Blick in die Programmübersicht bestätigte seinen Verdacht. Harms hatte den Tor-Browser benutzt. Mit dem konnte man völlig anonym im Internet surfen, alle Daten wurden nach der Sitzung gelöscht. Tor hatte nichts mit dem deutschen Begriff „Tor" zu tun, es stand vielmehr für „The Onion Router", weil die Informationen wie durch Zwiebelhäute rund um die Welt geschickt wurden, so dass niemand mehr die Spuren verfolgen konnte. Mit Tor kam man auch ins Darknet, was nicht illegal war. Aber dort tummelten sich auch besonders viele An- und Verkäufer, die gute Gründe dafür hatten, anonym zu bleiben.

Corvin zog noch das eine oder andere Buch aus dem Regal, blätterte darin herum, konnte aber nichts Ungewöhnliches finden. Ebenso befanden sich in den vielen Kästen auf der Werkstattseite nur die Teile, die dort hingehörten.

Er ging zurück ins Haus. Corinna stand in der Küche und räumte Geschirr aus der Spülmaschine in die Schränke, die an der Wand befestigt waren.

„Sag mal, Georg wird doch auch ein Handy gehabt haben. Darf ich das mal sehen?"

Sie schaute ihn hilflos an.

„Ich verstehe das auch nicht. Er hatte es Tag und Nacht bei sich. Und jetzt ist es nicht auffindbar. Ich habe schon überall gesucht."

Für den Abend hatte sich Corvin mit Andi, seinem alten Freund aus Kindertagen und späteren Kollegen bei der Polizei, in der „Wende" verabredet.

Und weil sie sich einmal in der Woche dort trafen, hatten sie auch ihren Stammtisch, an dem man nur zu zweit sitzen konnte. Denn oft waren Themen zu besprechen, die nur für ihre Ohren bestimmt waren. Dass keiner Informationen weitergab, die er vom anderen bekam, darauf konnten die beiden Freunde sich verlassen. Es gab aber auch Dinge, die sie lieber für sich behielten, weil man manchmal durch Wissen zum Handeln gezwungen wird. Besonders, wenn man Polizist ist. Da lebte es sich schon besser nach dem Motto „Was ich nicht weiß, macht mich nicht heiß".

Allerdings hatten sich die beiden bei solch sensiblen Themen eine Kommunikationsform antrainiert, bei der der andere den Sinn zwischen den gesprochenen Zeilen verstehen konnte und dementsprechend antwortete, ohne direkt zu werden. Ein Außenstehender, der einer solchen Unterhaltung lauschte, verstand immer nur Bahnhof.

Nachdem Corvin und Andi das Wetter sowie aktuelle Probleme der Landes-, Bundes-, Weltpolitik und der Bundesliga kurz erörtert hatten, kam Corvin zum ersten Test, wie weit das Wissen des Freundes reichte.

Er setzte das Bierglas ab und wischte sich über den Mund.

„Sag mal, den Klaus Nowak müsstest du doch auch noch kennen, oder?"

Andi überlegte kurz.

„Ach so, ja natürlich. Wir sind zusammen zur Schule gegangen. Ich meine, er war eine Klasse über mir. Warum fragst du?"

„Weil er ein sehr guter Keyboarder ist, und sowas könnten wir gut brauchen."

Andi nickte.

„Ja, der hat ja damals auch schon auf allen möglichen Festen gespielt. Mal mit einer Band und manchmal auch allein. Dann setzte er sich ans Klavier und…schwupp… war er von Mädels umgeben. Ich glaube, deswegen hat er hauptsächlich Musik gemacht."

Corvin lachte.

„Haben wir das nicht alle?"

Andi lachte zurück.

„Du musst es ja wissen. Bei mir hat es nur zur Blockflöte gereicht. Aber damit kriegtest du keine ins Bett. Auf jeden Fall: Auf den schönen Klaus mit seinen langen blonden Haaren und dem Dauerlächeln flogen alle."

Corvin griff zu seinem Glas, musste aber feststellen, dass es leer war.

„Das Dauerlächeln hat er immer noch, die vollen blonden Haare nicht mehr. Die sind jetzt etwas dünner und grau."

Da auch Andis Glas leer war, suchte Corvin den Blickkontakt zu Frank Matthes und streckte zwei Finger in die Höhe. Das funktionierte einwandfrei. Schon einige Minuten später standen zwei frisch gezapfte Pils auf dem Tisch.

Andi schob mit dem Zeigefinger seine Brille etwas hoch.

„Du willst mich doch sicher etwas Spezielles zu dem Herrn fragen. Ich sehe es dir an."

„Ja, stimmt. Hast du eine Ahnung, was zwischen ihm und unserem Bassmann Kalle vorgefallen ist? Irgendwas muss da gewesen sein. Hängt das auch noch mit der Schulzeit zusammen?"

Andi dachte einen Augenblick nach.

„Nee, wenn ich mich richtig erinnere, dann war das sehr viel später. Die beiden haben doch als Architekten denselben Beruf und soweit ich weiß, hat der Klaus dem Kalle in den Anfängen einen Auftrag abgejagt. War wohl ein ziemlich großes Ding. Einzelheiten weiß ich nicht. Aber dann hat der Lächler dem Kalle auch noch die Verlobte ausgespannt."

Corvin wurde hellhörig.

„Kalle war verlobt? Ich dachte immer, der hat mit Frauen nichts am Hut."

„Doch, doch. Der war damals mit der Yvonne verlobt, die Tochter von den Wirtsleuten der ‚Elbkate', aber auch hier weiß ich keine Einzelheiten. Es soll damals zu einer Prügelei zwischen den beiden Herren gekommen sein. Aber ob das stimmt, weiß ich auch nicht. Ich habe nur gehört, dass der Kalle damals wüste Drohungen gegen ihn ausgestoßen hat."

„Wie lange ist das her?"

Andi zuckte mit den Schultern.

„Genau kann ich das nicht sagen. Aber so fuffzehn Jahre bestimmt."

„Und weißt du, was aus der Frau geworden ist? Sind die noch zusammen?"

„Oh nein. Das ging bald wieder auseinander. Der Klaus wollte wohl nur mal wieder beweisen, dass er jede flachlegen konnte und sie war damals auch so ein flippiger Teenie. Ich glaube, sie ist dann nach Hamburg verschwunden."

Corvin nahm einen Schluck Bier.

„Na gut, den Rest kann ich mir jetzt zusammenreimen. Nun weiß ich zumindest, warum der Kalle den nicht leiden kann. War wohl keine so gute Idee, ihn in die Band zu holen."

Er lehnte sich zurück.

„Und sonst, mein Andi, wie läuft's? Jede Menge ungeklärte Morde?"

Andi lachte.

„Du weißt doch, was so läuft. Alles von der Sorte ‚die Polizei hofft auf Hinweise'. Nichts Großes dabei."

Er kniff die Augen zusammen.

„Oder weißt du etwas, was ich wissen sollte?"

Corvin machte ein unschuldiges Gesicht.

„Ach was, das war nur so eine Routinefrage."

Andi zog die Augenbrauen hoch.

„Wenn Du so harmlos tust, steckt meistens was dahinter."

In Gasthöfen auf dem Lande beginnt der Betrieb sehr viel früher als in der Stadt. Das liegt vor allem an dem besonderen Lebensrhythmus. Wer um fünf aufsteht, isst um zwölf zu Mittag und hat spätestens um achtzehn Uhr schon wieder Kohldampf. So war es in der „Wende" am frühen Abend stets knüppelvoll, um neun begannen sich dann die Tische zu leeren.

In der „Säge" war alles anders. Hier bestimmten die Gestirne den Tagesablauf. Genauer gesagt die Sonne, denn erst, wenn die untergegangen war, begann der Betrieb. Kaum einer aus den umliegenden Dörfern wagte es sich am hellichten Tag, der in den Sommermonaten bis halb elf gehen kann, an einem Ort zu zeigen, von dem er sich noch mittags mit Ekel und Abscheu verbal distanziert hatte. Da die „Säge" ein Stammpublikum hatte, war man im Schutz der Dunkelheit vor unerwünschten Begegnungen sicher. Die Gäste von außerhalb kannte und beachtete man nicht.

Insofern fielen auch die drei Herren, die gegen Mitternacht die Gaststube betraten, nicht weiter auf. Allerdings hätten sie ein wenig mehr Beachtung verdient, denn schon ihr Auftritt unterschied sich von der um Diskretion bemühten Körpersprache des Restpublikums.

Der Mann in der Mitte war von mittlerer Größe, um die fünfzig Jahre alt, hatte schwarze, wahrscheinlich gefärbte Haare, die mit viel Gel an den Kopf gebürstet waren. Das vorgereckte Kinn machte deutlich, dass er derjenige war, der den Ton angab. Die beiden zu seiner Linken und Rechten überragten ihn um Haupteslänge und waren zehn bis zwanzig Jahre jünger. Obwohl sie gut geschnittene italienische Anzüge trugen, war deutlich zu sehen, dass darunter perfekt trainierte Körper auf den Einsatz warteten, wenn auch nicht gerade auf einen sportlichen. Im Gegensatz zu ihrem Chef, hatten sich beide ihrer Haare entledigt und konnten sich deshalb bei der Morgentoilette mit einem Schwamm kämmen.

Zielstrebig ging der Ältere auf den Tresen zu, hinter dem Paloma stand und auf den Bildschirm ihres PCs starrte.

„Sagen sie dem Chef, dass ich ihn sprechen will.“

Paloma schaute auf und blickte in zwei Augen, die sofort signalisierten, dass Widerspruch zwecklos sei. Sie schaute von einem zum anderen und es war ihr klar, dass diese Männer nicht zu ihrem Freizeitvergnügen gekommen waren. Doch sie war zu lange im Geschäft, um sich beeindruckt zu zeigen. Sie schaute wieder auf den Bildschirm.

„Und wer möchte ihn sprechen?“

„Sagen sie ihm, Paolo will ihn sprechen. Subito!“

Für ein paar Sekunden überlegte Paloma, ob sie eine weitere Frage stellen sollte, doch das war nicht mehr nötig. Als hätte er es gerochen, trat Kartoffel-Toni aus der Tür hinter dem Tresen, die über einen Gang zum Büro führte.

Man merkte Toni die Überraschung an, aber da sein Gesicht einen eher ent- als begeisterten Ausdruck bekam, sah man sofort, dass es keine freudige war.

Die Stimme, die aus seinem trockenen Hals kam, klang brüchig.

„Hallo Paul, was willst du denn hier?“

Das Gesicht des Mannes, der sich als Paolo vorgestellt hatte, bekam einen Ausdruck, als hätte er in eine Zitrone gebissen.

„Anton, bitte! Du weißt doch, nicht diesen Namen!"

Toni kniff die Augen zusammen.

„Dann nenne du mich auch nicht Anton."

Nachdem das geklärt war, wurde Paolo-Paul etwas freundlicher.

„Einen netten Laden hast du hier. Ich hätte schon viel früher kommen sollen. Nett und verschwiegen. Und wie ich sehe, läuft er gut."

Toni nickte und spreizte dabei seine ineinander gesteckten Finger, dass die Knöchel knackten.

„Aber um mir das zu sagen, bist du doch nicht mit deinen beiden Wachhunden den langen Weg aus Hamburg hergekommen."

Die beiden Männer hatten unbewegt hinter dem Älteren gestanden und auch bei dieser Bemerkung verzogen sie keine Miene.

Paolo lachte, so dass man mehrere Goldzähne sehen konnte.

„Entspann dich, mein Lieber, wir haben doch im Leben schon eine Menge Spaß zusammen gehabt. Und darum will ich dir ein Geschäft vorschlagen. Ein Geschäft, das du nicht ablehnen kannst."

Toni zog die Augenbrauen nach oben.

„Und warum kann ich nicht?"

Paolo ließ ein weiteres Mal seine Goldzähne aufblitzen.

„Weil damit eine Menge Kohle zu verdienen ist. Eine sehr große Menge sogar. Und da warst du doch noch nie abgeneigt, oder? Also, wo können wir uns unter vier Augen unterhalten?"

Toni drehte sich zu Paloma um und zeigte auf Paolos stumme Diener.

„Gib den Herren hier was zu trinken. Ich gehe jetzt mit Paolo ins Büro."

Er machte eine Handbewegung in Paolos Richtung, die diesen aufforderte, ihm zu folgen. Dann drehte er sich noch einmal um.

„Und wir wollen nicht gestört werden!"

Dass man Erik Corvins Gemütszustand mit „fassungslos" bezeichnen konnte, war in den letzten Jahren eigentlich nie vorgekommen. In diesem Moment war es so. Wieder und wieder las er die Zeilen auf dem Bildschirm seines Notebooks und war nicht bereit, ihnen Glauben zu schenken.

„Liebe Freunde", las er murmelnd vor sich hin, „nehmt es mir bitte nicht übel, aber nach drei Jahren guter musikalischer Zusammenarbeit habe ich mich entschlossen, mich an Eurem Projekt nicht weiter zu beteiligen."

Typisch Architekt, dachte Corvin. Tut so, als würde er bei einem dubiosen Neubauprojekt plötzlich in den Sack hauen.

„Ich habe es mir nicht leicht gemacht und ich kann Euch auch die Beweggründe nicht weiter erläutern, aber den ständigen Anblick eines Menschen, der einen Teil meines Lebens zerstört hat, den ertrage ich nicht. Und dass dieser Mensch offenbar auch noch so tut, als sei es eine Lappalie gewesen, macht die Sache nur noch schlimmer.

Macht weiterhin gute Mucke, aber bitte ohne mich. Sucht Euch einen neuen Bassmann. Ich kann sonst für nichts mehr garantieren.

Euer Kalle."

Corvin lehnte sich zurück.

Nein, dachte er. Das geht einfach nicht. Sie waren vier Freunde, hatten auf Anhieb harmoniert und bis auf die üblichen Plänkeleien immer einen Konsens gehabt, wie man es selten bei einer Band findet. Viele Musiker behaupten, dass unter ihnen immer Harmonie herrscht, aber das ist barer Unsinn. In keinem anderen freiwilligen Zusammenschluss von Menschen gibt es so viele Meinungsverschiedenheiten wie in einer Band.

Kunststück, dachte Corvin. Wenn einer gut ist, dann hat er auch seine Vorstellungen. Und dass sich die gleich mit drei anderen decken, das ist so selten wie ein Sechser im Lotto.

Plötzlich merkte er, wie er laut mit sich selbst sprach.

„Unsinn, Kalle, du bleibst bei uns."

Als er die Zeilen noch einmal überflog, stellte er fest, dass die Mail von Kalle nur an ihn adressiert war, obwohl er alle angesprochen hatte. Er zog sein Handy aus der Tasche und wählte eine Nummer. Am anderen Ende meldete sich eine Baritonstimme.

„Hallo Jürgen, hier ist Erik. Können wir uns über Mittag mal treffen? Ich sag auch noch Rebus Bescheid."

Eine dreiviertel Stunde später saßen sie beim Italiener an der Jeetzelbrücke, hatten das Tagesgericht und eine große Flasche Wasser bestellt, und schwiegen erst einmal.

Corvin faltete das Blatt mit dem Ausdruck der Mail, die er ihnen gerade vorgelesen hatte, wieder zusammen und steckte das Papier in die Innentasche seines Jacketts.

Er blickte von einem zum anderen.

„Ja, da ist man sprachlos. Aber ich finde, das kommt auf keinen Fall in Frage. Dann verzichten wir lieber auf den Tastendrücker."

Jürgen nickte heftig.

„Auf alle Fälle. Rebus, was sagst du? Du kennst ihn doch am längsten."

Rebus atmete tief ein und aus.

„Ihr wisst ja, Kalle ist ein sehr in sich gekehrter Typ. Frisst alles in sich rein. Aber dann, wenn du gar nicht mehr daran denkst, dann entlädt sich das bei ihm. Ich weiß auf alle Fälle, dass die Band ihm sehr viel bedeutet und ich finde, das soll auch so bleiben."

Dunkle Wolken zogen über Corvins Kopf auf. Du hast ihn angeschleppt, hatten die beiden anderen gesagt. Nun sieh zu, dass wir ihn wieder loswerden.

Er hatte in seinem Berufsleben schon oft anderen Menschen schlechte Nachrichten überbringen müssen, aber in solchen Fällen war es ihm immer gelungen, Distanz zu bewahren. Dies hier war etwas anderes. Etwas Persönliches und das machte die Sache ziemlich unangenehm.

Hilft nichts, sagte er laut zu sich selbst, griff zum Handy und wählte die Nummer von Klaus Nowak.

Der meldete sich prompt und Corvin meinte schon bei der Namensnennung das Dauerlächeln wahrzunehmen.

„Hallo Klaus, hier ist Erik Corvin. Ich muss noch mal mit dir reden."

„Hallo Erik, hast du schon einen Gig für uns? Das ging ja schnell."

Er lachte schallend.

„Nein, hör mir einen Augenblick zu. Es ist so: Wir haben eine Abmachung in der Band, dass alle Beschlüsse einstimmig sein sollen. Wenn wir ein Stück vorschlagen und nur einer hat etwas dagegen, dann machen wir's auch nicht. Und so verhält es sich auch mit anderen Dingen…"

Nowak unterbrach ihn, in dem er wieder zu lachen begann.

„Du brauchst gar nicht weiter zu reden. Ihr wollt, dass ich bei Euch mitmache, aber einer hat was gegen mich. Da muss ich nicht lange nachdenken, wer das sein könnte."

Corvin räusperte sich.

„Ich bitte um Verständnis, dass wir uns an die Regeln halten."

Nowak lachte erneut. Aber diesmal hatte sein Lachen etwas Gehässiges.

„Dieser kleine Wichser. Was hat der gegen mich? Dass ich ihm damals den Auftrag für den Schulneubau abgejagt habe? Ach Gottchen, ich seh sowas sportlich. Und dann trauert er wahrscheinlich noch um diese kleine Nutte, an deren Namen ich mich noch nicht mal mehr erinnern kann. Irgendwas Französisches. War eine ziemlich tote Maus im Bett. Soll er doch froh sein, dass er sie los ist. Und – weißt du was – in eurer Truppe ist er das schwächste Glied. So einen Bassmann findest du an jeder Ecke. Ich sprech noch mal mit ihm und melde mich wieder."

Ehe Corvin noch etwas erwidern konnte, hatte Nowak aufgelegt.

„Verdammte Scheiße!", zischte Corvin und drückte auf Wahlwiederholung. Nach dreimaligem Rufzeichen sprang die Mailbox an. Er überlegte. Er musste Kalle warnen. Wenn der Nowak in diesem Ton mit ihm sprach, würden alle alten Wunden wieder aufbrechen. Er musste das verhindern.

Er drückte auf Kalles eingespeicherte Nummer. Auch hier meldete sich nur die Mailbox.

„Kalle, hier ist Erik. Hör gut zu. Ich habe dem Klaus Nowak abgesagt. Wir wollen auf keinen Fall, dass du uns verlässt. Wir lassen alles so, wie es immer war. Ach so – der Nowak will mit dir sprechen. Ich rate dir, geh nicht ran, wenn er anruft. Ich muss dir recht geben. Er ist offenbar ein ziemlich mieser Typ. Mach bitte keine Dummheiten und melde dich bei mir."

Noch einmal wählte er Nowaks Nummer. Wieder nur die Mailbox. Für ein paar Sekunden überlegte er, ob er etwas draufsprechen sollte, aber das würde ihn wohl noch mehr aufstacheln. Der Typ war in seiner Eitelkeit getroffen, aber vielleicht vergaß er die ganze Sache schneller als man dachte.

In diesem Moment klingelte sein Handy.

„Hallo Erik, hier ist Corinna. Du, mir ist gerade eingefallen, wo Georgs Smartphone sein könnte."

Corvin lachte.

„Und? Warum holst du es nicht?"

Sie klang ein wenig verzweifelt.

„Ich vermute, dass es in einer seiner Jacken war, die ich gestern zur Kleidersammlung gebracht habe."

„Dann würde ich aber sofort dorthin fahren und sie wiederholen."

„Hab ich ja auch gleich gemacht. Aber da war sie schon weg. Die haben gestern Abend sortiert, sagte mir die Frau dort, und zur Zentrale nach Hamburg geschickt. Von dort aus wird es an Institutionen für Bedürftige verteilt. Zum Teil geht das auch ins Ausland. Die wiederzufinden, dürfte wie die berühmte Stecknadel…du weißt schon."

Corvin überlegte.

„Hast du eine bestimmte Ahnung, in welcher Jacke es gewesen sein könnte?"

„Hab ich schon überlegt. Das kann eigentlich nur die sein, die er zuletzt getragen hat. Bevor es ihm so schlecht ging. Das war eine ziemlich auffällige, so eine Holzfällerjacke, weißt du? Mit weißen und roten Karos, schwarz eingefasst. Eigentlich mehr ein Hemd als eine Jacke. Auf dem rechten Ärmel war ein kleines Schild mit der Aufschrift ‚Calgary‘. Meinst du, es gibt irgendeine Möglichkeit, sie wiederzubekommen?"

Corvin zuckte mit den Schultern.

„Im Moment fällt mir nichts ein. Lass mich darüber nachdenken. Ich melde mich."

Nachdenklich ging er in Richtung Küche, um nachzuschauen, ob Lilo wohl einen frischen Kaffee für ihn hätte. In der Diele prallte er fast mit ihr zusammen.

Sie lachte.

„Zu dir wollte ich gerade!"

Er lachte zurück.

„Ich auch."

„Na siehste", sagte sie und griff in die Tasche ihrer Schürze, „und wie immer treffen wir uns in der Mitte. Was wolltest du denn?"

Er machte eine übertrieben galante Handbewegung.

„Nach ihnen, meine Dame!"

Sie schaute ihn strafend an, weil sie in jeder höflichen Geste, die von ihm kam, einen Hinterhalt witterte.

„Ich wollte nur wissen, ob du heute noch mal nach Lüchow fährst. Wir haben keinen Kaffee mehr."

Er seufzte.

„Damit erübrigt sich meine Frage. Okay, weil du es bist. Dann fahre ich aber jetzt gleich."

Sie lachte arglistig.

„Ach, wenn du sowieso dort bist, kannst du ja gleich noch ein paar andere Dinge mitbringen. Habe alles aufgeschrieben."

Damit zog sie einen länglichen Zettel aus ihrer Schürzentasche und reichte ihn Corvin.

Der schaute ungläubig auf die lange Liste.

„Kommen heute noch die himmlischen Heerscharen zu Besuch? Bin ich doch schon wieder darauf reingefallen. Du weißt, wie ich solche großen Einkäufe hasse."

Sie lachte triumphierend.

„Natürlich weiß ich das. Aber mit Bier oder Kaffee kriege ich dich immer. Jetzt gibt es kein Zurück mehr, junger Mann."

„Ich geh ja schon", maulte Corvin und drehte sich zur Tür um.

„Ach, übrigens weißt du zufällig, wer bei der Kleidersammlung immer die Klamotten sortiert?"

Lilo dachte einen Augenblick nach.

„Das machen immer junge Leute aus verschiedenen Dörfern. Die verdienen sich da ein bisschen Taschengeld. Aber warum fragst du? Brauchst du eine neue Hose?"

Man kann nicht sagen, dass Corvin die allerbeste Laune hatte, als er mit vollbeladenem Einkaufswagen nach endlosem Warten an der Kasse zurück auf den Parkplatz fuhr. Er hatte sich – wie sollte es auch anders kommen – in genau die falsche Schlange eingereiht, deren Kasse einen technischen Defekt hatte, gerade als die Frau vor ihm bezahlt hatte und mit neckischem Gruß davonrollte.

Der alte Mercedes stand wenigstens nicht allzu weit vom Ausgang entfernt. Er schob den Einkaufswagen dicht heran und öffnete die Heckklappe. Auf dem Rücksitz, fiel ihm ein, musste noch die große Klappbox stehen, mit der er in der letzten Woche Kartoffeln geholt hatte. Dort konnte er die Waren verstauen und musste sie zu Hause nicht einzeln hineintragen, weil er vergessen hatte, mehrere große Einkaufstüten aus Papier mitzunehmen. Er öffnete die rechte hintere Fahrgasttür und musste im nächsten Augenblick feststellen, dass die Box auf der linken Seite stand. Er rutschte über die mit Leder bezogene Sitzbank, um auf der anderen Seite wieder auszusteigen. Als er die Tür von innen öffnete, gab es einen Knall und einen kurzen Schrei aus einer eindeutig weiblichen Kehle. Er zog die Tür zu, stieg auf der anderen Seite wieder aus und ging um das Auto herum.

„Können sie nicht aufpassen, wenn sie die Tür aufreißen?"

Da Corvins erster Blick der Tür des Autos galt, die jetzt von einer veritablen Beule geziert wurde, fiel erst sein zweiter Blick auf die Person, die ihm diesen Satz vorwurfsvoll entgegengeschleudert hatte. Das Gesicht konnte er nicht sehen, denn sie hatte sich bereits in die Hocke begeben und sammelte die Waren auf, die bei dem Zusammenprall zwischen Einkaufswagen und Autotür zu Boden gegangen waren.

Er holte tief Luft und wollte gerade seinen Ärger herauslassen, als die Person sich erhob und ihn zwei dunkle, fast schwarze Pupillen fixierten. Umrahmt von einem perfekten Augen-Make-up passten sie gut in das Gesicht mit der leicht ins Oliv gehenden Haut, dem dunkelroten Mund und den kurzen, straff nach hinten gekämmten schwarzen Haaren. Sie war fast so groß wie er – insofern befanden sie sich auch mit ihrem Zornausbruch auf Augenhöhe –, gedämpft durch die Überraschung des Anblicks, den keiner von beiden erwartet hatte.

„Sorry, tut mir leid", hörte Corvin sich sagen, obwohl noch vor Sekunden eine ganze Schimpfkanonade auf der Abschussrampe seiner Stimmbänder auf „Feuer frei" gewartet hatte.

Die Frau, die angesichts des Automodells einen korpulenten Typen mit Hut und Hosenträgern erwartet hatte, verfiel von dem schrillen Ton in eine angenehmere Stimmlage, änderte aber nicht ihre Grundausstrahlung, die keine Empathie erkennen ließ.

„Wie wollen wir das regeln?"

Corvin entschied sich für den Zerknirschten, kratzte sich an der Schläfe und wog den Kopf dreimal hin und her.

„Schwer zu klären, wer von uns Schuld hat."

Die Frau schien unter Zeitdruck zu stehen. Sie griff in die Handtasche und reichte Corvin zwei Karten.

„Hören sie, ich kann meinen Tag hier nicht so vertrödeln. Hier sind meine Versicherung und meine Visitenkarte. Wenn sie irgendwelche Forderungen haben, lassen sie es mich wissen. Einen schönen Tag noch."

Sie drehte sich um, hob von der Rückbank des BMW Cabrios eine sogenannte Ibizatasche hoch und verstaute ihre Einkäufe. Ohne ihn eines Blickes zu würdigen, setzte sie sich hinter das Steuer, ließ kurz den Motor aufheulen und fuhr davon.

Corvin, immer noch sehr beeindruckt, stand ein paar Sekunden regungslos da.

„Hallo", rief eine Stimme in seinem Kopf. „Hallo Erik, Lilo wartet auf deine Einkäufe und zu deinem Kaffee wird es heute nicht mehr kommen."

Jetzt erst bemerkte er, dass er die beiden Visitenkarten noch immer in der rechten Faust hielt. „Vereinte Hannover" las er auf der einen. Wahrscheinlich wieder eine, die mit hohem Personal- und Kostenaufwand verhindern will, dass sie zahlen muss. Wollen wir doch mal sehen, dachte er.

Die zweite Visitenkarte war auf mattem Silber gedruckt. „Haus am Moor" war dort zu lesen. Nanu, dachte er, eine Touristin in einem Hotel, dessen Namen du noch nie gehört hast? Es gab eine Telefonnummer, eine E-Mail-Adresse, eine Mobile-Nummer, aber keine Adresse.

Er drehte die Karte um. Die Frau hatte offenbar auf die sonst leere Rückseite etwas geschrieben. Die Schrift war schön, geschwungen und gleichmäßig. Angemessen, dachte er, für eine Frau, die Paloma heißt.

„Wo bleibst du denn?"

Lilo stand in ihrer ganzen Fülle in der Küchentür.

„Hast du noch einen Abstecher in die ‚Wende' gemacht? Aber dafür ist es ja eigentlich noch zu früh."

Corvin hatte die große Klappkiste mit den Einkäufen

gefüllt und ging schnaufend aber schweigend an seiner resoluten Haushälterin vorbei. Die lachte.

„Na prima. Hast ja alles gekriegt. Braver Junge."

Corvin überhörte das geflissentlich. Es gab Hausangestellte und es gab Lilo. Er hatte sich für Letztere entschieden und nun musste er auch die Konsequenzen tragen. Er drehte sich zu ihr um.

„Sag mal, du weißt doch immer alles. Hast du je von einem ‚Haus am Moor' gehört?"

Lilo drehte sich ruckartig um.

„Das fragst du mich? Du bist doch der Mann. Sag mir bitte nicht, dass du nicht weißt, was ‚Die Säge' ist."

Corvin schaute sie überrascht an.

„Du meinst den Puff im Wald? Natürlich weiß ich das. Aber den anderen Namen habe ich noch nie gehört."

Lilo lachte.

„Den benutzt auch schon lange keiner mehr. Irgendein Witzbold hat mal erzählt, dass es ‚Haus Amor' und nicht ‚Haus am Moor' heißen sollte. Aber da hat sich damals wohl jemand verhört. Den Witz versteht man natürlich nur, wenn man etwas Spanisch kann. Einer meiner Verflossenen, der dicke Pablo, hat mir das erklärt. Aber warum willst du das eigentlich wissen? Bist du nicht ausgelastet?"

Corvin wollte etwas Passendes erwidern, kam aber nicht dazu, weil sein Handy klingelte.

„Hallo Erik, hier ist Andi. Ich muss dich mal dringend sprechen. Bist du zu Hause? Okay, dann bin ich in zehn Minuten bei dir."

Die Einschätzung war zutreffend. Ziemlich genau zehn Minuten später rumpelte Andis alter Golf auf Corvins Hof.

Corvin, irgendwie froh, Lilo entkommen zu sein, ging

ihm entgegen. Als er Andis Gesicht sah, wusste er, dass er sich jeden dummen Spruch verkneifen sollte.

Andi hob die rechte Hand.

„Alles, was ich dir jetzt sage, weißt du nicht von mir."

Corvin blieb stehen und zuckte mit den Schultern.

„Worauf du dich verlassen kannst. Ist doch klar."

Andi ging an ihm vorbei und setzte sich auf die Bank neben der Küchentür.

„Weißt du zufällig, wo sich dein Freund und Mitmusiker Karsten Hoppe zurzeit aufhält?"

Corvin schaute ihn irritiert an.

„Kalle? Nee, keine Ahnung, ich warte immer noch auf eine Antwort von ihm. Warum fragst du?"

Andi nahm die Brille ab und kniff die Augen zusammen.

„Du hast mich doch neulich nach Klaus Nowak gefragt. Ein Spaziergänger mit seinem Hund hat ihn heute Morgen gefunden. Den schönen Klaus. Aber besonders schön hat er nicht mehr ausgesehen."

Corvin riss die Augen auf.

„Tot? Wo hat er ihn gefunden?"

„In einem Gebüsch in der Nemitzer Heide. Er hat ihn gar nicht gesehen, sein Hund hat ihn aufgestöbert. Aber wir können mal davon ausgehen, dass er dort nur abgelegt wurde. Ausgeknipst haben sie ihn woanders."

„Wurde er erschossen?"

Andi nickte.

„Ja. Ein sauberer Schuss direkt ins Herz. Aus nächster Nähe abgefeuert. Die Waffe ist spurlos verschwunden."

Corvin dachte nach.

„Und nach dem was du über Kalle weißt, kommt er als Verdächtiger in Frage?"

Andi zuckte mit den Schultern.

„Es steht zumindest fest, dass er einen ziemlichen Hass auf den Schönling hatte. Außerdem hat er einen Jagdschein, kann also durchaus legal eine Pistole besitzen. Ich habe das noch nicht zu Protokoll gegeben, wollte erst einmal mit dir sprechen. Dass er jetzt nicht auffindbar ist, verbessert seine Lage auch nicht gerade."

Corvin nickte.

„Kannst du das noch eine Stunde zurückhalten? Ich werde versuchen, ihn zu finden."

Andi stand auf.

„Okay, wir sind sowieso noch mit den Spuren beschäftigt. Aber bitte auf keinen Fall länger. Und gib mir sofort Bescheid, wenn du was weißt."

„Verdammt", zischte Corvin als Andi vom Hof gefahren war und zog sein Handy aus der Tasche.

Er drückte auf die Taste unter der Rebus, Nummer gespeichert war.

„Hallo, hier ist Erik. Hast du eine Ahnung, wo Kalle steckt?"

„Hallo Erik. Nee, weiß ich nicht. Hatte seit unserem letzten Treffen keinen Kontakt mehr zu ihm."

Corvin dachte nach.

„Du kennst ihn doch gut. Gibt es irgendeinen Ort, an den er sich zurückzieht, wenn er Probleme hat oder wenn er über etwas nachdenken will?"

Für einen Augenblick war Stille in der Leitung.

„Hallo Rebus, bist du noch dran?"

„Ja, ich überlege gerade. Er hat ja vor einigen Jahren das Waldstück von seinem Onkel geerbt. Da steht so eine Art Wochenendhaus drauf. Ich glaube, dahin verschwindet er manchmal ganz gern."

Corvin merkte, wie sich seine Ohren spitzten.

„Okay, dann sag mal: Wo ist das genau?"

„Warum willst du das eigentlich wissen?", fragte Rebus, nachdem er die Beschreibung des Ortes beendet hatte.

Aber da hatte Corvin die Verbindung bereits unterbrochen und eilte im Laufschritt auf den Hof zu seinem Auto.

Dank der genauen Beschreibung fand er den schmalen Weg, der von dem Dorf Zebelin in den Wald führte, auf Anhieb. Nachdem er weitere zweihundert Meter im Schritttempo gefahren war, sah er das Haus. Genau genommen war es eine Hütte mit zwei kleinen Räumen, die dringend hätte saniert werden müssen. Neben der Hütte parkte ein Toyota SUV mit dem Kennzeichen DAN – KH. Glück gehabt, dachte Corvin und sah auf seine Armbanduhr. Noch zwanzig Minuten, dann war die Frist, die ihm Andi gesetzt hatte, abgelaufen.

„Kalle, bist du da?"

Corvins Stimme hallte durch den Wald.

Sekunden später trat ein verdutzt aussehender Karsten Hoppe aus der windschiefen Tür. Sofort fiel Corvin auf, dass er ein blaues Auge hatte und um seine rechte Hand ein schmutziger Verband gewickelt war.

„Erik, was machst du denn hier?"

Corvin atmete tief aus.

„Kalle, hör mir jetzt genau zu und stelle keine Fragen. Wir haben nur noch wenig Zeit. Klaus Nowak ist tot, genau gesagt, er wurde ermordet und Andi sucht dich. Du hast dein Handy abgeschaltet. Schalte es bitte sofort wieder an. Aber bevor du es tust, sag mir: Hast du etwas damit zu tun und was sind das für Verletzungen?"

Kalle wurde leichenblass und setzte sich auf einen Gartenstuhl, der neben der Tür stand.

„O Gott, nichts habe ich damit zu tun. Ich bin seit zwei Tagen und zwei Nächten hier. Und die Verletzungen habe ich mir beim Holzhacken geholt. Ich habe mir den Stiel von der Axt ins Auge gerammt und mir außerdem auf die Hand geschlagen. Tat verdammt weh."

Corvin schaute ihn durchdringend an.

„Hast du Zeugen, dass du die ganze Zeit hier warst?"

Kalle schüttelte den Kopf.

„Okay, dann rufe ich jetzt Andi an. Bleib ruhig und überlege dir genau, was du sagst, damit du dich nicht in Widersprüche verwickelst. Und kümmere dich schon mal um einen Anwalt."

Scheißsituation, dachte Corvin als er zurückfuhr. So ziemlich alle Anzeichen sprachen gegen Kalle, aber nach seinem Gefühl hatte er wirklich nichts damit zu tun. Doch Vorsicht. Auf Gefühle sollte man sich nicht verlassen. Besonders bei Ermittlungen nicht.

Nach wenigen Minuten hatte er Lüchow erreicht und bog in die Lange Straße ein, die Einkaufsmeile des knapp Zehntausend-Seelen-Städtchens. An einem Zebrastreifen musste er anhalten, weil eine Gruppe Jugendlicher die Straße überquerte. Gedankenverloren schaute er ihnen nach. Moment mal! Plötzlich war er hellwach und starrte hinaus. Der Junge am Schluss der Gruppe trug eine Holzfällerjacke mit rot-weißen schwarz eingefassten Karos. Gerade konnte er noch das Schild auf dem Ärmel erkennen, in das der Name Calgary gestickt war.

Er lenkte das Auto in eine Parkbucht, sprang hinaus und lief der Gruppe nach.

Erreichte sie mit wenigen Schritten und tippte dem Jungen mit der Jacke auf die Schulter. Der drehte sich erschrocken um. Corvin bemühte sich streng auszusehen.

„Darf ich fragen, woher du diese Jacke hast?"

Der Junge, der etwa sechzehn Jahre alt war, schaute ihn verdutzt an.

„Und warum wollen sie das wissen?"

Corvin kniff die Augen zusammen.

„Weil das meine Jacke ist, die meine Frau irrtümlich in die Kleidersammlung gegeben hat."

Der Junge grinste ihn an.

„Das ist Quatsch. Das ist meine Jacke, die habe ich schon lange."

Corvin trat einen Schritt näher.

„Würdest du das auch vor der Polizei wiederholen?"

Der Junge lachte arrogant.

„Das werde ich nicht müssen. Mein Vater ist Kreistagsabgeordneter, der hat allerbeste Verbindungen."

Corvin zog die Augenbrauen hoch.

„Ah, Kreistagsabgeordneter. Dann haben wir ja morgen eine hübsche Schlagzeile für die Zeitung: Sohn des Kreistagsabgeordneten beklaut Bedürftige. Ich glaube, das wird deinem Vater wenig gefallen."

Der Junge schaute ihn aus großen Augen an. Corvin lächelte.

„Also, ich schlage dir einen Deal vor. Du darfst die Jacke behalten und gibst mir dafür das Handy, das in der Tasche war."

Der Junge begann zu stottern.

„Was für… ein ähh – was für ein Handy? Da war kein Handy."

Corvin griff in die Tasche und zog sein Mobiltelefon hervor.

„Okay, dann also doch Polizei und Zeitung."

Der Überrumpelte hob die rechte Hand.

„Hör auf, Mann. Hier hast du dein Scheißhandy."

Er griff in die Seitentasche, holte ein Smartphone hervor und reichte es Corvin. Der grinste.

„Na bitte, warum nicht gleich so. Dann wünsche ich dir noch viel Spaß mit meiner Jacke. Und schöne Grüße an deinen Vater."

Der Junge hatte sich schon einige Meter fortbewegt. Plötzlich blieb er stehen, drehte sich um und ging wieder auf Corvin zu.

Ich hoffe, der Typ hat sich im Griff, dachte Corvin. Wenn der jetzt durchdreht und zuschlägt, musst du dich wehren und das könnte ziemliche Komplikationen mit sich bringen.

Der Junge grinste ihn an und zog etwas aus der Tasche.

„Hier, das vermisst du doch sicher auch."

Er hielt Corvin eine kleine Kette entgegen, an dem zwei Schlüssel baumelten.

Corvins Gesichtszüge entspannten sich.

„Oh ja, danke. Nett von dir."

„Okay, Mann, dann sind wir quitt."

Damit drehte er sich auf dem Absatz um und ging zurück zu seinen Freunden.

Für einen Augenblick hatte Corvin überlegt, ob er jetzt zu Corinna fahren sollte, um von seinem Fund zu berichten und mit ihr den Speicher des Handys durchzugehen. Aber dann verwarf er diese Idee. Irgendetwas im Inneren sagte ihm, er solle sich erst einmal allein darum kümmern. Informieren konnte er sie immer noch.

Corvin ging zurück zu seinem Auto. Die Sonne stand so, dass sich die Blessur in der Tür, die ihm die exotisch aussehende Frau auf dem Parkplatz zugefügt hatte, kontrastscharf abzeichnete. Eigentlich gehörte er nicht zu denen, für die ein Kratzer am Auto ein schwerer Schicksalsschlag war, aber diese Beule störte ihn schon sehr.

Wollen doch mal sehen, was Ernst dazu sagt, murmelte er. Stieg ein und fuhr los.

Ernst Bender, der zusammen mit seinem Sohn eine Autowerkstatt an der Hauptstraße in Lübbow betrieb, wurde vor allem geschätzt, weil er alles reparieren konnte. Austauschen war für ihn die letzte Konsequenz. „Das heißt hier Autoreparatur", pflegte er zu sagen, „und nicht Autoaustausch."

Minutenlang starrte er auf die Beule in der Tür und fuhr immer wieder mit einem seiner wurstförmigen Finger über den Schaden.

„Is,n kleiner Knick drin", murmelte er und schob mit dem Mittelfinger seine Mütze nach oben. „Aber für einen Hunderter mach ich dir das wieder glatt. Bring ihn nächste Woche vorbei."

Corvin lachte. In Hamburg hätte er mit Sicherheit das Fünffache bezahlt.

„Danke Ernst, das ist wirklich ein faires Angebot. Aber reich wirst du bei deinen Preisen nicht."

Ernst schaute ihn über den oberen Rand seiner Brille an.

„Hatte ich auch nie vor."

Damit drehte er sich um, griff nach einem 13er Schraubenschlüssel und verschwand hinter einer hochgeklappten Motorhaube.

Eigentlich kannst du das selbst bezahlen, dachte Corvin als er sich auf den Heimweg machte. Wegen hundert Euro den ganzen Versicherungskram in die Gänge bringen? Und außerdem kam er sich wie ein kleiner Spießer vor, wenn er den Betrag von der Frau einforderte. Man sollte die Sache auf sich beruhen lassen.

Andererseits merkte er, wie sein Hirn daran arbeitete, doch noch eine Begründung dafür zu finden, mit der durchaus interessanten Frau in Kontakt zu treten. Außerdem konnte er sich bei der Gelegenheit „Die Säge", die er nur aus Erzählungen kannte, etwas genauer ansehen. Und sollte er dort gesehen werden, hatte er eine plausible Erklärung und geriet nicht in den Verdacht, das „Haus am Moor" von Hormonen gesteuert aufgesucht zu haben.

„So machen wir's", sagte er zu sich selbst, hielt am Straßenrand, zog sein Handy sowie die Visitenkarte aus der Tasche und tippte die Nummer ein.

Sie meldete sich mit einem gedehnten „Haus am Moor, was können wir für sie tun?". Dabei schien es durchaus beabsichtigt, dass „am Moor" wie „amor" klang.

Corvin räusperte sich.

„Ja, hallo, hier ist Erik Corvin. Wir hatten einen kleinen Zusammenstoß auf dem Parkplatz. Sie erinnern sich?"

„Allerdings", sagte die Frau und schaltete die Stimme vom verruchten in den amtlichen Modus um. „Haben sie den Schaden schätzen lassen?"

„Ja, habe ich. Hundert Euro soll der Spaß kosten."

Die Frau lachte kurz auf.

„Hundert Euro? Dafür müssen wir das aber nicht offiziell machen. Ich gebe es ihnen auf die Hand. Einverstanden? Sie können es sich gleich hier abholen."

Damit unterbrach sie die Verbindung.

Na bitte, dachte Corvin. Genauso hatte ich mir das vorgestellt. Er wendete den Wagen und machte sich auf den Weg.

Obwohl sie von hohen Bäumen umgeben war und die

Natur den großen Garten zurückerobert hatte, wirkte die alte Direktionsvilla wie ein Fremdkörper im Wald. Auch ein Laie konnte erkennen, dass das Gemäuer eine Grundrenovierung dringend nötig hatte. Vor den Fenstern im Erdgeschoss waren Jalousien heruntergelassen worden, die schwarz lackierte Eingangstür aus Eiche hatte nach außen keinen Türdrücker. Dafür gab es einen kleinen Kasten mit einer Zahlentastatur und einen normalen Klingelknopf aus Messing.

Wahrscheinlich bekommen Stammkunden hier eine Codenummer, dachte Corvin, als er auf die Klingel drückte.

Kurz darauf öffnete sich im oberen Teil der Tür eine Klappe. Zu sehen war von dem Gesicht nur der Teil zwischen Augenbrauen und Nasenspitze. Trotzdem war erkennbar, dass es sich um einen schlecht gelaunten jüngeren Mann handelte. Die Stimme war dementsprechend.

„Wir haben noch geschlossen."

Corvin hob die rechte Hand.

„Guten Tag, mein Name ist Corvin. Paloma erwartet mich."

Die Augen starrten ihn feindselig an.

„Moment, ich frage mal nach."

Damit knallte er die Klappe wieder zu.

Wenig später hörte Corvin, wie sich ein Schlüssel im Schloss drehte.

Im Türrahmen erschien nicht der Schlechtgelaunte, sondern die ihm bekannte Frau, die aber ebenfalls keine besondere Freundlichkeit ausstrahlte.

„Kommen sie kurz rein. Dann können wir das gleich erledigen."

Er folgte ihr durch einen dunklen Flur, der überwiegend in lackschwarz gehalten war. Dann öffnete sie die Tür zu einem Raum, der wahrscheinlich das Büro des Unternehmens war. Er war etwas heller beleuchtet, in der Mitte stand ein großer Schreibtisch im Pseudobarock. Dahinter lehnte ein Regal im selben Stil an der Wand, vollgestellt mit Ordnern, die alle mit schön geschwungenen Buchstaben beschrieben waren. Dieselbe Schrift wie auf der Visitenkarte, registrierte Corvin.

Paloma griff zu einer Handtasche, die auf dem Schreibtisch stand, öffnete sie und förderte ein Bündel Banknoten zu Tage. Zog einen Hunderter heraus und reichte ihn Corvin.

„Bitte sehr!"

Corvin lachte.

„Ach, wissen sie, eigentlich habe ich genau so viel Schuld wie sie. Ich hätte die Tür nicht so ruckartig aufreißen sollen. Ich könnte mir eine andere Lösung…"

Die Frau schnitt ihm das Wort ab und zog die Mundwinkel nach unten.

„Das hätte ich mir doch denken können. Sie hätten es gern in Naturalien, stimmt's? Aber das können sie sich abschminken. Sie haben vielleicht eine andere Vorstellung, aber wir hier haben auch unsere Prinzipien."

Corvin hob abwehrend die Hand.

„Oh nein. Da haben sie mich völlig missverstanden. Ich fände es nett, wenn ich sie zum Essen einladen dürfte."

Palomas Mundwinkel gingen noch weiter nach unten.

„Was für ein plumper Rückzieher. Sie mich zum Essen einladen? Dass ich nicht lache. Und nun verschwinden sie, bevor Toni zurückkommt und sie rausschmeißt."

Corvin war kein Mann, der schnell aufgab. Aber in diesem Fall merkte er, dass er so nicht weiterkam. Dabei war seine Einladung doch wirklich harmlos. Er wollte einfach etwas mehr über diese Frau erfahren. Wäre allerdings mehr daraus geworden, musste er zugeben, hätte er nur geringen Widerstand geleistet.

„Sie haben mich schon wieder falsch…"

Sie schnitt ihm abermals das Wort ab und streckte ihm wieder den Hunderter entgegen.

„Stecken sie ihr Geld ein und gehen sie bitte."

Er winkte ab.

„Vielen Dank. Ich stifte es für die Kasse zur Pflege ihrer Prinzipien."

Damit drehte er sich um und ging zur Tür.

Als er auf dem Weg zu seinem Wagen war, rauschte ein schwarzer Mercedes S 65 AMG Final Edition fast lautlos an ihm vorbei.

Für ein paar Sekunden konnte er sehen, dass hinter dem Steuer ein bulliger Mann mit kurzen grauen Haaren und einer auffallend breiten Nase saß. Für den Bruchteil einer Sekunde trafen sich ihre Blicke.

Und für ein paar weitere Sekunden überlegte er, wo er dieses Gesicht schon einmal gesehen hatte. Aber dann musste er wieder an Paloma denken und ärgerte sich darüber, wie sie ihn eingeschätzt hatte.

„Da ist das letzte Wort noch nicht gesprochen", murmelte er, schloss sein Auto auf und fuhr davon.

10

In der Küche war es ganz still. Nur eine verirrte Hummel zog brummend ihre Kreise und verschwand dann wieder durch die offene Tür. Corvin hatte das Handy, das Georg Harms gehörte, auf den Tisch gelegt. Man konnte es einschalten, denn der Akku hatte noch eine Ladung von 15 Prozent. Wie war doch gleich das Passwort für sein Notebook gewesen? Richtig, Corinna2010. Er probierte es auch bei diesem Gerät und hatte sich nicht getäuscht.

Als Erstes ging er im Telefonbereich die Kontaktliste durch. Das System war schnell zu durchschauen. Die Namen der offiziellen Stellen wie Apotheke, Sparkasse oder ADAC hatte er mit ganzem Namen eingetragen. Die privaten Kontakte waren offensichtlich nur mit den Initialen vermerkt. Manchmal auch nur mit einem Buchstaben. So stand C sicher für Corinna. Die Anrufliste musste er regelmäßig gelöscht haben, denn es fanden sich nur drei Einträge. Es waren drei fehlgeschlagene Anrufe. Die Nummern waren nicht sichtbar, sondern durch das Wort „privat" ersetzt. Ein GL, ein BF und ein T hatten versucht, ihn zu erreichen. Auch die einzige SMS, die nicht gelöscht worden war, stammte von T und lautete: „Warum antwortest du nicht? Bin verzweifelt."

Ziemlich leer war auch das Fotoarchiv. Wie auf seinem Notebook gab es auch hier ausschließlich Fotos von irgendwelchen Baustellen, die wahrscheinlich mit seinem Job zusammenhingen.

Er nahm sein eigenes Handy und rief Corinna an. In kurzen Worten erzählte er ihr, wie er das Handy wiedergefunden hatte. Ob sie wisse, wer hinter den Initialen stecke? Sie musste nicht lange überlegen.

„GL ist sicher Günter Lohmann, das ist Georgs Chef. BF ist Bernd Fischer, das ist der Kollege, mit dem er meistens zusammengearbeitet hat. Aber T? Keine Ahnung, wer das sein könnte."

„Ich danke dir", sagte Corvin, „ich bleibe dran und halte dich auf dem Laufenden."

Schwache Ausbeute, dachte Corvin und griff in die Tasche, um die Schlüssel, den ihm der Junge gegeben hatte, genauer anzusehen.

Der eine war ein Sicherheitsschlüssel, etwas kleiner als einer für ein Türschloss. Der zweite hatte eher die Form eines Stiftes wie der für eine Schlüssellochsperre. Sie hingen an einer kurzen silbernen Kette, an der wiederum ein kleiner Anhänger in Form einer französischen Lilie hing.

Er rief Corinna ein weiteres Mal an.

„Sag mal, vermisst du auch die Schlüssel deines Mannes?"

„Nein", sagte sie ohne lange nachzudenken, „die sind alle hier. Er hatte ein Bund mit unseren und den Büroschlüsseln. Die und seine Autoschlüssel hat er immer auf die Kommode im Flur gelegt…warte mal!"

Corvin hörte, dass sie mit schnellen Schritten durch die Räume ging.

„Ja, die sind hier. Warum fragst du?"

Für einen Augenblick überlegte er, ob er ihr von dem Schlüssel mit der Lilie erzählen sollte. Aber dann ließ er es.

„Okay, danke. Ich will mir nur einen Überblick verschaffen, welche Gegenstände, die er täglich gebraucht hat, noch da sind und welche nicht."

Irgendetwas war anders als sonst. Das hatte Corvin sofort gemerkt, als er die Tür öffnete und den Gastraum der „Wende" betrat. Einige Gespräche wurden unterbrochen, Augenpaare starrten ihn an. Und als er sich dem Tresen näherte, bemerkte er sofort das leicht süffisante Lächeln, das Klaas Vormann und Frank Matthes nicht verbergen konnten. Auch fehlten das bekannte Empfangsritual und die üblichen Floskeln.

Corvin schaute Matthes in die Augen und reckte den Daumen in die Höhe, ohne dass der sein obligatorisches „Köpi?" von sich gegeben hatte.

Er schaute von einem zum anderen.

„Is' was?"

Vormann gab einen Zigarrenraucherhuster von sich und schüttelte den Kopf.

„Nö, wir haben uns nur gerade gefragt, ob du einen schönen Nachmittag gehabt hast."

Corvin schaute ihn verständnislos an.

„Ob ich einen schönen Nachmittag…?"

Plötzlich ging ihm ein Licht auf.

„Ach Gottchen, ihr Tratschtanten. Irgendjemand hat meinen Wagen an der ‚Säge' parken sehen. Stimmt's?"

Frank Matthes schob ihm ein gut gezapftes Pils über den Tresen und grinste.

„Genau, mein Lieber, und wir fragen uns natürlich, ob du in der Brunft bist, wenn du schon so früh da aufkreuzt."

Corvin hob das Glas und nahm einen Schluck.

„Da seid ihr aber völlig auf dem Holzweg. Aber wenn ihr wollt, erzähle ich euch die Geschichte."

Und dann erzählte er von dem Zusammenstoß auf dem Parkplatz und warum er letztlich auf Schadenersatz verzichtet hatte.

Vormann machte ein enttäuschtes Gesicht.

„Das ist alles? Und du wolltest sie tatsächlich einladen? Da sei man froh, dass Kartoffel-Toni gerade nicht zu Hause war. Wer versucht, mit seiner Frau anzubandeln, sieht wenig später gar nicht mehr so gut aus. Der war in Österreich mal Meister im Schwergewicht. Das ist zwar schon etwas her, aber er soll immer noch sehr gut in Form sein."

Corvin tippte sich an die Stirn, denn ihm war zum zweiten Mal an diesem Abend ein Licht aufgegangen.

„Kartoffel-Toni? Siehste, ich wusste doch, dass ich den schon irgendwo mal gesehen habe. Ich meine, dass der früher mal auf St. Pauli aktiv war."

Vormann nickte.

„So ist es. Der hatte dort früher einen ganzen Stall am Laufen, aber dann haben ihn die Albaner verdrängt und dann hat er was in der Provinz gesucht und hat ‚die Säge' gefunden."

Er lachte schallend.

„Der Puff im Wald, in dem angeblich noch nie jemand war, aber der wie geschmiert läuft."

Frank Matthes zapfte ein frisches Pils.

„Ja, im Wendland ist man diskret. Aber hier läuft mehr, als so mancher sich vorstellen kann. In – ich sag's mal lieber nicht – gibt es einen privaten Swingerclub. Läuft wie Hulle. Die tarnen sich als Verein der Campingfreunde, aber wenn auf der Wiese hinterm Haus mal wieder ganz viele Wohnmobile stehen, dann weiß man: Da geht die Luzie ab."

Vormann ließ ein weiteres Mal sein dröhnendes Lachen hören. „Und manchmal treiben es auch die ganz doll, von denen du das am wenigsten annimmst. Könnt ihr euch noch an diese wunderbare Geschichte mit den Kuhlbrodts erinnern?"

Corvin schüttelte den Kopf.

„Nee, kenn ich nicht. Erzähl mal!"

Inzwischen hatte sich ein ganzer Kreis am Tresen versammelt, denn Geschichten aus dem Bereich Liebe und Triebe waren die begehrtesten. Auch die Künstlerrunde um den Maler Uno Brömmer hatte sich dazu gesellt, ließ das Thema „Braucht die Kunst noch den Menschen" für ein Weilchen auf sich beruhen, und lauschten dem rauchigen Bariton des Erzählers.

„Also, Melanie Kuhlbrodt, pensionierte Oberstudienrätin und ihr Mann, Professor der Ornithologie und Sammler von alten Stichen. Beide zugeknöpft bis zur Halskrause, nicht vorstellbar, dass die mal was miteinander hatten. Dafür beide sehr geldgierig. Die besaßen das schöne Fachwerkhaus im Jeetzelbogen und eines Tages klingelte es an ihrer Tür. Vor der Tür standen zwei elegant gekleidete Herren mit französischem Akzent. Die stellten sich als Filmproduzenten vor und wollten das Haus eine Woche lang für Aufnahmen mieten. Sie würden zwar einiges umdekorieren, aber nach Drehschluss würde wieder alles an seinem Platz stehen. Melanie hat zuerst brüsk abgelehnt, aber als die Herren sagten, was sie dafür zahlen würden, änderte sie ihre Meinung sofort. Also: Sie und ihr Mann zogen für eine Woche aus, das Filmteam zog ein. Nach einer Woche wurde das Haus zurückgegeben – alles sauber und picobello. Die Miete wurde in bar ausgezahlt, alle waren zufrieden. Bis zu dem Tag, als die Franzmänner ein Video mit dem Film als Belegexemplar schickten. Der hieß nämlich ,Exzesse im Vierständerhaus' und war ein Porno der ganz harten Sorte. Das Haus war bis in den letzten Winkel genau zu erkennen. Und was Melanie am meisten schockierte, war, dass man zusehen konnte, wie sie es auf ihrem Küchentisch trieben, wo sie sonst zu Weihnachten immer den Plätzchenteig ausgerollt hatte. Das Haus haben die beiden so schnell wie möglich verkauft, aber das Video steht heute in fast jedem Bücherregal des Wendlands, wenn auch meistens in der zweiten Reihe."

Das dröhnende Gelächter, das auf Vormanns Schilderung unmittelbar folgte, ließ die Gläser im Regal klirren.

Corvin merkte, wie ihm jemand auf die Schulter tippte, drehte sich um und schaute in Andis Gesicht, das als einziges ernst geblieben war.

„Kann ich dich mal einen Augenblick sprechen?"

Er nickte und griff nach seinem Glas, das Frank Matthes gerade frisch gefüllt hatte.

„Ja klar, lass uns nach draußen gehen."

Sie verließen die ausgelassene Runde, in der Klaas Vormann gerade zur nächsten Anekdote ansetzte und gingen hinaus in den Garten. Etwas abseits von den Tischen stand eine Bank unter einem Walnussbaum. Dort ließen sie sich nieder. Andi sprach im gedämpften Ton.

„Ich wollte dir nur sagen, für deinen Freund Kalle sieht es nicht gut aus. Er hat kein Alibi und hat im Suff Drohungen gegen Nowak rausgelassen. Dafür gibt es Zeugen. Im Moment suchen sie gerade nach DNA-Spuren. Wenn die da was finden, kassieren die ihn. Du kennst doch Winkelmann."

Corvin stellte sein Glas auf die Sitzfläche der Bank.

„So wie ich Nowak inzwischen einschätze, hatte der nicht nur Freunde. Ermittelt ihr denn auch noch in andere Richtungen?"

Andi schüttelte den Kopf.

„Im Moment noch nicht. Es ist nämlich immer noch

nicht ganz klar, wo er umgelegt wurde. In seiner Wohnung jedenfalls nicht. Das haben wir überprüft. Hey, hörst du mir zu?"

Corvin nahm einen Schluck.

„Ich überlege gerade, was ich tun kann, um Kalle zu helfen. Ich glaube nämlich nicht, dass er es war."

Andi zuckte mit den Schultern.

„Nowak verkehrte doch überwiegend in Musikerkreisen. Da kennst du dich doch auch ganz gut aus. Also, hör dich mal um."

Corvin dachte nach.

„Stimmt. Dann werde ich morgen mal Waldi ein bisschen ausquetschen."

Das „Café Schalloch" lag direkt an der Bundesstraße zwischen Dannenberg und Lüchow. Früher hatte ein Stellmacher in dem großen alten Gebäude seine Räder hergestellt und die Wagen der Bauern repariert. Anfang der achtziger Jahre hatte eine Gruppe junger Leute das alte Haus mit der großen Montagehalle gekauft und nach dem Vorbild der Hamburger „Fabrik" zu einem Kommunikationszentrum umgebaut. Hier gab es Vorträge, Filme, Gastronomie und vor allem Live-Musik. Der Widerstand gegen das Atommüll-Endlager hatte nicht nur Dichter und Denker, Maler und Bildhauer, sondern auch Musiker angezogen. Mittelpunkt war die große Bühne in der Halle mit den dicken, roh gemauerten Wänden, durch die kein Ton nach außen drang. Für Frühaufsteher in der Nachbarschaft, die bereits ab 21 Uhr in den Federn lagen, war das auch gut so, denn oft drehten die Bands ihre Verstärker so weit auf, als wollten sie testen wie lange die Mauern dem Sound standhielten.

Auch wenn kein Auftritt im Programm stand, kam es – meist zu vorgerückter Stunde – zu einer spontanen Session, denn irgendwelche Musiker waren immer anwesend. Entweder hatten sie ihre Instrumente bei sich oder sie bedienten sich in Waldis Arsenal, das aus seiner eigenen Instrumentensammlung und aus solchen bestand, die durchreisende Musiker hier vergessen oder in Zahlung gegeben hatten.

Waldi, der eigentlich Waldemar Zalowski hieß, war der Gründer des „Schallochs" und steuerte bereits auf die Siebzig zu. Er war ein großer Mann mit einem gewaltigen Bauch, kinnlangen weißen Haaren und einem Vollbart, der seltsamerweise dunkler geblieben war als seine Haarpracht.

Er war selbst Bassist und erzählte gern von den Zeiten, als er noch aktiver Musiker war und mit vielen Rockgrößen auf der Bühne gestanden hatte. Seitdem er aber von einem Auftritt mit Otis Redding Mitte der Siebziger in allen Details berichtet hatte, stand Corvin seinen Erzählungen etwas skeptischer gegenüber. Otis Redding war nämlich bereits 1967 bei einem Flugzeugabsturz ums Leben gekommen. Trotzdem schätzte er Waldi sehr und nahm ihm diese kleinen geschichtlichen Ungenauigkeiten nicht krumm.

„Hallo Erik", tönte es in soliden Basstönen, als Corvin die Gaststube des „Schallochs" betrat, wo Waldi gerade damit beschäftigt war, Teller in einen Schrank einzuräumen.

„Lässt du dich auch mal wieder blicken?"

Corvin lachte.

„Hallo Waldi. Stimmt, ich war lange nicht hier. Dauernd kam mir was dazwischen. Du weißt ja, wie das ist."

Die Gaststube war mäßig besetzt. Zwei junge Männer waren mit ihren Handys beschäftigt und ein Paar turtelte so intensiv, dass es die Umwelt nicht mehr wahrnahm.

Insofern stand Waldi nicht unter Zeitdruck.

„Komm, setz dich hier zu mir an den Tresen und erzähl mir den neuesten Tratsch."

Corvin zog einen Hocker zu sich heran und setzte sich.

„Im Moment gibt's nicht viel Gutes. Du hast ja sicher schon gehört…"

„…dass der schöne Klaus tot ist?" unterbrach ihn Waldi. „Ja, furchtbar. Aber gewundert hat es mich nicht."

Corvin schaute ihn erstaunt an.

„Wieso nicht?"

Waldi verzog sein Gesicht zu einem spöttischen Grinsen.

„Ich kenne nicht gerade wenige, die ihm gern den Hals umgedreht hätten, darauf kannst du dich verlassen. Oh pardon, was willst du trinken? Ein Pils?"

Corvin nickte.

„Und warum glaubst du das?"

Waldi hatte ein Glas aus dem Regal genommen und drehte den Zapfhahn auf.

„Der mit seinen Weibergeschichten. Und immer mit welchen, die in festen Händen waren. Nur um zu beweisen, wie unwiderstehlich er ist. Was meinst du, wie viele Beziehungen der kaputt gemacht hat. Eine seiner Affären soll sogar Selbstmord begangen haben."

Corvin dachte einen Augenblick nach.

„Ich verstehe nicht, dass ich ihn erst vor Kurzem kennengelernt habe. Ganz egal, ob er berühmt-berüchtigt war – ein guter Musiker war er auf alle Fälle."

Waldi lachte.

„Der hat ja im Landkreis schon lange nicht mehr gemuckt. Höchstens, wenn er mal einer Frau imponieren wollte. Die Musikszene war ihm hier zu provinziell. Der hat sich lieber in den Clubs in Hamburg oder Berlin rumgetrieben. Aber hier einem Mann die Frau ausspannen, das war immer noch drin. Bitte sehr, dein Pils."

Corvin hob sein Glas und nahm einen Schluck.

„Aber er hat doch immer noch als freier Architekt gearbeitet, oder?"

Waldi schüttelte den Kopf.

„Wohl kaum. Aber irgendetwas muss er gemacht haben, denn er hat ja ein ziemlich luxuriöses Leben geführt. Es wird da einiges gemunkelt und einige sagen, seine Geschäfte waren genauso schmutzig wie seine Affären."

Ein großer hagerer Mann mit tief liegenden Augen und fettigen langen Haaren, der einen langen Trenchcoat trug, war fast unbemerkt in die Gaststube gekommen und stand plötzlich neben Corvin. Waldi blickte auf und lachte.

„Moin Mike, du kommst ja fast wie aufs Stichwort. Erik, das ist Mike. Hat in den frühen Jahren als Drummer mit Klaus zusammengespielt."

Corvin hob die Hand, der Hagere erwiderte den Gruß. Die Knöchel an seiner Hand waren übernatürlich vergrößert. Arthrose in den Fingergelenken hatten seine Karriere als Schlagzeuger ziemlich abrupt beendet.

„Ihr sprecht gerade über Klaus? Komisch, an den habe ich vorhin auch gedacht. Möchte wissen, wer den umgelegt hat. Einige Kandidaten würden mir einfallen."

Waldi nahm ein weiteres Glas aus dem Regal.

„Und warum, meinst du, ist das nicht früher passiert?"
Der Hagere grinste.

„Weil Klaus einen sicheren Instinkt dafür hatte, wie er jemandem schaden kann. Er hat bei allen die Schwachstellen sofort rausgekriegt und sie damit ruhig gehalten. Darum ist auch keiner auf ihn losgegangen. Bis jetzt, jedenfalls."

Corvin strich sich mit der Hand über das Kinn.

„Sag mal. War er eigentlich jemals verheiratet oder länger liiert?"

Mike gab einen verächtlichen Laut von sich.

„Ach was. Nie länger als ein paar Tage. Weißt du, was ich glaube? Er hasste die Frauen aus irgendeinem Grund und rächte sich, indem er sie tierisch schlecht behandelte."

Corvin schüttelte den Kopf.

„Wisst ihr, was ich nicht verstehe? Wenn jemand so gepolt ist wie der Nowak, wieso wohnt der dann noch im verschlafenen Hitzacker und nicht in Hamburg oder Berlin?"

Mike grinste erneut.

„Das Haus in Hitzacker hat er von seiner Mutter geerbt. Da hing er wohl irgendwie dran. Und außerdem hatte er ja noch eine Wohnung in Hamburg. Soll ein ziemlich luxuriöses Ding sein, hab ich gehört. Ein Kumpel von mir ist mal da gewesen. Alles vom Feinsten und ganz anonym. Die haben nicht mal Namen an den Klingeln, nur Nummern."

11

Corvins Stimmung war mehr als gedämpft. Weder im Fall Georg Harms noch in Sachen Klaus Nowak war er wesentlich weitergekommen. Jetzt steckst du schon wieder mittendrin, warf er sich vor. Und du wolltest doch mit solchen Dingen nichts mehr zu tun haben. Noch gestern hatte ihn Lilo daran erinnert, dass er einen Hühnerstall bauen wollte. Fachlektüre hatte er sich besorgt und wusste schon, dass ein Amrock kein Geländewagen, sondern ein schweres amerikanisches Huhn mit einer sensationellen Eierleistung war. Die Baupläne für den Stall waren auch schon fertig, nur die Ausführung ließ noch auf sich warten. Verdammt, immer kam was dazwischen. Andererseits war ein guter Freund unter Verdacht geraten und eine Frau, der er sowieso keinen Wunsch abschlagen konnte, hatte ihn um Hilfe gebeten.

Also, was beschwerst du dich, sagte er zu sich selbst. Es ist jetzt erst einmal wichtig, entlastende Fakten für Kalle zu finden. Dass er dabei nicht offiziell auftreten durfte, machte die Sache nicht einfacher. Aber auf jeden Fall hatte Kalles Problem Vorrang.

In diesem Augenblick klingelte sein Handy. Als habe sie seine Gedanken empfangen und wollte sich in Erinnerung bringen, war Corinna am anderen Ende.

„Erik, hier ist etwas mit der Post gekommen, das ich nicht verstehe. Es ist eine Rechnung über einen Spiegel. Adressiert an Georg. Wir haben aber keinen Spiegel bekommen, und schon gar keinen italienischen, das wüsste ich ja wohl. Und dass Georg einen bestellt hat, glaube ich nicht. Um Einrichtung habe ausschließlich ich mich gekümmert, er nur um die technischen Dinge. Meinst du, dass das ein Irrtum ist?"

Corvin hatte schweigend zugehört.

„Corinna, kannst du die Rechnung mal fotografieren und mir aufs Handy schicken?"

Wenige Minuten später hatte Corvin die Rechnung auf seinem Handy.

Sie stammte von einer Firma „Glas and more" in Hamburg.

„Wir lieferten Ihnen", stand da zu lesen, „1 Venezianischen Spiegel 1000mm mal 1500mm, 495,00 EUR."

Corvin stutzte. Ein venezianischer Spiegel war nicht etwa ein Spiegel im Renaissancestil aus Murano Glas, sondern vielmehr ein Einwegspiegel, so wie ihn die Polizei bei Verhören benutzt. Er spiegelt nur zu einer Seite, von der anderen kann man hindurchschauen wie durch eine normale Glasscheibe.

Seltsam, dachte Corvin, wozu brauchte Georg so etwas? Vielleicht für seine technischen Spielereien? Ohne weiter darüber nachzudenken, tippte er die Nummer der Firma in sein Handy.

„Glas and more. Was kann ich für sie tun?" meldete sich eine weibliche Stimme.

„Ja, guten Tag, hier Harms. Ich habe ein Problem. Ich bin Innenausstatter und habe zurzeit mehrere Baustellen. Der Spiegel, den ich bei ihnen bestellt habe, ist nicht auffindbar. Den Lieferschein habe ich auch nicht mehr, nur die Rechnung. Können sie mir sagen an welche Adresse sie ihn geliefert haben?"

„Sagen sie mir bitte die Rechnungsnummer?"

„Ja, gern. Sie lautet: G 740 369."

„Einen Moment bitte."

Für einen Augenblick war es still. Dann meldete sich die Stimme wieder.

„Er wurde gar nicht geliefert, er wurde abgeholt."

Corvin spielte den Zerstreuten.

„Ach ja, das hatte ich ja völlig vergessen. Man hat einfach zu viel im Kopf. Vielen Dank und einen schönen Tag noch."

Er wollte das Gespräch beenden, doch die Stimme hinderte ihn daran.

„Moment. Legen sie nicht auf. Ich sehe gerade, der Spiegel wurde auch bar bezahlt. Sie hätten gar keine Rechnung bekommen dürfen. Bitte entschuldigen sie das Versehen und vernichten sie die Rechnung. Wir stornieren das."

Corvin stutzte, entschied sich aber für Freundlichkeit.

„Kann ja mal passieren. Auf Wiederhören!"

Er drückte auf die rote Taste, um gleich danach eine neue Verbindung zu Corinna herzustellen.

„Hallo Corinna? Ja, das war ein Irrtum. Du kannst die Rechnung zerreißen."

„Vielen Dank, Erik, dass du das geklärt hast."

Corvin lächelte.

„Keine Ursache. Ich melde mich wieder."

Er saß noch ein paar Minuten da und starrte auf sein Handy. Irgendetwas sagte ihm, dass er die Einzelheiten erst einmal für sich behalten sollte. Ganz langsam formierte sich in seinem Kopf der Gedanke, er müsse sich wohl ein ganz neues Bild von dem Verstorbenen machen.

Am nächsten Morgen wollte er Lilo das Einkaufsgeld unter den großen Tontopf schieben. „Unser toter Briefkasten", wie die beiden zu sagen pflegten. Dabei stellte er fest, dass er kaum noch Bargeld im Haus hatte.

Also setzte er sich ins Auto und fuhr zur Sparkasse nach Lüchow. Schon von Weitem sah er das weiße BMW Cabrio dort auf dem Kundenparkplatz stehen. Zufälle gibt's, dachte er, denn er hatte gerade an seine unangenehme Begegnung im Haus am Moor gedacht. Er parkte genau daneben und wartete einen Augenblick. Kein Mensch war zu sehen. Er stieg aus und ging betont langsam in die große Halle mit dem schallschluckenden Teppichboden und den diskreten Besprechungsbuchten. An der mit kugelsicherem Glas bewehrten Kasse sah er sie stehen. Sie nahm gerade mehrere Geldbündel aus ihrer Handtasche und legte sie auf den Drehteller.

Wahrscheinlich die Einnahmen der letzten Nacht, dachte Corvin und blieb in einiger Entfernung stehen. Da sensible Menschen merken, wenn sich ein Blick in ihren Nacken bohrt, drehte sie sich um und erkannte ihn sofort. Tat aber so, als habe sie ihn nicht gesehen.

Corvin ging ein paar Schritte auf sie zu. Er lächelte sie an.

„So sieht man sich wieder. Und wieder hat es etwas mit Geld zu tun."

Sie tat so, als müsse sie erst überlegen, wer sie da ansprach.

„Ach, sie sind das. Ich hoffe, sie parken nicht wieder neben mir."

Corvin zog die Augenbrauen hoch.

„Doch, genau daneben. Und ich bitte sie, mir wenigstens einmal fünf Minuten zuzuhören."

Paloma machte ein gestresstes Gesicht.

„Okay, fünf Minuten. Was haben sie denn so Dringendes zu sagen?"

Corvin holte tief Luft.

„Ich kann mir vorstellen, dass sie ein sehr spezielles Männerbild haben. Aber glauben sie mir, ich wollte sie neulich tatsächlich nur zum Essen einladen. Ich finde, sie sind eine außergewöhnliche Frau und ich hatte mich auf ein interessantes Gespräch gefreut. Das und nicht mehr."

Sie schaute ihn an und er meinte, einen Anflug eines Lächelns zu bemerken.

„Okay, Erklärung angenommen. War's das?"

Er schüttelte den Kopf.

„Nein, wie sieht es denn mit einem Kaffee aus?"

Sie sah ihn fragend an.

„Jetzt gleich?"

Er nickte heftig. Sie schaute umständlich auf ihre Armbanduhr.

„Okay, einen Kaffee. Mit der ortsüblichen Dauer."

Er lachte.

„Aber bitte noch eine Sekunde. Ich war eigentlich gekommen, um Bargeld zu holen. Sonst kann ich sie leider nicht einladen."

Im Eiscafé, in dem man auch frühstücken konnte, waren nur wenige Tische besetzt.

Corvin schlug einen Tisch in der hinteren Ecke vor und bestellte zwei Latte macchiato.

„Eigentlich seltsam, dass wir uns nicht schon früher begegnet sind. Im Wendland ist das ziemlich schwer."

Sie schaute ihn verständnislos an. Er lachte.

„Ich meinte, hier ist es schwer, jemandem aus dem Weg zu gehen."

Jetzt lächelte auch sie.

„Bei mir ist das ein bisschen anders. Ich bin ja noch nicht so lange hier, abends dann immer im Laden und tagsüber selten in der Stadt. Dass wir uns bereits zweimal getroffen haben, ist reiner Zufall."

Corvin stellte seine Tasse ab.

„Noch nicht lange? Woher kommen sie denn?"

„Ursprünglich aus einem Kaff in Ostwestfalen. Dann habe ich in Hamburg studiert. Soziologie. Im Rahmen einer Studie über Prostituierte habe ich dann Toni kennengelernt und bin irgendwie in der Szene hängen geblieben. Als Toni in die Provinz gegangen ist, wollte ich nicht mit. Aber er hat über Jahre nicht lockergelassen und jetzt bin ich hier."

Corvin hatte aufmerksam zugehört.

„Und es gefällt ihnen? Bei ihrer Vorbildung hätten sie doch einen ganz anderen Weg einschlagen können."

Sie zog die Mundwinkel nach unten.

„Hätte ich. Aber warum sollte ich in einem langweiligen Institut versauern? Das hier ist gelebte Soziologie. Und außerdem verdient man ein bisschen was dabei."

Corvin nickte.

„Und was, glauben sie, ist die wichtigste Eigenschaft, die man bei ihrem Job haben muss?"

Sie schaute ihn spöttisch an.

„Man muss die Klappe halten können."

Dann traf ihn ein Blick, der ganz eindeutig sagte: Das war's. Mehr kriegst du aus mir nicht heraus. Sie lächelte und trank den letzten Schluck Kaffee, setzte die Tasse ab und schaute auf ihre Armbanduhr, ein ziemlich kostspieliges Exemplar der Marke Cartier.

„Tut mir leid, ich muss jetzt los. Danke für den Kaffee. Vielleicht sieht man sich mal wieder. Wo sie mich am Abend finden, wissen sie ja nun."

Damit stand sie auf und ging zielstrebig in Richtung Ausgang. Plötzlich blieb sie stehen und drehte sich zu ihm um.

„Ach, eins noch. Dass sie aus Hamburg kommen und dort mal bei der Kripo waren, ist mir bekannt. Sie müssen sich also nicht weiter verrenken."

Damit öffnete sie die Tür und war in wenigen Sekunden aus seinem Blickfeld verschwunden.

Mist, dachte Corvin. Du hättest ihr gleich von Anfang an sagen müssen, wer du bist. Jetzt geht sie davon aus, dass du sie aushorchen wolltest. Warum, um alles in der Welt, glauben Frauen eigentlich immer, dass man was im Schilde führt, wenn man sagt, man finde sie interessant?

Lange konnte er über dieses Problem geschlechtsspezifischer Missverständnisse nicht nachdenken, denn der schrille Sound seines Handys riss ihn aus den Gedanken.

Er erkannte sofort Andis Nummer. Die Stimme war gedämpft.

„Wann kannst du am Platz sein?"

Corvin schaute auf seine Uhr.

„Ich bin gerade in Lüchow. Sagen wir, in fünfzehn Minuten."

Kurze Zeit später saß er in seinem Auto. Der „Platz" war ein Parkplatz an der B 216. Hier hatten sie sich schon viele Male getroffen, wenn etwas zu besprechen war, was nicht am Telefon erörtert werden sollte.

Sie trafen fast gleichzeitig dort ein. Andi hielt hinter Corvin, stieg aus und setzte sich auf dessen Beifahrersitz.

„Fahr los!"

Ohne zur Seite zu schauen, steuerte Corvin sein Fahrzeug auf die Straße.

„Hör zu" sagte Andi, „für deinen Freund Kalle sieht es nicht gut aus. Sie haben tatsächlich seine DNA-Spuren an Nowaks Kleidung gefunden. Sieht aus, als hätten sie sich geprügelt."

Corvin bog in eine Nebenstraße ab.

„Hat Winkelmann ihn schon verhaftet?"

Andi schüttelte den Kopf.

„Er wollte. Hatte schon einen Haftbefehl. Nur – dein Freund ist nicht auffindbar. Hat sich abgesetzt. Das spricht nicht gerade für ihn."

Corvin dachte nach.

„Habt ihr eigentlich Nowaks Haus in Hitzacker schon durchsucht?"

Andi nickte.

„Ja, aber nicht besonders gründlich. Seinen PC, Festplatten, Handy und Adressbuch haben sie mitgenommen. Die werden gerade ausgewertet. Winkelmann war aber sowieso immer fest davon überzeugt, dass Kalle der Täter ist. Mehr kann ich dir nicht sagen. Fahr bitte zurück."

Auf dem Parkplatz angekommen, stieg Andi aus und beugte sich noch einmal zu Corvin hinunter.

„Wenn du weißt, wo er ist, sag ihm bitte, er soll sich stellen. So macht er die Sache noch viel schlimmer."

Ohne lange nachzudenken, fuhr Corvin in Richtung Zebelin. Dort, wo er Kalle in seinem Waldhäuschen schon einmal aufgestöbert hatte.

Schon von Weitem sah er, dass Kalles Auto nicht in der Einfahrt stand. Er stieg aus und ging um das Haus herum. Dann klopfte er an die Tür.

„Kalle, mach auf. Hier ist Erik."

Er horchte. Alles blieb still. Nur das leise Rauschen der Bäume war zu hören. Ab und zu zwitscherte ein Vogel.

Der wäre auch schön blöd, sich hier zu verstecken, dachte Corvin. Darauf kommt nun wirklich jeder.

Einige Minuten später war er auf dem Weg nach Hitzacker. Nowaks Adresse und Telefonnummer hatte er in sein Notizbuch geschrieben, als er das erste Mal mit ihm telefonierte und ihn für die Band anheuern wollte.

In kurzer Zeit erreichte er den malerischen Ort mit den vielen Fachwerkhäusern, dessen Altstadt auf einer Insel liegt. Dort, wo das Flüsschen Jeetzel in die Elbe mündet.

Das Haus, in dem Nowak gewohnt hatte, lag auf der Festlandseite, hatte einen spitzen Giebel und musste aus den Dreißigerjahren stammen. Die roten Backsteinwände waren über und über mit Efeu bewachsen, welches nur die Sprossenfenster in den weißen Rahmen frei ließ. Der Vorgarten war verwildert. Büsche, Stauden und Kräuter wucherten ungestört und versperrten die Sicht auf das Erdgeschoss.

Corvin parkte auf der anderen Straßenseite und blieb im Auto sitzen, um zu sehen, ob er irgendwelche Bewegungen auf dem Grundstück wahrnehmen konnte. Aber außer einer Katze, die unter dem Gartentor durchglitt, rührte sich nichts.

Nachdem er rund zehn Minuten gewartet hatte, fuhr er seinen Wagen in die nächste Nebenstraße, stieg aus und ging zu Fuß zum Haus zurück.

„Nowak" stand auf dem Messingschild, das in Form und Schrift so aussah, als sei es mindestens genauso alt wie das Haus. Der Weg zur Haustür war mit Ziegelsteinen im Mauerverbund gepflastert. Zwischen den Fugen wuchs Gras und Moos. Corvin ging um das Haus herum. Auch im hinteren Teil des Gartens hatte der Besitzer der Natur freien Lauf gelassen, die Sicht auf die Nachbargrundstücke war dadurch versperrt.

Hinter zwei Büschen, die nur einen schmalen Durchgang zuließen, sah er Betonstufen, die offenbar zu einer

Kelleraußentür hinunterführten. Es war eine einfache Tür aus Holz mit einem alten Schloss ohne Sicherheitszylinder. Corvin ging in die Knie und spähte durch das Schlüsselloch. Im Schloss steckte von innen ein Bartschlüssel. Er überlegte einen Augenblick, dann brach er einen Zweig vom nächsten Busch ab und stocherte damit unter dem Türblatt. Der Spalt zwischen Boden und Türblatt war so groß, dass er die Fingerkuppen hindurchschieben konnte. Nachdem er sich vergewissert hatte, dass niemand auf der Straße oder in den Vorgärten war, der ihn beobachten konnte, ging er zurück zum Auto. Aus dem Fach neben dem Reserverad nahm er einen kleinen Schraubenzieher, vom Rücksitz ein Exemplar der Elbe-Jeetzel-Zeitung, mit der er nun schon eine Woche herumfuhr, und ein Paar Einweghandschuhe.

Vor dem Zugang zum Keller zog er die Handschuhe an, faltete eine Doppelseite der Zeitung auseinander und schob sie so weit unter der Tür hindurch, dass draußen nur noch ein schmaler Streifen zu sehen war. Mit dem Schraubenzieher versuchte er nun, den Bart des Schlüssels in eine aufrechte Position zu drehen, was ihm nach einigen Versuchen auch gelang. Mit einer schnellen Bewegung stieß er den Schlüssel aus dem Schloss und konnte hören, wie der auf der anderen Seite der Tür zu Boden fiel. Langsam zog er die Zeitungsseiten wieder zu sich heraus. Er hatte Glück. Der Schlüssel lag auf dem hinteren Rand und passte durch den Türspalt. Er nahm ihn auf, steckte ihn ins Schloss und wenige Sekunden später stand er im Keller.

Da die wuchernden Pflanzen auch die Kellerfenster bedeckten, drang kein Licht in den Keller. Corvin tastete sich an der Wand entlang und fand einen Schalter. Eine einfache Glühbirne in einer Fassung an zwei Kabeln beleuchtete den Raum. An der Wand standen eine alte Farfisa Heimorgel, mehrere Lautsprecherboxen, ein alter Röhrenverstärker der Marke Vox und ein großer Umzugskarton mit wirr durcheinanderliegenden Kabeln. An der Wand hing ein eingerissenes und völlig verblichenes Poster der Gruppe Deep Purple.

Corvin öffnete die Tür. Ein schmaler Gang, von dem noch zwei weitere Räume abgingen, führte direkt zur Treppe nach oben. In einem Raum standen der Gasheizungskessel und eine Waschmaschine, die Tür zum anderen Raum war mit einem Vorhängeschloss gesichert.

Er ging zur Treppe, öffnete die Tür nur einen Spalt und horchte. Kein verdächtiges Geräusch war im Haus zu hören. Vorsichtig betrat er den Flur und schaute sich um. Wie eine Behausung, in der ein Rockmusiker gewohnt hat, sieht es wirklich nicht aus, dachte Corvin.

Vor den Fenstern hingen schwere, dunkelrote Samtvorhänge, der Parkettboden war mit Teppichen unterschiedlicher Größe belegt. Die Möbel aus dunklem Eichenholz stammten alle aus der Zeit, in der das Haus gebaut worden war. Im Raum, der durch eine gläserne Schiebetür vom Wohnzimmer getrennt war, stand ein großer schwarzer Flügel. Sonst nichts.

An einer Wand im Wohnzimmer hing ein großes, gerahmtes Foto, das offenbar in einem Fotostudio gemacht worden war. Es zeigte eine streng blickende Dame in einem schwarzen Kostüm mit Samtkragen, die kerzengerade auf einem Stuhl saß. Dahinter stand, halb auf die Stuhllehne gestützt, ein älterer Mann, der eine Brille mit starken Gläsern trug, nur noch wenig Haar hatte und etwas gequält lächelte. Vor der Dame ein blonder Junge mit starrem Blick von etwa zwölf Jahren, in dessen Gesichtszügen Corvin sofort Klaus Nowak erkannte. Ein Blick und du weißt Bescheid, dachte Corvin. Die Mutter ist der Chef, die männlichen Mitglieder der Familie die Befehlsempfänger.

Auf einer Kommode im Wohnzimmer standen eine ganze Reihe von Fotos in Aufstellrahmen, die immer nur ein Motiv hatten. Mutter und Sohn in verschiedenen Lebensaltern, wobei der Junge meistens an einem Flügel oder Klavier saß, die Mutter mit stetig strengem Blick daneben. Die wird nicht begeistert gewesen sein, dachte Corvin, dass ihr Sohn sich später der Rockmusik zugewendet hat. Aber immerhin, Giganten des Keyboards wie Jon Lord oder Keith Emerson hatten ihre Karrieren auch mit klassischer Musik begonnen. Was ihre Mütter dazu gesagt haben, ist nicht überliefert.

Außer den beiden Wohnzimmern gab es im Erdgeschoss noch die Küche, ein Duschbad und ein kleineres Zimmer, das offenbar als Büro benutzt worden war. Die Einrichtung war karg. Ein Schreibtisch mit Stuhl und ein deckenhohes Regal, das zur Hälfte mit Ordnern vollgestellt war.

Er ging die Treppe hinauf. Oben gab es zwei Schlafzimmer, einen Raum, der offenbar als Wäsche- und Bügelzimmer benutzt wurde, sowie ein geräumiges Bad. Wer die beiden Schlafzimmer benutzt hatte, war mit einem Blick klar. In dem mit den dunklen Möbeln, der verblichenen Tagesdecke und den Samtvorhängen, musste die Mutter geschlafen haben. In dem, das immer noch aussah wie ein Kinderzimmer, der Sohn. Helle Möbel, bunt karierte Vorhänge, ein kleines Regal mit Kinder- und Jugendbüchern. An der Wand ein Wimpel der Pfadfinder und auf dem Bett ein etwas abgewetzter großer Teddybär.

Seltsam, dachte Corvin. Hatte der sich als cooler Frauenheld gebende Klaus Nowak ein Doppelleben geführt?

Einmal als weltgewandter Draufgänger und einmal als verklemmtes Muttersöhnchen?

Er zuckte mit den Schultern und ging wieder nach unten. Das, wonach er suchte, müsste am ehesten im Büroraum zu finden sein. Er setzte sich an den Schreibtisch, drehte sich mit dem Bürostuhl zu dem Regal um und studierte die Rückenbeschriftung der Ordner. Steuerbelege, Kontoauszüge, Finanzbuchhaltung, Rechnungen, Verträge. Für einen Architekten, dachte Corvin, taugt dieses Büro eigentlich gar nicht. Nicht einmal ein Zeichentisch war vorhanden.

Er zog den Ordner mit der Aufschrift „Verträge" heraus und klappte ihn auf. Es waren tatsächlich Aufträge an den Architekten Nowak abgeheftet, allerdings war der jüngste bereits zehn Jahre alt. Kopfschüttelnd stellte Corvin den Ordner zurück und zog den mit den Kontoauszügen heraus. Donnerwetter, entfuhr es ihm, als er auf den Kontostand des letzten Auszugs schaute. 525.750,00 Euro las er da. Wieso lässt jemand über eine halbe Million auf einem Girokonto liegen? Er blätterte die Auszüge durch. Die Gutschriften bestanden fast ausschließlich aus Bareinzahlungen, die Abbuchungen waren die üblichen: Gas, Licht, Wasser und Müllabfuhr. Die allerdings doppelt. Einmal für das Haus in Hitzacker, die anderen gingen an Hamburger Versorgungsbetriebe.

„Und außerdem hatte er ja noch eine Wohnung in Hamburg. Alles vom Feinsten und ganz anonym. Die haben nicht mal Namen an den Klingeln, nur Nummern", hörte er den hageren Mike aus dem „Café Schallloch" sagen.

Er zog noch einmal den Ordner „Verträge" aus dem Regal, suchte nach einem Miet- oder Kaufvertrag, wurde aber nicht fündig. Er stellte die Ordner zurück und drehte sich zum Schreibtisch. Die Schublade unter der Schreibplatte war nicht verschlossen. Er zog sie auf. In ihr lag das übliche Schreibtischzubehör. Bleistifte, Kugelschreiberminen, ein Lineal, Heftklammern, Klebstoffe und ein Pappkasten, in dem ursprünglich einmal Pralinen gewesen waren. Er hob den Deckel ab. In der Schachtel lagen Münzen verschiedener Währungen und einige Schlüssel. An einem hing an einer kleinen Kette ein rundes Metallschild mit der Nummer 2430.

Das könnte er sein, dachte Corvin und steckte den Schlüssel in seine Jackentasche. Aber jetzt nichts wie weg. Er ging zurück durch den Keller, schloss die Tür von außen ab und legte den Schlüssel oben auf den Türrahmen.

Als er um das Haus herumging, sah er vor der Gartentür eine junge Frau stehen.

„Suchen sie etwas?"

Corvin lächelte sie an.

„Ja, ich bin ein alter Freund der Nowaks. Wir haben uns viele Jahre nicht gesehen und ich wollte sie mit meinem Besuch überraschen. Scheint aber niemand zu Hause zu sein."

Die junge Frau schüttelte den Kopf und schaute ihn misstrauisch an.

„Ihn habe ich auch lange nicht gesehen. Wahrscheinlich ist er wieder mal auf Reisen."

Corvin schaute sie fragend an.

„Und die Mutter?"

Die junge Frau schüttelt den Kopf.

„Die alte Frau Nowak? Die ist schon lange tot. Wissen

sie, wir wohnen auch noch nicht so lange hier. Die Nachbarn haben es mir erzählt."

Er machte ein überraschtes Gesicht.

„Tot sagen sie? Das wusste ich ja gar nicht. Ist sie denn hier gestorben?"

Die Frau schüttelte abermals den Kopf.

„Nein, in einem Altersheim. Die Nachbarn sagen, dass sie eigentlich noch ganz fit gewesen sei."

Corvin spielte den Erschütterten.

„Wie schrecklich. Aber da kann man wohl nichts machen."

Er schloss die Gartentür von außen.

„Ich werde versuchen, Klaus telefonisch zu erreichen. Haben sie vielen Dank."

Mit diesen Worten drehte er sich um und ging zurück zu seinem Auto. Die Frau sah ihm nach. Dann griff sie in ihre Tasche, zog ein Handy heraus und wählte eine Nummer.

Am nächsten Morgen machte sich Corvin auf nach Hamburg. Mit Hilfe von Waldi vom „Café Schalloch" hatte er die Telefonnummer vom hageren Schlagzeuger Mike herausbekommen und ihn noch einmal zu dem Apartment befragt. Ob er sich denn noch an weitere Einzelheiten erinnern könnte, als sein Kumpel damals von der luxuriösen Wohnung berichtet hatte? Ich erinnere mich noch, hatte Mike nach längerem Nachdenken gesagt, dass er so von der Aussicht geschwärmt hatte. Man sah von oben auf die Elbe, auf die Speicherstadt, die Elbphilharmonie und den Michel. An weitere Einzelheiten könne er sich nicht mehr erinnern.

Mit dieser Beschreibung, dachte Corvin und bog in die B 216 Richtung Lüneburg ein, konnte das geheimnisvolle Apartment eigentlich nur in der HafenCity liegen. Ohne genaue Adresse fündig zu werden, dürfte allerdings nicht ganz einfach sein, denn die HafenCity war voller luxuriöser Immobilien für gut Betuchte und Schwarzgeldanleger. Besonders gut kannte er sich dort nicht aus. Es zog ihn auch nichts dorthin, denn die kühle Glas- und Stahlarchitektur war nicht gerade sein Fall.

Wann immer Corvin nicht weiter wusste, wählte er die Nummer von Wolfgang Sievert. Der saß im Hamburger Polizeipräsidium und galt als ein Wunderknabe der Recherche. Was Wolfgang nicht rauskriegt, das existiert nicht, hatten die Kollegen immer wieder gesagt. Außerdem war er für Corvin immer noch ein guter Freund und Kollege aus fernen Hamburger Polizeitagen.

An einem Parkplatz kurz vor Dahlenburg hielt er an, da er keine Freisprechanlage in seinem alten Mercedes hatte. Schon nach dem zweiten Rufton meldete sich Sievert.

„Hallo Wolfgang, hier ist Erik. Ich bin gerade auf dem Weg nach Hamburg. Wie sieht's aus mit einem Bier heute Abend?"

Sievert lachted

„Hallo Erik, na klar, für dich habe ich immer Zeit. Aber vorher sagst du mir sicher, was ich für dich rauskriegen soll."

Jetzt lachte auch Corvin und erzählte seinem Ex-Kollegen alles, was er von dem Apartment mit der Nummer wusste.

„Siehst du bei den dürftigen Informationen irgendeine Möglichkeit herauszufinden, wo die Wohnung liegen könnte?"

Sievert schwieg einen Augenblick.

„Die Infos sind in der Tat etwas dünn. Solche Apartments gibt's in der HafenCity reichlich. Ich denke, ich kann dir zumindest eine Auswahl besorgen. Abklappern musst du die dann selbst. Spätestens in zwei Stunden melde ich mich."

Langsam kamen die Elbbrücken in Sicht. Am Deichtorplatz bog er in Richtung „HafenCity" ab, passierte die Oberbaumbrücke, warf noch einen Blick auf die Backsteingebäude der Speicherstadt am Brooktorkai und war bereits mittendrin in dem neu geschaffenen Stadtteil. Weil man dort fast nirgendwo sein Auto abstellen durfte, fuhr er in das Parkhaus „Speicherstadt" am Sandtorkai.

Er schaute auf die Uhr. Bis Wolfgang sich meldet, war noch Zeit genug für einen ausgedehnten Spaziergang zu den Landungsbrücken. Er mochte die Atmosphäre dort an der Elbe. Den Geruch von Schiffsdiesel, die Barkassen und Schlepper, den Wind, die Wellen und das Kreischen der Möwen. Und er mochte die Architektur der gigantischen Anlage mit ihren schwimmenden Pontons, die über neun bewegliche Brücken vom Festland aus betreten werden können. Am Pegelturm, an dem der sich ständig ändernde Wasserstand angezeigt wird, blieb er stehen.

„Wohr Di, wenn de Blanke Hans kummt" stand da in einem Relief auf der Mauer zu lesen, zu Hochdeutsch: „Hüte dich, wenn die Sturmflut kommt." Das gilt nicht nur bei Sturmflut, dachte Corvin.

„Erik, bist du das?"

Corvin drehte sich um. Vor ihm stand ein mittelgroßer, älterer Mann von Ende Sechzig, der eine dunkelblaue Baseballcap trug, deren Schirm tief ins Gesicht gezogen war und eigentlich nur den weißen Vollbart zur Betrachtung freigab. Er war bekleidet mit blauen Jeans und einer schwarzen Lederjacke, die seine kräftige Figur noch betonte.

Für einen Augenblick stutzte Corvin. Dann schob der Weißbärtige den Schirm der Mütze mit dem Daumen etwas nach oben und grinste ihn an.

„Erkennst mich wohl nicht mehr?"

Corvin lachte.

„Ermel, wo kommst du denn plötzlich her?"

Ernst Meldorf wurde von allen so genannt, was sowohl eine Zusammensetzung aus Vor- und Nachnamen war, als auch von seiner Gewohnheit stammte, Passanten am Ärmel festzuhalten, als er noch als Koberer auf der Reeperbahn tätig war. Das war zwar verboten, aber Ermel kümmerte sich nicht darum. Seine Aufgabe war es, mit flotten Sprüchen möglichst viele Gäste in das Striplokal zu lotsen, da musste man manchmal auch schon etwas zupacken. Mehr als dreißig Jahre hatte er das gemacht, wohnte auch auf St. Pauli und kannte daher seinen Kiez wie kein Zweiter. Für Corvin war er während seiner Zeit bei der Hamburger Kripo ein wichtiger Informant. Er war verschwiegen und gab seine Informationen so weiter, dass er im Milieu nie als Petzer in Verdacht geriet. Dass Corvin ihm dafür auch noch ein Honorar aus der Staatskasse zahlen durfte, war für ihn ein angenehmer Nebeneffekt. Nun waren die Jahre vergangen und er hatte sich zurückgezogen. Bekam eine kleine Rente, wohnte schon ewig in seiner winzigen Dachwohnung am Hans-Albers-Platz und machte täglich seinen Spaziergang zum Hafen.

„Mensch, Erik, wir haben uns ja seit Jahren nicht mehr gesehen. Wie ich gehört hab, lebst du jetzt irgendwo in der Provinz."

Corvin nickte.

„Ja, im Wendland. Und ich muss dir sagen, es gefällt mir sehr gut. Die Stadt ging mir doch schon ziemlich auf den Geist."

Ermel zog den Schirm der Mütze wieder nach vorn.

„Hab ich mir früher auch schon mal überlegt. Aber nächstes Jahr werde ich Siebzig und einen alten Baum – du weißt schon. Aber sag mal, was machst du hier? Wollen wir nicht eben bei Rudi ein Bier trinken?"

Corvin schaute auf die Uhr und nickte.

„Gute Idee, für ein Bier reicht's."

Ermels Freund Rudi betrieb einen Imbiss auf Brücke 3, wo es Fischbrötchen, Rollmöpse, Schillerlocken und Labskaus gab. Davor ein paar Stehtische, von denen aus man einen schönen Blick auf den Anleger hatte.

Wenige Minuten später standen sie an einem der Tische

und tranken Bier aus Flaschen, die sie selbst öffnen mussten. Als der Kronkorken von Corvins Flasche zu Boden fiel, bückte er sich und steckte ihn in die Jackentasche. Ermel wischte sich über den Mund.

„Sag mal, du bist nicht mehr bei der Polizei? Bist du denn nur zu Besuch hier?"

Corvin stellte seine Flasche auf den Tisch.

„Ja, kann man so sagen. Ich tue einem Freund einen Gefallen."

Plötzlich kam ihm ein Gedanke.

„Mensch Ermel, wie gut, dass ich dich treffe. Da kann ich dich doch gleich mal was fragen."

Ermel nahm einen Schluck.

„Schieß los!"

Corvin dämpfte seine Stimme.

„Ich habe neulich einen Typen bei uns in der Gegend im Auto gesehen. Und ich glaube, das war Kartoffel-Toni. Kann das sein?"

Ermel nickte.

„Na klar kann das sein. Der hat doch Hamburg schon vor Jahren verlassen und ist in die Provinz gezogen, nachdem ihm die Albaner Feuer unterm Hintern gemacht haben. Wie ich höre, soll er da wieder einen Laden aufgemacht haben. Der wohl ganz gut läuft. Irgendwo bei Lüneburg soll das sein."

„Ja, genau. Das ist bei uns im Landkreis Lüchow-Dannenberg. Und, sag mal, hat er noch Verbindung zum Kiez?"

Ermel schüttelte den Kopf.

„Nee, ich glaub nicht. Doch – Moment mal! Jetzt, wo du fragst, fällt es mir wieder ein. Pattex-Paul, weißt du noch, das ist der, an dem alles kleben bleibt und der sich gern Paolo nennt. Der soll wieder Kontakt zu ihm aufgenommen haben. Weil Toni wohl etwas hat, das er gut gebrauchen kann. Aber Genaues weiß ich nicht. Auf jeden Fall sollte der Toni höllisch aufpassen. Dem Paul kannst du nicht von hier bis zur Tür trauen. Der ist völlig rücksichtslos und wenn der was haben will, geht er über Leichen."

„Kennst du auch Tonis Frau, die sich Paloma nennt?" Ermel schüttelte den Kopf.

„Das ist nicht seine Frau. Eher seine rechte Hand. Mag sein, dass die mal was hatten, aber nicht sehr lange. Toni mag keine intelligenten Frauen im Bett. Da bedient er sich lieber aus seinem Laden. Paloma ist übrigens ihr Künstlername, obwohl ihr richtiger Name auch ganz passend…"

In diesem Moment gab Corvins Handy den berühmten Gitarrenriff von sich. Er hob die Hand.

„Entschuldige bitte, ich muss mal kurz ran."

Am anderen Ende war Wolfgang Sievert, der ihm ankündigte, dass er gleich eine SMS mit drei verschiedenen Adressen schicken würde. Welche die richtige sei, müsse er selbst herausfinden. Corvin steckte das Handy wieder in die Tasche.

„Entschuldige Ermel, ich habe dich unterbrochen. Paloma, hattest du gesagt, sei ihr Künstlername. Und wie ist ihr richtiger Name?"

Ermel kratzte sich am Kinn.

„Jetzt komm ich nicht drauf. Aber das war irgendwas Französisches."

Kurz darauf traf die SMS von Wolfgang Sievert ein und Corvin machte sich auf den Weg. Er stieg bei den Landungsbrücken in die U-Bahn und fuhr bis zur Haltestelle Überseequartier, um sich den langen Fußmarsch zu ersparen. Von hier aus war es nicht mehr weit bis zur ersten Adresse, die Sievert herausgefunden hatte. Das in Frage kommende Apartmenthaus bestand, wie alle Neubauten in der HafenCity, zum großen Teil aus riesigen Glasflächen. Ist ja klar, dachte Corvin, wenn man schon solche Preise bezahlen muss, dann will man auch wissen, wo man ist. Viel zu sehen gibt es hier auf alle Fälle.

Auch die Namensschilder an der Klingelleiste aus Aluminium waren verglast. In diesem Fall waren es einige wenige Namen, der Rest bestand aus Nummern. Er zog den Schlüssel mit dem Anhänger aus der Tasche. Eine Nummer 2430 war nicht dabei. Auch der Name Nowak war nicht vorhanden.

Auf der Straße mit dem Namen Großer Grasbrook ging er weiter. Hier irgendwo, erinnerte er sich an sein Schulwissen, mussten der Seeräuber Klaus Störtebeker und seine Kumpane enthauptet worden sein. 73 sollen es gewesen sein. Und weil der Henker danach prahlte, er sei überhaupt noch nicht müde und könne noch den gesamten Rat der Stadt köpfen, wurde ihm selbst das vorlaute Haupt abgeschlagen. Von einem Ratsmitglied. Tja, dachte Corvin, damals wurde nicht lange diskutiert und die Empathie war sowieso noch nicht erfunden.

Auch die Klingelschilder an der nächsten Adresse waren aus feinsten Materialien. Aber auch hier fand sich keine gleichlautende Nummer. Allmählich spürte Corvin, dass er Hunger bekam, denn er hatte seit einem schnellen Frühstück und außer dem Bier mit Ermel noch nichts zu sich genommen. Das Schild eines Bistros mit dem sonderbaren Namen „Wildes Fräulein" stach ihm ins Auge und ließen seinen Magen noch lauter knurren. Nein, sagte er sich, du machst jetzt auch noch die dritte Adresse und dann erst die Mittagspause. Sein Magen war anderer Ansicht, aber das ignorierte er.

Vom Design her glich das Haus den beiden ersten. Auch hier bestand der Eingangsbereich überwiegend aus Glas und Edelstahl. Er musste nicht lange suchen. Das Schild mit der Nummer 2430 blitzte ihm förmlich entgegen. Bingo, sagte er laut und wollte die gläserne Eingangstür aufdrücken. Doch die war verschlossen. Erst jetzt sah er das Klingelschild mit der Aufschrift „Concierge". Er drückte auf den Knopf und kurz darauf vernahm er ein gedehntes „Ja, bitte?", hervorgebracht von einer ziemlich hellen Männerstimme.

„Guten Tag, ich bin hier verabredet. Würden sie bitte die Tür öffnen?"

Die Stimme sagte nichts mehr, dafür war ein Summton zu hören und Corvin konnte die Tür mit einem leichten Druck dazu bewegen, ihn einzulassen.

Der Empfangsbereich stammte ebenfalls aus der Designabteilung „Kühle Gefühle". Der weiße Fußbodenmarmor glänzte so, als sei er noch feucht und Corvin setzte vorsichtig Schritt vor Schritt wie in einem Schwimmbad, wenn man mit nassen Füßen aus dem Wasser kommt.

Der Mann hinter dem Tresen sah so aus, wie er ihn sich der Stimme nach vorgestellt hatte. Er war blass und dünn, hatte kurze, borstige Haare und einen langen Hals mit einem bemerkenswerten Adamsapfel. Die Augen erinnerten Corvin an die eines Kabeljaus.

Corvin lächelte ihn an.

„Guten Tag, ich bin mit Herrn Nowak, Apartment 2430, verabredet."

Der Kabeljau sah ihn misstrauisch an und tippte etwas in sein Notebook, das aufgeklappt auf dem Schreibtisch stand. Er schüttelte den Kopf.

„Tut mir leid, einen Bewohner solchen Namens gibt es bei uns nicht."

Corvin lachte.

„Das kann nicht sein. Wir sind hier verabredet."

Er zog sein Notizbuch und schaute betont umständlich nach.

„Apartment 2430. Das ist doch hier im Haus."

Der Kabeljau zog die Augenbrauen hoch.

„Das ist richtig. Aber dieses Apartment wird von einem anderen Herrn bewohnt."

Corvin schaute ihn ärgerlich an.

„Und wie heißt der?"

„Bedaure, ich bin nicht befugt, ihnen darüber Auskunft zu erteilen."

Er schaute noch einmal auf seinen Bildschirm.

„Zurzeit befindet sich sowieso niemand in dem Apartment. Können sie ihre Verabredung nicht telefonisch erreichen?"

Corvin schüttelte den Kopf.

„Habe ich schon versucht. Aber da läuft nur die Mailbox."

Er seufzte.

„Da kann man wohl nichts machen. Ich habe noch etwas in der Stadt zu erledigen und komme nachher noch einmal wieder. Wie ist ihre Telefonnummer?"

Der Mann griff unter den Tresen und zog ein Faltblatt heraus. Aufgeklappt war es eine Straßenkarte der HafenCity, die Rückseite warb mit Adresse und Telefonnummer für das Apartmenthaus.

„Hier bitte. Sie können mich bis 20 Uhr erreichen. Danach ist mein Kollege hier."

Corvin lächelte, grüßte und ging zurück zum Eingang. Er

öffnete sie einen Spalt, warf aber gleichzeitig seinen Autoschlüssel, der in einem schwarzen Etui steckte, auf den Boden.

„Hoppla!", stieß er hervor und ging in die Knie, um den Schlüssel, der ihm vermeintlich heruntergefallen war, wieder aufzuheben. Gleichzeitig schob er mit der anderen Hand den Kronkorken der Bierflasche, den er an den Landungsbrücken eingesteckt hatte, auf den Fußboden in den Türrahmen. Dann öffnete er die Tür und ging hinaus, nicht ohne sich zu vergewissern, dass sie nicht mehr einrasten konnte.

Er ging auf die andere Straßenseite, wo er sicher war, nicht mehr von den Überwachungskameras des Hauses erfasst zu werden. Dann zog er sein Handy und wählte die Nummer, die auf der Rückseite des Prospektes stand.

Wieder meldete sich die helle Stimme des Kabeljaus.

„Ja, bitte?"

Corvin versuchte seine Stimme in eine andere Tonlage zu bringen.

„Hörnse mal. Die janze Einfahrt vonne Tiefgarage liegt voller Glasscherben. Ich mach mir ja die Reifen von meinem Lambo kaputt. Machen sie dat mal wech!"

Der Mann am anderen Ende war verdattert.

„Glasscherben sagen sie? Ich kümmere mich gleich darum."

Minuten später sah Corvin den Mann mit Eimer und Besen aus dem Eingang kommen. Zielgerichtet ging er zur Einfahrt der Tiefgarage, die rund 30 Meter vom Eingang des Hauses entfernt war. Sekunden später eilte Corvin über die Straße, stellte erleichtert fest, dass seine Kronkorken-Sperre funktioniert hatte und verschwand im Haus.

Wo der Fahrstuhl war, hatte er bereits bei seinem ersten Besuch gesehen und eilte schnurstracks dorthin. An der

Wand daneben verschaffte eine Glasplatte mit eingravierter Schrift die Übersicht, wo welches Apartment zu finden war. Die 2430 lag im fünften Stockwerk. Er drehte sich noch einmal um und sah in diesem Augenblick, wie der Mann mit Eimer und Besen kopfschüttelnd zurückkam. Als er die Tür mit seinem Generalschlüssel öffnen wollte, bemerkte er den Kronkorken. Er bückte sich, nahm ihn mit spitzen Fingern auf und warf ihn in den Eimer. Dann blickte er sich suchend um. In diesem Moment öffnete sich die Tür des Aufzugs. Mit einem Schritt war Corvin in der Kabine, drückte auf die Fünf und drehte dem offenbar misstrauisch gewordenen Portier den Rücken zu.

Das Apartment mit der Nummer 2430 lag am Ende des Flures. Der Fußboden war mit edlem dunkelblauem Teppichboden belegt, der das Geräusch der Schritte dämpfte. Auch von außen drang kein Hafengeräusch ins Innere. Gerade, als er den Schlüssel ins Schloss stecken wollte, hörte er hinter der Tür ein schepperndes Geräusch.

Er trat einen Schritt zurück, im selben Augenblick öffnete sich die Tür. Ein Handwagen mit Reinigungsutensilien, wie man ihn aus Hotels kennt, wurde von einer kleinen Frau im blauen Kittel, die ihr tiefschwarzes Haar zu einem Pferdeschwanz gebunden hatte, auf den Flur geschoben. Corvin trat einen weiteren Schritt zurück und lächelte.

„Einen schönen guten Tag, ist denn Herr Nowak schon da?"

Die Frau sah ihn irritiert an.

„Herr Nowak? Sie meinen wohl Herrn Bischof?"

Corvin klatschte sich mit der Hand gegen die Stirn.

„Ja, natürlich. Herr Bischof!"

Die Frau schüttelte den Kopf.

„Nein, Herr Bischof ist nie da, wenn ich sauber mache."

Corvin sah sie prüfend an.

„Haben sie denn Herrn Bischof überhaupt schon einmal gesehen?"

Abermals schüttelte die Frau den Kopf.

„Nein, er legt immer das Geld hin. Ich kenne nur seine Frau."

Wie auf ein Stichwort kam in diesem Moment eine Frau vom Fahrstuhl über den Flur auf sie zu. Sie war groß, hatte kinnlange platinblond schimmernde Haare und trug eine große schwarze Sonnenbrille.

Das rote Kostüm, das erkannte sogar ein Modemuffel wie Corvin, war vom Teuersten und die Tasche, die lässig über ihre Schulter hing, stammte ohne Zweifel aus dem Hause Louis Vuitton. Trotz ihrer Größe trug sie Schuhe mit sehr hohen Absätzen. Wie auf einem Catwalk, dachte Corvin, als sie mit wiegendem Gang auf ihn zukam.

Allerdings nahm sie ihn nicht zur Kenntnis, sondern wandte sich gleich an die Putzfrau.

„Sind sie fertig?"

Die Frau nickte.

Die Blonde nahm die Sonnenbrille ab, lächelte ihr zu und entblößte dabei ihre perfekten schneeweißen Zähne, die von den rot geschminkten Lippen malerisch umrahmt wurden. Mit der flachen Hand gab sie der Tür, die noch einen Spalt offen stand, einen leichten Stoß, ging hinein und ließ die Tür hinter sich ins Schloss fallen.

Während der immer noch sehr beeindruckte Corvin ihr nachsah, hatte sich die Putzfrau mit ihrem Wagen bereits entfernt.

Er war kurz davor, die Türklingel zu betätigen, zog die Hand aber dann doch zurück. Alles, was du jetzt machen wirst, dachte er, ist verkehrt. Denk erst einmal in Ruhe darüber nach, wie du weiter vorgehst.

Er fuhr mit dem Fahrstuhl nach unten, wartete den Augenblick ab, als der Pförtner ihm den Rücken zudrehte und war Sekunden später wieder auf der Straße. Geh mal davon aus, dachte er, dass jeder deiner Schritte von den Überwachungskameras aufgezeichnet worden ist. Aber das könnte unter Umständen kein Nachteil sein.

13

Es war schon kurz nach Mitternacht, als Corvin sich auf den Weg zurück ins Wendland machte. Er fuhr ganz gern um diese Zeit, denn er war weder nachtblind noch irritierten ihn die Scheinwerfer entgegenkommender Fahrzeuge. Außerdem ging der längere Teil der Fahrt über Landstraßen und die waren um diese Zeit so gut wie leer.

Er dachte daran, was die Putzfrau gesagt hatte: Ich kenne nur seine Frau. Das passte nicht zu der Aussage von Mike im „Schallloch", der geschworen hatte, dass Klaus Nowak nie länger mit einer Frau zusammen war. Der nahm sogar an, dass Nowak die Frauen hasste. Wer war also die elegante Blonde, die den Eindruck erweckte, ihr gehöre das Apartment? Die aber nicht dem Bild einer Frau entsprach, die mit einem Kerl zusammen ist, der Frauen hasst. Und dann musste er wieder an Kalle denken. Warum hatte sich dieser Vollidiot versteckt? Und vor allem wo? Bei diesen Gedanken fiel ihm auf, dass er mit den Jungs nun schon mehr als drei Jahre Musik machte, aber relativ wenig über ihr Privatleben wusste. Jürgen und Rebus waren verheiratet, ihre Frauen kannte er als Zuhörerinnen bei ihren Auftritten, aber viel geredet hatte er mit ihnen noch nicht. Du solltest sie mal alle zum Essen einladen, hatte Lilo gesagt, nirgendwo lernt man einen Menschen besser kennen als beim Essen und im Bett. Und da das Letztere wohl nicht in Frage käme, bot sie ihm gleich für diesen Zweck ihre Kochkünste an. Du kapselst dich sowieso zu sehr ab, hatte sie ihren Vortrag beendet.

Und dann musste er wieder an Corinna denken. Um ihre Probleme hatte er sich in den letzten Tagen überhaupt nicht mehr gekümmert. Aber der Fall war mehr als undurchsichtig. Sie war eine attraktive Frau und er hätte gegen eine Affäre mit ihr kaum etwas einzuwenden. Aber so kurz nach dem Tode ihres Mannes, war das ein absolutes Tabu.

Als er die Göhrde, das große Waldgebiet mit dem schaurigen Ruf, hinter sich gelassen hatte, merkte er, wie heimatliche Gefühle aber auch heftige Müdigkeit in ihm hochkrochen. Noch eine gute halbe Stunde, dachte er, dann bist du zu Hause. Und dann nichts wie ins Bett.

Als er die Küchentür aufschloss, sah er im Dunkeln das Blinken des roten Lichts am Anrufbeantworter. Und obwohl er bleierne Müdigkeit in sich spürte, drückte er auf Wiedergabe.

„Erik", hörte er eine ihm wohlbekannte weibliche Stimme, „hier ist Corinna. Ich weiß, du bist in Hamburg und hast Wichtiges zu tun. Darum rufe ich dich auch nicht auf dem Handy an. Aber sei so lieb und melde dich, wenn du wieder da bist. Ich habe etwas gefunden, was ich nicht verstehe, aber was ganz wichtig sein könnte. Bis dann."

„Das mache ich", murmelte Corvin, „aber jetzt brauche ich eine Runde Schlaf."

Nach einer traumlosen, ruhigen Nacht und einem kräftigen Frühstück rief er Corinna an.

„Hallo, ich bin wieder im Lande. Du wolltest mir etwas zeigen?"

Ihre Stimme klang gelöster als beim letzten Mal.

„Ja, ich habe in einer von Georgs Jacken ein Notizbuch

gefunden. Darin sind Aufzeichnungen, die ich nicht verstehe. Kannst du dir das mal anschauen?"

Corvin sah auf die Uhr.

„Ich könnte in einer halben Stunde bei dir sein. Passt das?"

Gut dreißig Minuten später saßen sie in der ausgebauten Scheune am Küchentisch und tranken Kaffee. Sie hatte das kleine schwarze Notizbuch vor ihm auf den Tisch gelegt.

„Komisch. Das habe ich vorher nie gesehen. Ich habe auch niemals bemerkt, dass Georg es benutzt hat."

Corvin nahm das Buch und schlug es auf.

Eingetragen waren Kombinationen von Datum, Zahlen und Buchstaben. 24.6. 600 KT stand da. Oder 30.7. 550 FB. Seite für Seite waren diese Daten mit exakter Handschrift eingetragen und turmartig angeordnet.

Corinna schaute ihn von der Seite an.

„Hast du eine Ahnung, was das sein könnte?"

Corvin runzelte die Stirn.

„Sieht aus wie Einnahmen oder Ausgaben, die er festgehalten hat."

Sie schüttelte den Kopf.

„Das war auch meine erste Vermutung. Darum habe ich das mit den Kontoauszügen verglichen. Aber da stimmt nichts überein."

„Hatte er nur ein Konto?"

Sie nickte.

„Ich habe eins, er hatte eins. Beide bei der Sparkasse in Lüchow. Von einem anderen Konto war nie die Rede. Vielleicht bedeuten die Zahlen ja auch etwas ganz Anderes."

Corvin klappte das Buch wieder zu.

„Kann sein. Darf ich das erst einmal mitnehmen? Ich werde versuchen, das Rätsel zu lösen."

Sie begleitete ihn zum Gartentor. Er lächelte sie an.

„Sowie ich etwas weiß, melde ich mich."

Das erste Mal lächelte sie zurück.

„Danke, Erik. Du bist ein wahrer Freund."

Als Corvin seinen Mercedes auf dem üblichen Parkplatz unter den Kastanien abstellen wollte, stutzte er. Dort stand ein Auto, das er vorher noch nie gesehen hatte.

Es war ein auffälliger roter Ford Mustang mit einer Hamburger Nummer, der schon einige Jahrzehnte auf dem gepflegten Blech hatte. Gleichzeitig hörte er lautes Lachen aus der Küche, deren Tür halb offen stand. Lilos Lache kannte er gut. Sie war nicht zu überhören und man konnte damit baufällige Häuser zum Einsturz bringen. Die andere war zwei Oktaven tiefer und gehörte eindeutig zu einem Mann, der in seinem Leben dem Alkohol und dem Tabak stets furchtlos gegenübergestanden hatte.

Er schien Lilo etwas zu erzählen, das sie kolossal amüsierte.

„… und da habe ich zu ihm gesagt, kommse rein Hochwürden, hier tanzen zwölf frischgewaschene Pastorentöchter nackend auf dem Tisch…", konnte Corvin gerade noch verstehen, bevor er die Tür ganz öffnete und die Küche betrat.

Für ein paar Sekunden war er sprachlos.

„Ermel, wo kommst du denn so plötzlich her?"

Der bullige Mann mit dem weißen Bart saß breitbeinig auf dem Küchenstuhl und strahlte ihn an.

„Erstens hast du mich eingeladen, zweitens neugierig gemacht und hätte ich gewusst, was für eine famose Frau dir hier den Haushalt schmeißt, wäre ich schon viel früher gekommen."

Jetzt lachte auch Corvin.

„Mensch, alter Junge, ich freue mich, dass du meine Einladung so schnell angenommen hast."

Er schaute auf die beiden Kaffeetassen, die beiden kleinen Gläser, die Flasche mit dem Mirabellenschnaps und den Butterkuchen.

„Und versorgt worden bist du ja auch schon. Du bleibst doch über Nacht?"

Ermel nickte.

„Wenn ich nicht störe?"

Gleich darauf stand Lilo von ihrem Stuhl auf.

„Dann mach ich für deinen Freund mal oben das Gästezimmer klar."

Mit energischen Schritten ging sie zur Tür. Ermel starrte auf ihr stattliches Hinterteil.

„Was für ein Prachtweib. Wenn ich zwanzig Jahre jünger wäre…"

Dann wandte er sich wieder an Corvin.

„Wenn ich ehrlich bin, mein lieber Erik, dann bin ich ganz besonders neugierig auf Tonis Puff im Wald, von dem du erzählt hast. Können wir da heute Abend mal hingehen?"

Corvin kniff die Lippen zusammen.

„Ich glaube nicht, dass das eine gute Idee ist. Man sollte uns dort nicht zusammen sehen. Ich denke, Toni hat immer noch seine Verbindung zum Kiez. Und wenn der weiß, dass wir uns lange kennen und er erzählt das weiter, dann können einige Leute ganz schnell darauf kommen, von wem ich damals in dem einen oder anderen Fall meine Informationen hatte. Ich glaube, das wäre für deine Gesundheit nicht so förderlich."

Ermel schaute ihn erstaunt an. Dann wurde er nachdenklich.

„Wahrscheinlich hast du recht. Aber wenn du mir beschreibst, wie ich da hinkomme, kann ich das auch allein machen. Ich sage einfach, dass ich gerade in der Gegend war. Bin gespannt auf sein Gesicht. Aber jetzt zeig mir erst mal Haus und Hof."

Als Corvin am nächsten Morgen in die Küche kam, geriet er schon wieder ins Staunen. Der Frühstückstisch war schon gedeckt, Lilo und Ermel saßen einträchtig und schwatzend beieinander, tranken Kaffee und schmierten Brote. Ungläubig schaute er auf die Uhr.

„Es ist sieben. Lilo, was machst du denn so früh hier? Und Ermel, ich dachte du hättest die Nacht in der ‚Säge‘ durchgemacht."

Ermel nickte.

„Durchgemacht ist zu viel gesagt. Aber ein paar Stündchen war ich schon da. Und Schlaf brauch ich nicht mehr so viel. Hab ich mir jahrzehntelang antrainiert. Das hab ich gestern auch Lilo erzählt und da hat sie doch ganz spontan gesagt, dass sie dann kommt und mir das Frühstück macht, denn deine Art zu frühstücken sollte man niemandem zumuten."

Dabei legte er seine Pranke auf Lilos Hand und schenkte ihr ein breites Lächeln. Sie strahlte zurück.

„Stell dir vor, Ermel hat mich nach Hamburg eingeladen. Er will mir St. Pauli zeigen, wie es keiner kennt. Er sagt, er kennt Sachen, die ich noch nie gesehen habe."

Corvin grinste.

„Das kann ich mir lebhaft vorstellen. Aber sag mal, wie war's denn in der ‚Säge‘. War Toni sehr überrascht?"

Ermel nahm einen Schluck Kaffee.

„Der war gar nicht da. Ist ein paar Tage bei Freunden in

Spanien. Paloma schmeißt im Moment den Laden."

„Und? War sie überrascht?"

Ermel schüttelte den Kopf.

„Die kennt mich doch gar nicht. Als die bei Toni angefangen hat, war meine Zeit ja schon vorbei. Ich hab auch nicht gesagt, wer ich bin. Nur, dass ich ein alter Bekannter vom Kiez bin."

Corvin hatte sich inzwischen an den Tisch gesetzt und eine Tasse Kaffee eingegossen.

„Und? Wie findest du den Laden?"

Ermel hatte gerade von seinem Brot mit Lilos selbstgemachter Sauerkirschmarmelade abgebissen und sprach mit vollem Mund.

„Sehr guter Laden. Hätt ich nicht gedacht. Aus dem alten Kasten könnte man was machen. Weißt du, wie viele Zimmer der hat?"

Corvin schüttelte den Kopf.

„Nicht genau. Aber zehn bestimmt. Und außerdem soll es ja noch den Bunker geben."

Ermel wurde hellhörig.

„Was für ein Bunker?"

Corvin wollte gerade sagen, dass er das auch nicht so genau wüsste, als Lilo ihm das Wort abschnitt.

„Ich glaube, Erik weiß das gar nicht. Ein paar Jahre gehörte das Haus einem verrückten aber familiär ziemlich betuchten Maler. Der hielt sich für die Wiedergeburt von irgend so einem Maler aus dem Mittelalter. Der hatte wohl nur Bilder von der Hölle und vom Weltuntergang gemalt. Und weil er – ach ja, Bosch hieß der wie meine Waschmaschine – weil der selbst immer Angst vor dem dritten Weltkrieg hatte, ließ er sich einen riesigen Bunker bauen. Hinter dem Haus, tief in der Erde. Damals ging das, weil sie das

Moor trockengelegt hatten. Heute ist ja alles wieder sumpfig. Walter hat erzählt, dass es da einen Tunnel gibt, der vom Haus in den Bunker führt."

Ermel hatte aufmerksam zugehört.

„Also ein super Versteck."

Lilo stand von ihrem Stuhl auf.

„Das kannst du laut sagen. Meine Herren – ich muss jetzt mal in die Gänge kommen, sonst kommt mein ganzer Zeitplan durcheinander."

Corvin lachte.

„Komm Ermel, wir trinken noch einen Kaffee draußen. Die Sonne scheint jetzt genau auf die Bank. Da kannst du mal sehen, wie schön es hier bei uns auf dem Lande ist."

Sie gingen auf den Hof und setzten sich. Ermel schlürfte den heißen Kaffee aus seiner Tasse.

„Pass mal auf, ich muss dir noch was erzählen. In Tonis Puff habe ich was gesehen, das mir zu denken gibt. Als ich heute Nacht dort geklingelt habe, glotzte da ein Typ durch die Tür, der mir bekannt vorkam. Nachdem er mich reingelassen hatte, dauerte es nicht lange, bis ich darauf kam, wo ich ihn schon mal gesehen habe. Das ist einer von Pattex-Pauls Leuten. Oder Paolo, wie du willst. Der weiß auch nicht, wer ich bin. Aber ich weiß, wer er ist. Ich verwette meinen Arsch, dass Paul ihn dort eingeschmuggelt hat. Ich hab ein gutes Gespür für Menschen. Musst du auch haben als Koberer. Und der Typ ist nicht koscher. Ich wette, der spioniert den Laden aus. Die haben irgendwas vor."

Corvin wurde unruhig.

„Meinst du, er arbeitet mit Paloma zusammen?"

Ermel schüttelte den Kopf.

„Glaube ich nicht. Wie gesagt, ich hab ein Gespür für sowas."

„Kannst du das ein bisschen genauer rauskriegen?"

Ermel zuckte mit den Schultern.

„Dazu müsste ich wieder auf dem Kiez sein und ein paar Leute treffen. Am Telefon mache ich sowas nicht."

Er dachte eine Weile nach.

„Pass auf. Ich fahre nachher wieder nach Hamburg und höre mich mal um. Du kannst ja inzwischen versuchen, mehr über Tonis Laden rauszukriegen. Ach so, Paloma hat den Typen mit Marco angesprochen. Der heißt bestimmt ganz anders, aber Paul gibt seinen Leuten ja immer gern italienische Namen."

14

Den ganzen Nachmittag über hatte Corvin sein weiteres Vorgehen immer wieder neu geplant und gleich wieder verworfen. Warum sollte er sich da einmischen? Er hatte mit den Problemen von Corinna und Kalle eigentlich genug an den Hacken. Aber andererseits war die Gelegenheit, sich in der „Säge" umzusehen durch die Abwesenheit von Kartoffel-Toni sehr günstig. Und außerdem reizte ihn eine neue Begegnung mit dieser geheimnisvollen Frau. So verging Stunde um Stunde, bis am späteren Abend die Neugier siegte und er wie von selbst von seinem Sessel aufstand, ein frisches Hemd und ein Sakko anzog, die Autoschlüssel einsteckte und zu seinem Wagen ging.

Eine halbe Stunde später stand er vor dem Haus am Moor und drückte auf den Klingelknopf. Kurz darauf öffnete sich die Klappe im oberen Teil der Tür. Zwei engstehende Augen mit einem stechenden Blick wurden sichtbar.

Den Mund konnte er nicht sehen, die Stimme hatte einen metallisch-scharfen Klang.

„Waren sie schon einmal bei uns?"

Corvin nickte.

„Ja, ich bin ein Bekannter von Paloma."

„Wie ist ihr Name?"

„Corvin. Erik Corvin."

„Einen Moment."

Die Klappe schloss sich.

Gefühlte drei Minuten später wurde die Tür geöffnet.

Paloma, die wieder ihr rotes Etuikleid trug, lächelte ihn mit einem spöttischen Zug um den Mund an.

„Das muss man ihnen lassen. Hartnäckig sind sie."

Corvin lächelte zurück.

„Sie haben mich neugierig gemacht. Und da wollte ich mir den Laden mal ansehen, wenn er in Betrieb ist."

Sie lächelte immer noch.

„Und sonst gibt es keinen Grund?"

Corvin schüttelte den Kopf.

„Ich wollte nur mal in Ruhe ein Bier trinken. Das geht doch, oder?"

Sie öffnete die Tür um ein weiteres Stück.

„Natürlich geht das. Obwohl die meisten nicht nur kommen, weil sie Durst haben. Rein mit ihnen."

Corvin grinste, machte eine übertriebene Verbeugung und betrat den Empfangsraum, während Paloma die Tür hinter ihm schloss.

Der Raum, in dem sich die Bar befand, war in schummriges Licht gehüllt. Corvin sah sich um. Es hätte auch eine Hotelbar sein können, dachte er, wie ein anrüchiges Bordell wirkt das nicht. In den kleinen Sitzgruppen saßen Männer und Frauen, die sich angeregt unterhielten. Das Outfit der Frauen war zwar betont sexy, aber nicht so offenherzig, dass sie an einem heißen Sommertag nicht auch so durch Lüchow hätten gehen können. Nur ab und zu verschwand ein Paar diskret durch die Tür neben der Bar. Man merkte, hier führte jemand Regie, der möglichst wenig Angriffsfläche für diejenigen bieten wollte, denen das Haus am Moor ein Dorn im Auge war.

Corvin setzte sich auf einen Hocker an der Bar, wo Paloma hinter dem Tresen stand. „Also, ein Pils?", fragte sie, ohne ihn anzusehen.

Corvin lächelte.

„Gern."

Aus den Augenwinkeln bemerkte er, dass eine Frau mit langen blonden Haaren ihn anstarrte und dann auf ihn zukam. Er bemerkte aber auch, dass Paloma in ihre Richtung schaute und eine fast unmerkliche Bewegung mit dem Kopf machte, während sie das Glas unter den Zapfhahn hielt. Augenblicklich drehte die Blonde ab und verschwand in eine andere Richtung. Corvin schaute sie an.

„Sie haben hier alles gut im Griff. Das merkt man."

Sie legte einen Bierdeckel auf den Tresen und stellte das volle Glas darauf.

„Das muss man auch. Sonst tanzen einem alle auf der Nase herum. Und die Behörden halten wir so auch auf Distanz."

Corvin grinste.

„Und sie haben nie Ärger mit dem Personal?"

Sie schaute ihn unwirsch an.

„Hier gibt es kein Personal. Das sind alles Selbstständige. Wir bieten einen gut funktionierenden Betrieb und erwarten, dass man sich an die Regeln hält. Wer das nicht akzeptiert, ist nicht sehr lange hier."

Corvins Blick fiel auf einen großen Alu-Bilderrahmen, der links neben dem Gläserregal an der Wand hing. Hinter seinem Glas waren gut zwei Dutzend Fotos von Frauen in mehr oder weniger aufreizender Pose befestigt. Auf einigen Fotos hatten die Abgelichteten offenbar etwas mit Filzstift geschrieben. „Danke für alles, Jeanette" konnte er auf einem entziffern. Er griff zum Glas und nahm einen Schluck.

„Sind das alles ehemalige Mitarbeiterinnen, äh – Entschuldigung – Selbstständige?"

Sie nickte.

„Ja, einige kommen auch immer wieder, weil es ihnen hier offenbar gefällt."

An einem der Tische saß ein bulliger Mann, dessen Stimme im Laufe der Zeit immer lauter wurde. Der Artikulation nach war er nicht mehr ganz nüchtern. Die Wortwahl war etwas prollig. Die Frau an seinem Tisch versuchte ihn zu beschwichtigen, was ihn noch lauter werden ließ.

Paloma hatte bereits mehrfach missbilligend in die Richtung geschaut, dann fuhr ihre Hand unter den Tresen, wo sie offensichtlich auf eine Art Klingelknopf drückte. Kurz darauf öffnete sich die Tür neben der Bar und ein Mann erschien, der sie fragend ansah.

Der Mann war circa vierzig Jahre alt, groß und schlank, hatte schwarze kurze Haare und das Gesicht eines Raubvogels. Er trug einen schwarzen Anzug, unter der Jacke ein weißes T-Shirt. Paloma schaute erst ihn an, dann in Richtung des angetrunkenen Mannes und machte eine kurze Bewegung mit dem Kopf.

Der Mann nickte wie zum Einverständnis und ging dann mit langsamen Schritten an den Tisch des lauten Gastes, beugte sich zu ihm herunter und flüsterte etwas. Der Bullige hörte für einen Augenblick auf zu reden, schaute etwas ungläubig in das Raubvogelgesicht, um dann gleich weiter zu schimpfen.

„Hau ab, du Wichser, sonst kannst du was..."

Weiter kam er nicht. Seine Gesichtszüge verzogen sich schmerzhaft und wie von einer unsichtbaren Kraft hochgehoben, stand er plötzlich neben seinem Sessel, in dem er gerade noch breitbeinig gesessen hatte. Erst jetzt sah man, dass der Mann im schwarzen Anzug ihn in Sekundenschnelle am Handgelenk gepackt und ihm den Arm auf den Rücken gedreht hatte. Dabei drückte er den Daumen des Ruhestörers so nach innen, dass ein stechender Schmerz ihn an jeder Gegenwehr hinderte. In wenigen Sekunden standen sie, von den anderen Gästen fast unbemerkt, an der Tür zum Vorraum und waren nach weiteren zwei Sekunden dahinter verschwunden.

Corvin hatte die Aktion fasziniert beobachtet. Dann wandte er sich wieder Paloma zu.

„Respekt. Das nenne ich effektiv. Wer ist denn der diskrete Rausschmeißer?"

„Das ist Marco. Der ist noch nicht sehr lange hier, hat aber sofort verstanden, worauf es uns ankommt. Er sorgt dafür, dass alles ruhig und friedlich bleibt und sich niemand gestört fühlt."

Corvin grinste.

„Und was machen sie, wenn ein Rausgeworfener Verstärkung holt und wiederkommt?"

Paloma lächelte süffisant.

„Da machen sie sich Mal keine Sorgen. Darauf sind wir auch vorbereitet und können in kürzester Zeit ebenfalls Verstärkung anfordern."

In diesem Moment kam Marco zurück, ging zur Bar und wandte sich Paloma zu. Seine Stimme war tief und klang etwas heiser.

„Alles in Ordnung. Der kommt so schnell nicht wieder."

Paloma zog die Augenbrauen hoch.

„Danke, ich hoffe, du hast ihn nicht verletzt."

Marco lächelte hinterhältig.

„Nur ein bisschen. Das mit dem Daumen renkt sich wieder ein. Nach ein paar Tagen ist der Schmerz weg."

Für einen Augenblick fiel sein Blick auf Corvin. Der hob sein Glas.

„Respekt. Wo haben sie das gelernt?"

Der Angesprochene lächelte immer noch. Allerdings nur mit dem Mund. Seine Augen waren eiskalt.

„Fallschirmjäger. Zehn Jahre im Einsatz."

Corvin stellte sein Glas wieder auf den Tresen.

„Komisch, sie kommen mir so bekannt vor. Haben sie mal auf St. Pauli gearbeitet?"

Marco wollte etwas sagen, doch Paloma schnitt ihm das Wort ab. „Das ist Erik Corvin, musst du wissen. Ehemaliger Polizist aus Hamburg."

Marcos Miene verfinsterte sich. Er schüttelte den Kopf.

„Ich habe in den letzten Jahren nur im Ausland gearbeitet. Auf St. Pauli war ich nie."

Corvin zuckte mit den Schultern.

„Dann täusche ich mich wohl."

Marco nickte.

„Das glaube ich auch."

Dann drehte er sich weg und verschwand mit wenigen Schritten hinter der Tür, durch die er gekommen war.

Corvin schaute zur Uhr.

„Ich muss dann mal los. Was macht das?"

Paloma hob die Hand.

„Nichts. Geht aufs Haus. Außerdem haben sie ja noch was gut. Ich meine die Beule in der Tür. "

Corvin machte eine angedeutete Verbeugung.

„Vielen Dank. Ich hoffe, ich darf noch mal wiederkommen."

Sie lächelte ihn an und es war ihm nicht klar, ob das freundlich oder spöttisch gemeint war.

„Wann immer sie Lust haben."

Er stieg vom Hocker, ging eine paar Schritte zurück und schaute noch einmal in die Runde.

„Wirklich sehr nett hier. Hätte ich nicht gedacht."

Dabei fiel sein Blick ein zweites Mal auf den großen Bilderrahmen mit den vielen Fotoporträts. Das madonnenhafte Gesicht einer jungen Frau mit langen kastanienbraunen Haaren fiel ihm besonders auf. „Alles Liebe, Tereza", hatte sie mit schwarzem Filzstift auf das Foto geschrieben. Um den Hals trug sie eine Kette mit einer französischen Lilie als Anhänger.

„Wer ist die Schöne?" fragte Corvin.

Paloma trat näher heran.

„Das war Tereza. Sie war aus Tschechien."

Corvin schaute sie verständnislos an.

„Wieso war?"

Paloma zuckte mit den Schultern.

„Sie war plötzlich verschwunden. Ohne sich von uns zu verabschieden."

Auf der Rückfahrt kreisten Corvins Gedanken immer nur um Palomas letzten Satz, um die französische Lilie und um das T wie Tereza. Bestand da ein Zusammenhang mit den Hinweisen, die er bei Georg Harms gefunden hatte? Er musste mehr über diese Tereza wissen. Aber wie? Als Polizist hätte er eine offizielle Untersuchung eingeleitet und ihre Kolleginnen in der „Säge" befragt. Aber als Privatmann? Außerdem musste er sehr behutsam vorgehen, denn wenn sich sein Verdacht bestätigte – wie sollte er Corinna sagen, dass ihr Mann offenbar eine Beziehung mit einer Prostituierten hatte?

In welche Richtung er auch dachte, immer wieder kam er zum selben Ergebnis. Er musste Palomas Vertrauen gewinnen. Aber das dürfte verdammt schwierig werden.

Am Nachmittag des nächsten Tages gegen fünfzehn Uhr fuhr ein gepflegter roter Mustang Baujahr 1966 durch die Einfahrt auf den Hof am Rande von Waddeweitz. Corvin hatte ihn schon gehört, denn das tiefe Röhren des 305 PS-Klassikers war unverkennbar.

Er sprang auf und ging durch die Küchentür auf den Hof.

„Ermel, zuverlässig wie immer. Komm rein, alter Gauner. Hast du schon was gegessen?"

Grinsend stieg Ermel aus dem „Nuttenbagger", wie sein Besitzer ihn zärtlich nannte.

„Was ich versprochen habe, halte ich auch. Und die Antwort auf deine Frage ist: Nein!"

Corvin reichte ihm die Hand.

„Das trifft sich gut. Lilo hat ein hervorragendes Labskaus gemacht, als sie hörte, dass du heute wiederkommst. Sie lässt sich nicht von dem Glauben abbringen, dass alle Hamburger sich ausschließlich von Labskaus ernähren."

Einen Augenblick später saßen sie am Küchentisch. Corvin hatte eine große Portion des Seemannsgerichts auf zwei Teller verteilt, Spiegeleier in der Pfanne gebraten, Gurken und Rote Bete dazu gelegt und zu guter Letzt noch zwei Biere geöffnet.

„Prost, mein Alter. Lang kräftig zu."

Das ließ sich Ermel nicht zweimal sagen, spießte eine Gewürzgurke auf, ließ sie in seinem Mund verschwinden und spülte mit einem ordentlichen Schluck Bier nach.

„Mensch Junge, die Lilo. Wenn die mich jeden Tag bekochen würde, hätte ich bestimmt bald die Hundert-Kilo-Marke geknackt."

Corvin schüttelte den Kopf.

„Das glaub man nicht. Lilo hält dich ganz schön auf Trab. Da hast du gar keine Zeit zum fett werden. Aber nun mal was anderes. Was hast du rausgekriegt? Ich platze vor Neugier."

Ermel nahm eine Papierserviette und wischte sich über den Mund.

„Also, es ist so. Paul oder Paolo handelt so ziemlich mit allem, was nicht erlaubt ist. Hauptsache die Kohle stimmt. Seit einiger Zeit hat er wohl auch seine Finger mit im Drogengeschäft. Um genau zu sein, er handelt mit Hitler-Speed."

Corvin schaute ihn verständnislos an.

„Womit?"

Ermel lachte.

„Von Crystal-Meth hast du doch schon gehört? Siehste. Und das Zeugs, was da drin ist, das war auch in ‚Pervitin' das gabs in Deutschland schon in den Dreißigern. Deine Müdigkeit ist weg, du hast keinen Hunger mehr, bist völlig überdreht, gut gelaunt und immer optimistisch. Wenn du deine Soldaten damit fütterst, kämpfen die rund um die Uhr ohne schlapp zu machen. Und die haben das auch geschluckt, bevor sie losmarschierten.

Das Dumme ist nur – du wirst süchtig, hast Wahnvorstellungen und all so'n Scheiß. Pillen-Dieter – weißt du – das ist der, der früher im Hafenkrankenhaus gearbeitet hat, der hat mir da Einiges erzählt. Vielen Dank! Auf jeden Fall ist das heute eine Partydroge. Du kannst tagelang durchfeiern, ohne aus den Latschen zu kippen. Ist billig in der Herstellung, bringt aber ordentlich Kohle."

Corvin zog die Stirn in Falten.

„Und was, meinst du, hat das jetzt mit der ‚Säge‘ zu tun?"

Ermel trank mit einem gurgelnden Geräusch den letzten Schluck Bier aus der Flasche.

„Das Zeugs kommt zum größten Teil aus Tschechien und wird über Sachsen und Sachsen-Anhalt in kleinen Mengen reingeschmuggelt. Damit du nicht ein geballtes Risiko hast, brauchst du eine Menge Zwischenlager und darum ist Paul immer auf der Suche nach guten Verstecken. Ich könnte mir vorstellen, dass er sich auch für den Puff im Wald interessiert."

Corvin riss die Augen auf.

„Da kannst du recht haben. Erinnerst du dich noch, was Lilo uns neulich erzählt hat? Das Haus hat Verbindung zu diesem unterirdischen Bunker, von dem nur wenige schon mal was gehört haben. Das wäre mit Sicherheit ein gutes Zwischenlager."

Ermel nickte.

„Paul hat davon sicher Wind bekommen. Und als er Toni seinen ungebetenen Besuch abgestattet hat, da hat er gemerkt, dass das auch noch ein ganz guter Laden ist. Und darum hat er erst einmal einen Spion – weiß der Henker, warum Toni das nicht gemerkt hat – dort untergebracht."

„Was schließt du daraus?"

„Ganz einfach. Er will nicht nur ein Lager, er will den ganzen Laden. Auf St. Pauli wird die Luft nämlich für ihn immer dünner. Da haben jetzt ganz andere Gruppen das Sagen. Und da kommt doch so ein Altersruhesitz sehr gelegen."

„Und du meinst, keiner hat gemerkt, wer dieser Marco in Wirklichkeit ist?"

Ermel nickte.

„Haben die geschickt eingefädelt, das muss man ihnen lassen. Ich wette drauf, die schlagen in den nächsten Tagen los. Solange der Chef in Spanien rumhängt. Oder sie machen ihn dort direkt kalt."

Dabei schob er sich mit der Gabel den letzten Bissen Labskaus in den Mund. Streckte sich auf dem Stuhl, faltete die Hände hinter dem Kopf und rülpste genussvoll.

„Oh Entschuldigung, das sollte 'n Lied werden."

„Keine Ursache. Hauptsache, dir hat's geschmeckt."

Ermel nickte heftig.

„Allerdings. Und wenn du jetzt noch für einen alten Mann einen Schnaps hättest, dann wär's perfekt."

Corvin lachte, stand auf, holte die Flasche mit dem Mirabellenschnaps aus dem Küchenschrank und goss zwei Gläser ein.

Mit einem Ruck verschwand der Schnaps in Ermels Kehle.

„So, und nun erzähl du mal."

Corvin setzte sich an den Tisch und machte ein ernstes Gesicht.

„Du musst mir erst schwören, dass du alles, was ich dir jetzt erzähle, für dich behältst. Aber ich weiß ja, dass du das kannst."

Ermel machte eine wegwerfende Handbewegung.

„Worauf du einen lassen kannst!"

Und dann erzählte Corvin die ganze Geschichte von Corinna und ihrem Mann. Dass der vor seinem Tod einen Mord gestanden und dass die Witwe ihn um Hilfe und Aufklärung gebeten hatte. Er erzählte von seinen bisherigen Recherchen und den möglichen Zusammenhängen, die sich aus seinen Beobachtungen in der „Säge" ergeben hatten.

Ermel hatte aufmerksam zugehört.

„Du willst also, dass diese Dame aus dem Moor dir vertraut. Na bitte, jetzt hast du doch was in der Hand. Wenn du verstehst, was ich meine."

„Jetzt zeige ich dir mal mein zweites Wohnzimmer", hatte Corvin zu Ermel gesagt, ihn ins Auto gepackt und war in Richtung „Wende" gefahren.

Es war ein lauer Sommerabend und im Vorgarten war es bereits ziemlich voll. Wie immer grüßte Corvin hierhin und winkte dorthin.

Ermel staunte.

„Du bist ja bekannt wie ein bunter Hund."

Corvin lachte.

„Hier sind alle bunte Hunde, wenn du so willst. Jeder kennt jeden. Die Fremdenverkehrsleute werben sogar mit dem Spruch „…wo jeder jede Sau kennt."

Ermel nickte.

„Das ist gut. Auf St. Pauli kenne ich auch jede Sau. Besonders die großen."

Sie betraten die Wirtsstube, die auch bereits voll besetzt war.

Frank Matthes stand zapfend hinter dem Tresen, während Klaas Vormann wie immer auf der Querbank saß und mit Beatrix über die Frage stritt, ob man einen Hackbraten besser mit Paprikapulver rosenscharf oder besser mit Rosmarin und Thymian würzt.

Corvin hielt Zeige- und Mittelfinger in Richtung Frank Matthes, der nur kurz nickte und zwei leere Pilsgläser bereitstellte.

„Leute, darf euch mal kurz einen Freund vorstellen. Das ist Ernst Meldorf aus Hamburg."

Ermel winkte ab.

„Bloß nicht so förmlich. Auf St. Pauli sagen alle Ermel zu mir."

Klaas Vormann schaute ihn neugierig an.

„Auf St. Pauli? Auch beruflich?"

Ermel nickte.

„Na klar. Als Argumentator."

Vormann schaute ihn fragend an.

„Und was macht man in der Branche?"

Ermel griff nach dem Bier, das Corvin ihm gereicht hatte.

„Die richtigen Argumente finden, damit die Leute in den Laden gehen, der dich dafür bezahlt. Prost!"

Alle hoben ihr Glas und lachten. Vormann wischte sich den Schaum vom Mund.

„Ich war ja früher mit Kunden öfter mal auf St. Pauli. Habe da so einige Typen kennengelernt. Kanntest du denn auch noch Inkasso-Henry?"

Ermel nickte heftig.

„Allerdings. Henry war ja schon zu Lebzeiten eine Legende. Nun ist er leider im Himmel. Mit Henry habe ich mal folgende Geschichte erlebt. Also: Ich stehe damals vorm ‚Safari' auf der Freiheit. Kommt da so ein Barackenelvis und labert mich an…"

Und so erzählte Ermel eine Kiez-Anekdote nach der anderen und der Zuhörerkreis in der „Wende" wurde immer größer. Da Ermels Stimme dazu geeignet war, sich auch in größeren Sälen ohne Mikrofon durchzusetzen, lauschten bald alle Gäste andächtig seinen Worten.

Nach einer Stunde hob Ermel sein Glas.

„So Leute, jetzt hat der olle Sabbelbüdel keine Lust mehr und muss unbedingt was trinken. Hab schon ne ganz trockene Fressluke. Das nächste Mal mehr."

Alle applaudierten lachend. Frank Matthes reichte ihm ein frisch gezapftes Pils.

„Prost, Ermel. Ich überlege gerade, ob ich dich einstelle. Du machst mir den Laden jeden Abend voll."

Ermel lachte.

„Aber nur, wenn Beatrix dazu strippt."

Beatrix zog die Augenbrauen hoch.

„Nee, nee. Ich serviere Fleisch lieber auf dem Teller."

Ein Mann von etwa Mitte Vierzig, den Corvin schon mehrfach in der „Wende" gesehen hatte, aber seinen Namen nicht kannte, stellte sich neben Ermel.

„Entschuldigen sie. Kannten sie vielleicht meinen Großonkel? Der hatte eine Kneipe in der Talstraße. Ich bin nach ihm benannt."

Ermel musterte den Mann.

„So? Wie heißt du denn?"

„Bernd Fischer."

Ermel dachte nach.

„Bernie? Na, klar. ‚Schinken-Kate' hieß der Laden."

Corvin horchte auf. Bernd Fischer? Den Namen hatte er doch gerade vor Kurzem gehört. Aber in welchem Zusammenhang? Plötzlich fiel es ihm ein. Er war der BF in Georgs Handyliste. Das ist der Kollege, mit dem Georg am meisten zusammenarbeitete, hatte Corinna gesagt. Er wartete, bis Ermel alle Kenntnisse über den verblichenen Großonkel von sich gegeben hatte, dann nahm er ihn beiseite.

„Entschuldigung, könnte es sein, dass sie der Kollege von Georg Harms sind?"

Der Mann schaute ihn überrascht an.

„Von Georg? Ja, natürlich. Habe aber lange nichts mehr von ihm gehört."

Corvin schaute verständnislos.

„Wieso das? Ich denke, sie haben eng zusammengearbeitet?"

Der Mann nickte.

„Ja, das stimmt. Aber seit er vor über einem Jahr so überraschend gekündigt hat, habe ich nichts mehr von ihm gehört."

Am frühen Vormittag des nächsten Tages erschien Corvin ohne Ankündigung bei Corinna.

„Entschuldige, dass ich hier so hereinplatze, aber ich habe dir etwas Wichtiges zu sagen."

Und dann erzählte er ihr von der überraschenden Begegnung mit dem ehemaligen Arbeitskollegen ihres Mannes.

Corinna wurde von einer auf die andere Sekunde blass.

„Ich glaub's nicht. Ich kann es einfach nicht glauben!"

Corvin zuckte mit den Schultern.

„Tut mir leid. Aber ich musste es dir sagen."

Corinnas Augen starrten ins Leere.

„Schon vor über einem Jahr, sagst du? Und ich habe nichts gemerkt. Er ist jeden Morgen um halb acht gegangen und abends gegen achtzehn Uhr wieder nach Haus gekommen. Er war häufiger als sonst auf Reisen, aber meistens war alles wie immer. Wo hat er den ganzen Tag gesteckt? Was hat er gemacht?"

Corvin schüttelte den Kopf.

„Ich weiß es nicht, aber ich werde es herausfinden. Du solltest dich allerdings mit dem Gedanken befassen, dass dein Mann wahrscheinlich ein Doppelleben geführt hat."

Sie setzte sich auf einen Stuhl am Küchentisch.

„Georg ein Doppelleben? Ich kann es einfach nicht

glauben. Das passt überhaupt nicht zu ihm. Glaubst du, dass da vielleicht eine andere Frau im Spiel war?"

Corvin zuckte abermals mit den Schultern. Dass er schon einen bestimmten Verdacht hatte, sagte er ihr nicht.

„Im Moment können wir nichts ausschließen. Aber ich weiß jetzt ungefähr, in welche Richtung ich ermitteln muss."

Sie stand wieder auf und trat ganz nah an ihn heran.

„Kannst du mich bitte mal in den Arm nehmen? Mir ist, als hätte sich gerade der Boden unter mir aufgetan. Ich muss mich jetzt mal festhalten. Denk bitte nichts Falsches."

Mit diesen Worten umfasste sie ihn und er tat das Gleiche. Ganz vorsichtig, als habe er eine kostbare Porzellanpuppe in den Händen. Sie hatte ihren Kopf an seine Schulter gelegt und er genoss den Duft ihrer Haare. Für einen Augenblick überlegte er, ob er sie jetzt küssen sollte. Aber dann ließ er es, denn er spürte kein Knistern in der Luft, sondern nur ihre Hilflosigkeit. Ein paar Minuten standen sie so, ohne sich zu bewegen. Dann löste sie sich von ihm und gab ihm einen Kuss auf die linke Wange.

„Danke, Erik. Du bist die einzige Stütze, die ich habe. Und glaub mir, du kannst mir jetzt schonungslos alles sagen, was du herausfinden wirst. Ich bin auf das Schlimmste vorbereitet."

Er nickte und ging zur Tür. Dort drehte er sich noch einmal um.

„Ach, fast hätte ich es vergessen. Kannst du mir bitte ein Foto von Georg auf mein Handy mailen? Aber bitte ein aktuelles."

Als Corvin am frühen Nachmittag zurück auf seinen Hof fuhr und die Küche betrat, war Lilo immer noch mit dem Putzen beschäftigt. Aber nicht wie sonst, mit Schwung und einem Lied, sondern eher langsam und mit muffigem Gesicht.

Corvin spürte die ungewohnte Atmosphäre sofort.

„Was ist denn mit dir los? Wo ist Ermel?"

Lilo sah nicht zu ihm auf.

„Weg!"

Er stutzte.

„Weg? Einfach so?"

Sie nickte und schwieg für eine Weile.

„Aber andererseits, ein Mann in seinem Alter muss ja wissen, was er tut."

Corvin ging zum Küchenschrank, holte die Flasche mit dem Mirabellenschnaps und zwei Gläser heraus.

„Komm, Lilo, setz dich mal hin und erzähl's mir."

Lilo tat so, als hätte sie die Einladung überhört. Aber dann gab sie einen Schnaufer von sich, wischte die Hände an ihrer Schürze ab und setzte sich an den Tisch.

„Heute Vormittag hat er noch von eurem lustigen Abend in der ‚Wende' erzählt und wie gut es ihm hier gefällt. Er könne sich gut vorstellen, hier zu wohnen. Ich hab ihm dann gleich von Erwin Wohllebens Kate erzählt, die ja schon wieder länger leer steht und er war auch sehr interessiert. Aber dann wurde er auf einmal ganz komisch und hat ganz ernst geguckt. Aber ich glaube, sie werden mir fehlen, hat er gemurmelt. Und ich habe gefragt, was wird dir fehlen? Da hat er ganz traurig aus der Wäsche geschaut. Der Hafen, die Landungsbrücken, der Kiez und die Elbe hat er gesagt. Elbe haben wir hier auch, hab ich gesagt, aber er hat mit dem Kopf geschüttelt und hat gesagt: Das ist nicht dasselbe. Wenn das so ist, hab ich dann wieder gesagt – reisende Leute soll man nicht aufhalten. Und dann hat er seine Tasche gepackt und ist gegangen."

Inzwischen hatte Corvin den Rest aus der Flasche in die Gläser gegossen und prostete Lilo zu.

„Mach dir keinen Kopf. Ich kenne ihn. Der kommt wieder."

Er trank das Glas aus und stellte es auf den Tisch.

„Sollst du mich gar nicht grüßen?"

Lilo nickte, griff in die Tasche ihrer Schürze und holte einen Briefumschlag heraus.

„Natürlich und ich soll dir das hier geben."

Sie reichte ihm den Umschlag, trank ihr Glas leer, schüttelte sich einmal und stand dann von ihrem Stuhl auf.

„Ich gehe jetzt, aber inzwischen ist mir schon wohler."

Zehn Minuten später saß Corvin allein am Küchentisch. Mit der linken Hand zog er eine der Schubladen im Schrank auf und holte ein Tafelmesser heraus. Mit einem Schnitt öffnete er den zugeklebten Briefumschlag und zog einen zweimal gefalteten DIN-A4-Bogen heraus.

„Moin", las er, geschrieben in einer schwungvoll akkuraten Schrift, die er dem alten Koberer gar nicht zugetraut hätte.

„Sei mir nicht böse, dass ich so einfach abgehauen bin. Es ist wirklich sehr schön bei Euch auf dem Land, aber mein Kiez fehlt mir doch irgendwie. Ich danke Dir für Deine Gastfreundschaft und ich komme auch gern mal wieder. Ich möchte Dir noch einen guten Rat geben. Aus der Geschichte mit den beiden Alphamännchen und dem Puff im Wald – halt Dich da raus. Die tun immer so unschuldig, aber wenn es los geht, dann richtig. Und die Typen, die für sie arbeiten, die tun für Geld sowieso alles. Du weißt, der Alte kennt sich da aus und bevor du etwas planst, ruf mich an. Aber am besten, Du planst überhaupt nichts. Auch wenn diese Frau dich heiß gemacht hat. Wie sächt de Hamburger: Bi sowatt geit de Verstand in Mors.

Beste Grüße

Dein alter Freund"

Corvin musste grinsen. Der alte Fuchs hatte immer noch den richtigen Riecher. Und in dem Brief hatte er keinen Namen genannt. Weder den eigenen noch seinen, noch sonst irgendeinen. Falls der Brief mal in falsche Hände geriet.

Wird er aber nicht, dachte Corvin, nahm eine Streichholzschachtel aus der Schublade, zündete den Brief an und warf das brennende Papier in den Ofen.

Sein Blick fiel auf den großen Korb, der neben dem Ofen stand. Darin sammelte Lilo das Altpapier. Wenn er voll war, wuchtete sie ihn mit lautem Gestöhne in die blaue Tonne und Corvin fragte sich immer wieder, warum sie es nicht gleich dort hineinwarf. Aber mit Lilo eine solche Frage zu diskutieren, war zweck- und ergebnislos. Also ließ er es. Ganz oben lag die aktuelle Ausgabe der Lokalzeitung, die Corvin noch gar nicht gelesen hatte, die von Lilo aber bereits entsorgt worden war.

Mit einem Seufzer über seine eigenwillige Haushälterin, nahm er sie wieder heraus und setzte sich an den Küchentisch. Er überflog den Lokalteil, in dem über die Kreistierschau, einen Streit über den Ausbau der Bundesstraße und über eine Diamantene Hochzeit berichtet wurde. Danach den Teil mit dem Titel „Aus dem Norden" mit einem Bericht über einen Empfang ausländischer Diplomaten im Hamburger Überseeclub. Er wollte gerade weiterblättern, als sein Blick auf das Foto fiel, das zu diesem Artikel gehörte. Man sah eine Ansammlung von Frauen und Männern mit wichtigen Gesichtern und teuren Klamotten, die offenbar einer Rede lauschten. Nur eine Frau lächelte ihren Begleiter an, der aus einem südlichen Land zu stammen schien. Sie überragte ihn um Haupteslänge. Plötzlich stutzte er. Das Gesicht kam ihm bekannt vor. Er zog wieder die Schublade des Küchenschranks auf und förderte eine große Lupe zu Tage, die Lilo einsetzte, wenn es galt, sich einen winzigen, aber schmerzhaften Splitter aus dem Finger zu ziehen.

Er hielt sie über das Foto. Kein Zweifel. Das war die Blondine, die er vor Klaus Nowaks Apartment gesehen hatte. Was tat die auf einem Diplomatenempfang?

Corvin überlegte. Wo so viel erlauchtes Publikum zusammenkam, gab es natürlich auch einen Sicherheitsdienst. Und da es sich hier um Vertreter des politischen Gewerbes handelte, wahrscheinlich sogar einen offiziellen der Polizei. Und darum müsste es ja auch eine Gästeliste geben. Er griff zu seinem Smartphone und wählte über seine Kontaktliste die Nummer von Wolfgang Sievert, sein Allroundrecherche-Freund aus Hamburger Polizeitagen.

Sievert lachte, denn er hatte die Nummer auf dem Display gleich erkannt.

„Hallo Erik, was möchtest du denn heute wissen?"

„Moin Wolfgang. Es hängt zusammen mit dem Apartment in der HafenCity, das du dankenswerterweise auch schon für mich ausfindig gemacht hast. Ich schicke dir gleich mal ein Bild rüber, das heute bei uns in der Zeitung war. Da ist unter anderem eine nicht genannte Frau zu sehen, die ich mit Filzschreiber angekreuzt habe. Kannst du rauskriegen, wer das ist?"

Sievert spielte den Empörten.

„Also hör mal. Ich helfe dir gern, aber nicht bei deinen Weibergeschichten!"

Corvin lachte.

„Das ist keine Weibergeschichte. Das ist ein Teil eines ziemlich komplizierten Falls. Bitte, Wolfgang, tu mir den Gefallen!"

Jetzt lachte auch Sievert.

„Ist doch klar. Schick's mir rüber. Ich rufe dich an."

Nach gut einer Stunde meldete sich Wolfgang Sievert zurück. Am positiven Klang seiner Stimme merkte Corvin bereits beim ersten Satz, dass er offenbar fündig geworden war.

„Du hattest recht. Es gab eine Gästeliste. Und die Frau, die dich interessiert, war die Begleitung des Vizekonsuls von Panama. Ihr Name ist Simone Wendler. Willst du auch noch die Adresse haben?"

„Danke, die habe ich dank deiner Hilfe ja schon."

Sievert machte eine Kunstpause.

„Komisch. Du sagtest doch, dass sie ein Apartment in der HafenCity hat. Hier steht aber Mühlenkamp und das ist doch Winterhude."

„Vielleicht hat sie zwei Wohnungen. Auf jeden Fall schreibe ich mir die Adresse auf. Sagst du sie bitte noch mal?"

Fünf Minuten später saß Corvin mit seinem aufgeklappten Notebook am Küchentisch und gab den Namen samt Adresse bei Google ein.

Die Ergebnisse kamen in Sekundenschnelle. Simone Wendler, las er, Inhaberin von Simones Designer Laden, Mühlenkamp. Fotos von der hochgewachsenen Blondine gab es auch. Meistens aufgenommen bei irgendwelchen gesellschaftlichen Anlässen, wo auch prominente Gesichter auftauchten. Corvin merkte, wie seine Spürhundinstinkte wach wurden und er beschloss, so schnell wie möglich wieder nach Hamburg zu fahren, um sich das Ganze aus der Nähe anzusehen, als sein Handy seinen Gedankenfluss zerriss.

„Privat" war auf dem Display zu lesen. Darum meldete er sich mit einem unpersönlichen „Hallo".

„Hallo", hörte er Ermels Stimme sagen, „ich habe was gehört, das dich sicher interessiert. Toni soll in Spanien einen schweren Autounfall gehabt haben. Ich wette, da hat jemand etwas nachgeholfen. Er lebt aber und liegt im Krankenhaus. Die anderen werden das jetzt nutzen und sich das Haus im Wald unter den Nagel reißen. Wenn ich du wäre, würde ich die Frau aus dem Moor unbedingt warnen. Aber sei vorsichtig. Wenn ich mehr weiß, melde ich mich wieder."

Verdammt, dachte Corvin, muss denn immer alles auf einmal kommen. Er sollte recht behalten, denn in diesem Augenblick meldete sich sein Handy erneut. Die Nummer erkannte er sofort.

„Hallo Andi, was gibt's?"

Andi sprach mit gedrückter Stimme.

„Hör zu, dein Freund Kalle hat sich gestellt. Hat wohl den Fahndungsdruck nicht mehr ausgehalten. Jetzt wird er dem Untersuchungsrichter vorgeführt. Ein Geständnis hat er aber nicht abgelegt. Im Gegenteil. Er beteuert seine Unschuld. Ich wollte, dass du das weißt. Ich leg jetzt auf."

Mit der flachen Hand schlug Corvin auf den Küchentisch.

„Verdammt", entfuhr es ihm, „auch das noch!"

Zwei Minuten später hatte er sich wieder im Griff. Er hob das Handy auf, das durch seinen Wutausbruch vom Tisch auf den Boden gefallen war und tippte auf Palomas Mobilnummer, die er inzwischen gespeichert hatte.

Nach sechs Rufzeichen meldete sich die Mailbox.

„Hallo", sagte er, „hier ist Erik Corvin. Ich habe eine wichtige Information für sie, die ich ihnen aber weder per Telefon noch bei ihnen vor Ort geben kann. Bitte melden sie sich so schnell wie möglich. Es ist wirklich wichtig."

Der Rückruf kam wenige Augenblicke später.

„So wie sie geklungen haben", sagte sie mit einem leichten Spott in der Stimme, „muss etwas Schreckliches passiert sein. Hat ihre andere Tür jetzt auch noch eine Beule?"

Das Lachen wird dir gleich vergehen, dachte Corvin.

„Das ist kein passender Moment für Scherze. Sie wissen ja, was ich früher beruflich gemacht habe. Ich habe Informationen, die ihre Sicherheit betreffen. Können wir uns kurzfristig treffen? Am besten dort, wo uns keiner hören kann. Fahren sie von ihrem Standort bis zur Bundesstraße. Da biegen sie rechts ab in Richtung Lüchow. Nach rund einem Kilometer ist auf der rechten Seite ein Parkplatz. Dort warte ich auf sie."

Für ein paar Sekunden schwieg sie.

„Und wenn das eine Falle ist? Ich kenne sie doch gar nicht. Aber komischerweise vertraue ich ihnen. Okay, ich mache mich gleich auf den Weg, habe aber nicht viel Zeit."

Kurze Zeit später fuhr Corvin auf den leeren Parkplatz. Er musste nicht lange warten, bis das weiße BMW Cabrio hinter ihm hielt. Er stieg aus und öffnete ihre Beifahrertür.

„Ich steige bei ihnen ein. Dann fühlen sie sich sicherer. Fahren sie irgendwo hin."

Sie lächelte und machte eine einladende Handbewegung. Er setzte sich.

„Also, ich weiß aus sehr sicherer Quelle, dass ihr Chef in Spanien einen schweren Autounfall hatte."

Sie schaute ihn ungläubig an.

„Was? Ist er tot?"

Corvin schüttelte den Kopf.

„Nein, aber *wir* sind gleich tot, wenn sie nicht auf die Straße schauen. Er soll ziemlich schwer verletzt sein, aber er lebt. Es ist aber denkbar, dass das kein Unfall war, sondern ein Attentat, das nicht geklappt hat."

„Und? Haben sie schon einen Verdacht?"

Er nickte

„Es gibt da eine St. Pauli-Größe, die sich Paolo nennt…"

Sie unterbrach ihn.

„Ja, den kenne ich. Alter Freund von Toni. Der war neulich mit zwei seiner Männer bei uns."

Corvin sah sie überrascht an.

„Alter Freund, sagen sie? Nach meinen Informationen will dieser Paolo sich das Haus am Moor unter den Nagel reißen und außerdem den Bunker als Lager einrichten. Bei Aktiengesellschaften nennt man sowas feindliche Übernahme."

Sie lachte.

„Das dürfte wohl nicht so einfach werden. Glauben sie, Toni lässt sich ohne Gegenwehr überrumpeln und hat kein Konzept? Ein Anruf und in eineinhalb Stunden stehen seine Freunde bei uns vor der Tür. Mit denen möchte sich keiner so gern anlegen. Außerdem ist das Haus technisch so ausgestattet, dass wir es in Sekunden nach außen abschotten können. Da kommt so schnell keiner rein."

Corvin zog die Augenbrauen nach oben.

„Es sei denn, er ist schon drin."

Wieder lachte sie.

„Wie meinen sie das?"

„Ganz einfach. Nach meinen Informationen ist der Mann, den sie Marco nennen, einer von Paolos Leuten und nur dazu da, die Übernahme vorzubereiten."

Sie trat auf die Bremse und brachte den BMW zum Stehen.

„Jetzt machen sie aber mal einen Punkt. Ausgerechnet Marco. Einen loyaleren Mitarbeiter kann man sich gar nicht vorstellen."

Sie wendete den Wagen und fuhr zurück. Corvin wollte etwas sagen, aber Paloma schnitt ihm das Wort ab.

„Und außerdem: Marco hat auch seine Freunde. Deren Hilfe hat er uns auch angeboten. Alles ehemalige Soldaten mit Spezialausbildung."

Corvin räusperte sich.

„Sie glauben offenbar nichts von dem, wovor ich sie warnen wollte?"

Sie schüttelte heftig den Kopf.

„Nein, nichts. Absolut gar nichts."

„Und warum, glauben sie, habe ich ihnen das alles erzählt?"

Sie zuckte mit den Schultern.

„Was weiß ich? Weil sie sich wichtigmachen wollen? Oder weil sie selbst eine Schweinerei planen?"

In diesem Moment hatten sie ihren Ausgangspunkt wieder erreicht. Sie trat so auf die Bremse, dass Corvin nach vorn in den Sicherheitsgurt gepresst wurde. Wut stieg in ihm auf.

„Und was macht sie so sicher, dass ich mir das alles ausgedacht habe?"

Sie zog die Mundwinkel nach unten.

„Weil Marco noch vor einer guten Stunde mit Toni telefoniert hat. Er hatte keinen Unfall und er liegt auch nicht im Krankenhaus."

Corvin schaute sie überrascht an.

„So? Haben sie auch mit ihm gesprochen?"

Sie schüttelte den Kopf.

„Nein, aber Marco hat es mir erzählt und ließ mich grüßen. Und jetzt steigen sie bitte aus!"

In diesem Moment hätte Corvin sie am liebsten angebrüllt, doch er riss sich zusammen und zuckte nur bedauernd mit den Schultern.

Er hatte die Tür bereits geöffnet und den rechten Fuß auf den Asphalt gesetzt, als er plötzlich eine Eingebung hatte. Er griff zu seinem Handy, drückte auf „Fotogalerie" und wählte das Porträt von Georg Harms aus, das Corinna ihm gemailt hatte.

„Okay, dann steige ich jetzt aus. Aber bitte vorher noch eine letzte Frage. Haben sie diesen Mann schon einmal gesehen?"

Corvin hatte diese Frage in seiner Zeit als Polizist schon unzählige Male gestellt. Und darum konnte er sehr gut am Gesicht der Befragten erkennen, ob sie logen oder nicht.

Für den Bruchteil einer Sekunde weiteten sich Palomas Pupillen und ihr Gesicht spannte sich an, bevor es wieder in gelangweilte Coolness zurückging.

„Nein, kenne ich nicht. Und jetzt lassen sie mich bitte in Ruhe."

Auch am nächsten Morgen war Corvins Laune nicht gerade besser geworden. Da hatte er diese Frau vor einer lebensgefährlichen Situation warnen wollen und die kanzelte ihn als Großmaul und Spinner ab. Er spürte, wie die Wut wieder in ihm hochkroch. Andererseits hatte niemand ihn um diese Hilfe gebeten und in erster Linie, gestand er sich ein, war es doch die Frau selbst, die ihn interessierte. Und er wollte sich ungefragt zu ihrem Beschützer machen.

Soll sie doch allein damit zurechtkommen, dachte er, kümmere dich jetzt erst einmal um wichtigere Dinge. Um deinen Freund Kalle zieht sich die Schlinge zu und du machst gar nichts. Warum verfolgst du nicht die Spur, die du in Hamburg aufgenommen hast? Eine gute Idee, dachte er, räumliche Distanz ist in solchen Fällen nie verkehrt.

Und so packte er eine kleine Reisetasche mit allen Utensilien, die man für ein oder zwei Übernachtungen braucht. Er informierte Lilo, dass sie sich nicht beunruhigen musste, wenn er für eine Weile aus ihrem Einflussbereich entschwand. Warf die Tasche auf den Rücksitz des alten Mercedes und machte sich auf den Weg, den er schon so viele Male gefahren war.

Immer, wenn er die Elbbrücken überquerte, kam er an einen Punkt, von dem aus man Teile des Hafens, die Türme der großen Kirchen und des Rathauses sehen konnte. Für ein paar Sekunden siehst du den ganzen Charakter der Stadt, sagte er stets, wenn er mit Gästen diese Strecke fuhr. Und es erinnerte ihn an einen Besuch bei Freunden in New

York. Für Zehntelsekunden konnte man auf der U-Bahn-strecke zwischen Brooklyn und Manhattan durch eine lange Häuserschlucht auf die Freiheitsstatue blicken. Hier offenbart sich der Charakter der Stadt mehr als durch die Postkartenskyline von Manhattan, hatten die Freunde gesagt. Hamburg und New York waren nicht miteinander zu vergleichen, aber er mochte sie beide. Nur leben wollte er in keiner von ihnen.

Da er immer noch den Hamburger Stadtplan im Kopf hatte, musste er nicht lange überlegen, wie er in den Stadt-teil Winterhude kam. Alles noch sehr vertraut, dachte er. Nur, als er sein Ziel in immer größer werdenden Radien umkreiste, um einen Parkplatz zu finden, merkte er, wie schnell ihn das Landleben diese lästige Seite des urbanen Lebens hatte vergessen lassen.

In einer Straße mit dem schönen Namen Goldbekufer fand er nach zwanzig Minuten des frustrierenden Kreisens und des inneren Fluchens dann doch noch einen halblegalen Parkplatz. Das Schild, das nur kurzes Anhalten gestattete, übersah er geflissentlich.

Bald hatte er den Mühlenkamp erreicht, die Einkaufs- und Flaniermeile des Stadtteils. Und wenige Minuten später stand er vor dem Haus, über dessen Schaufenster im Erdgeschoss in goldfarbenen Lettern der Schriftzug „Simones Designerladen" zu lesen war.

Vor dem Schaufenster blieb er stehen. Überwiegend Teile weiblicher Oberbekleidung waren ausgestellt. Dazu Accessoires, die sie ergänzten. Und das alles zu Preisen, die einem Normalverdiener den Schweiß auf die Stirn trieben.

„Geöffnet Di – Do von 12 bis 18 Uhr. In dringenden Fällen rufen sie mich an" war auf einem Schild, das an einem goldfarbenen Kettchen in der Glastür hing, zu lesen.

Darunter stand eine Mobilnummer. Corvin schaute auf seine Armbanduhr. Perfekt, dachte er, es ist kurz vor Zwölf.

Er musste nicht lange warten. Wenige Minuten später sah er aus den Augenwinkeln, dass sich von rechts eine hochgewachsene blonde Frau näherte, die eine große, schwarze Sonnenbrille trug. Der harte Klang ihrer Absätze auf den Steinplatten des Bürgersteigs war nicht zu überhören.

Als sie stehenblieb, ein Schlüsselbund aus der Tasche zog und die Tür aufschloss, tat er so, als würde er sie nicht wahrnehmen und starrte angestrengt ins Schaufenster.

„Die Auswahl drinnen ist wesentlich größer", hörte er sie sagen und drehte sich zu ihr um. Die Stimme könnte gut zu einem TV-Spot passen, der französischen Schaumwein bewarb.

Er lächelte.

„Eigentlich weiß ich gar nicht, was ich will."

Sie lächelte zurück und öffnete die Tür.

„Wir werden dem Wunsch schon auf die Spur kommen. Bitte sehr!"

Sie öffnete die Tür noch ein Stück weiter und machte eine einladende Handbewegung.

Corvin erwiderte die Einladung mit einer angedeuteten Verbeugung und ging in den Laden. Ein leichter Geruch von Chanel No 5 und Mandeln lag in der Luft.

„Ich bin gleich bei ihnen", sagte die Ladenchefin, verschwand hinter dem Verkaufstresen und von dort aus hinter einem Vorhang.

Minuten später schob sie den Vorhang beiseite und trat wieder in den Laden. Er sah sie an. Alles an ihr, so stand es für ihn fest, war teuer. Das Make-up, die Frisur, die makellos weißen Zähne, die Kleidung.

„Also, was kann ich für sie tun? Lassen sie mich raten. Sie suchen ein Geschenk. Für ihre Frau, ihre Freundin?"

Er bemühte sich um ein geheimnisvolles Lächeln.

„Sehr gut geraten. Ich brauche ein Geschenk für eine Freundin. Ein Halstuch, einen Schal, so etwas vielleicht?"

Sie lachte.

„Da ist die Auswahl sehr groß. Was für ein Typ ist ihre Freundin?"

Was jetzt, dachte er. Nimm irgendeine, die du kennst. Zum Beispiel Corinna.

„Schlank, rothaarig , helle Haut, naturverbunden, Ende Dreißig."

Sie machte ein Gesicht, als müsste sie heftig nachdenken.

„Da finden wir etwas. Ich zeige ihnen mal eine Auswahl."

Sie drehte sich um, ging ein paar Schritte nach links und nach rechts. Dabei griff sie in verschiedene Fächer des Regals hinter ihr, drehte sich wieder um und platzierte das Ergebnis ihrer Suche triumphierend auf dem Glastresen.

Corvin kratzte sich am Kopf.

„Oje, das wird nicht einfach."

Simone lächelte milde.

„Für eine schöne Rothaarige? Da käme vor allem dies in Frage."

Ihre langen Finger mit den farblos lackierten Nägeln griffen zielsicher in den textilen Haufen und brachten ein Tuch mit Blumenmotiven zum Vorschein.

„Hier, sehen sie. Gucci, allerfeinstes Seidensablé."

Er strich vorsichtig über das Textil.

„Und was kostet so etwas?"

Simone spitzte ihre Lippen, als sollten andere, die sich nicht im Laden befanden, den Preis nicht hören.

„385", sagte sie und schaute ihn durchdringend an, als wolle sie ergründen, ob er nun zusammenzuckte oder nicht.

Er zuckte nicht, denn er hatte eine solche Preisklasse erwartet.

„Okay, dann packen sie es mal ein."

Sie kehrte zu ihrem Verkaufslächeln zurück, griff unter den Tresen und holte eine etuiähnliche Tasche aus mattglänzendem Papier hervor.

„Eine gute Wahl. Ihre Freundin wird begeistert sein."

Während sie das Tuch in die Verpackung schob, schaute sie ihm noch einmal in die Augen.

„Verstehen sie mich nicht falsch, aber sie kommen mir irgendwie bekannt vor. Haben wir uns schon einmal irgendwo getroffen?"

Er schüttelte den Kopf.

„Nein, das glaube ich nicht. Ich bin seit Jahren das erste Mal wieder in Hamburg."

Sie ließ nicht locker.

„Aber dann geht man doch normalerweise zum Jungfernstieg und zum Neuen Wall. Und nicht gerade zum Mühlenkamp."

Er grinste verlegen.

„Um ehrlich zu sein. Ein Freund hat sie mir empfohlen. Und wie ich sehe, mit Recht."

Sie schaute ihn überrascht an.

„Ein Freund? Darf ich wissen, wie der heißt?"

Corvin lächelte.

„Natürlich. Es ist mein alter Freund Klaus Nowak."

Auf diesen Moment hatte Corvin hingearbeitet und er wurde nicht enttäuscht. Genau wie vor Kurzem, als er Paloma mit dem Foto von Georg Harms konfrontierte, weiteten sich Simones Pupillen und ihr Gesicht spannte sich an. Man musste schon ein genauer Beobachter sein und über die Instinkte eines alten Spürhundes verfügen, um diese Veränderung wahrzunehmen, denn im Bruchteil einer Sekunde entspannten sich ihre Züge wieder.

„Nowak? Klaus Nowak? Tut mir leid. Kenne ich nicht. Aber wenn es ein zufriedener Kunde ist, freut mich das sehr."

Corvin hob die Hand.

„Moment, ich habe hier ein Bild von ihm. Vielleicht erinnern sie sich dann."

Er griff zu seinem Handy und hielt ihr das Foto von Georg Harms unter die Nase. Die Reaktion war, wie er erwartet hatte, die gleiche wie bei Nennung des Namens Nowak. Ziemlich schnell hatte sie sich wieder im Griff.

„Nein, tut mir leid, den Herrn kenne ich nicht. Kann ich sonst noch etwas für sie tun?"

Corvin nickte.

„Ja, sie haben etwas vergessen."

Er bemerkte eine winzige Unsicherheit in ihrem Blick.

„So? Was denn?"

„Ich habe noch gar nicht bezahlt!"

Beide lachten. Er legte seine EC-Karte auf die Glasplatte.

Sie nahm sie mit spitzen Fingern, steckte sie in das Lesegerät und schob es zu ihm hinüber.

„Falls ich sie weiterempfehlen darf, dürfte ich bitte ihre Visitenkarte haben?", sagte er, während er seine Geheimzahl eintippte.

Sie nickte und während sie ihm die Karte zuschob, merkte er, wie es heftig in ihrem Kopf arbeitete. Sie versuchte offenbar dahinterzukommen, welche Zusammenhänge sich da eben aufgetan hatten.

„Ich wünsche ihnen noch einen schönen Tag", sagte er lächelnd, öffnete die Tür und machte sich auf den Rückweg zu seinem Auto.

Ein weiterer Beweis, dachte er beim Gehen, der seinen Verdacht, die beiden Männer hätten irgendetwas miteinander zu tun, noch einmal erhärtete. Er sollte sich das Apartment einmal von innen anschauen. Vielleicht fand er dort weitere Hinweise für diesen Verdacht. Da er auf dem Schild an der Ladentür gelesen hatte, dass heute bis 18 Uhr geöffnet war und Simone dort bleiben musste, bestand keine Gefahr, dass sie plötzlich in der HafenCity auftauchte. Er fasste in seine Jackentasche, um sich zu vergewissern, dass er den Schlüssel bei sich hatte.

Wenige Minuten darauf fuhr er in Richtung Hafen. Aber wie sollte er unbemerkt in das Haus kommen? Der fischäugige Portier würde sich nicht ein zweites Mal von ihm austricksen lassen. Mal sehen, dachte er, irgendetwas fällt dir schon ein.

Er stellte den Wagen wieder im Parkhaus „Speicherstadt" ab und ging zu Fuß weiter. Von der anderen Straßenseite, aus sicherer Entfernung, beobachtete er den Eingang des Apartmenthauses. Der Portier saß an seinem Schreibtisch, sonst war kein Mensch zu sehen. So kommst du da nicht rein, dachte Corvin, als sich wenige Meter neben dem Eingang der eiserne Rollladen der Tiefgarage mit einem surrenden Geräusch öffnete und ein silbergrauer Porsche herausfuhr. In diesem Moment spurtete Corvin los, rannte an dem Sportwagen, der gerade die Straße erreicht hatte, vorbei und schaffte es um Haaresbreite, sich unter dem gerade wieder schließenden Tor hindurch zu quetschen.

Mit Sicherheit fährt der Fahrstuhl bis hinunter zur Tiefgarage, dachte er sich, und er sollte recht behalten. Schon nach wenigen Minuten hatte er die Tür zum Fahrstuhl-schacht gefunden. Er drückte auf den Knopf, der den Lift zu ihm bringen sollte. Aber kein Anzeichen, dass sich irgendwo eine Kabine in Bewegung setzte, war zu sehen oder zu hören. Erst jetzt bemerkte er unter dem Bedie-nungsknopf ein Feld, wie man es an manchen Hotelzimmer-mertüren fand, die mit einer Speicherkarte geöffnet wer-den. Sollte man auch hier eine solche Karte brauchen? In dieser Preisklasse war doch der Anbieter stets darauf bedacht, seinen Kunden das Leben so unkompliziert wie möglich zu machen und nicht zu verlangen, für jeden Vor-gang ein besonderes Hilfsmittel benutzen zu müssen. Plötzlich kam ihm eine Idee. Er nahm den Schlüsselanhän-ger, in den die Nummer des Apartments graviert war, und hielt ihn vor das Feld des Lesegeräts. Ein summendes Geräusch war zu hören und ein rotes LED-Kontrolllämp-chen leuchtete auf. Er drückte noch einmal auf den Knopf und hörte im selben Augenblick, wie sich irgendwo im Schacht der Fahrstuhl in Bewegung setzte. Wenige Sekun-den später erschien die erleuchtete Kabine im Sichtfenster und die Tür ließ sich öffnen.

Er fuhr in den fünften Stock, verließ den Fahrstuhl, blieb stehen und horchte. Nichts regte sich. Er ging über den langen Flur mit dem schallschluckenden Teppichbo-den und erreichte die Tür mit der Nummer 2430. Für einen Augenblick legte er sein Ohr an die Tür und horchte ein weiteres Mal. Nichts war zu hören. Vorsichtshalber drückte er auf die Türklingel, während er über eine Ausre-de nachdachte, sollte wirklich jemand öffnen. Aber es tat sich nichts.

Er steckte den Schlüssel in das Schloss und nach einer Drehung sprang die Tür auf. Er schaute sich noch einmal um, dann betrat er das Apartment und zog die Tür hinter sich zu. Er stand in einem kleinen Vorraum, in dem, wahrscheinlich durch den Sensor eines Bewegungsmelders, plötzlich das Licht der Deckenstrahler den Raum erhellte. Links sah er die offenstehende Tür einer Gästetoilette, rechts mehrere Türen eines eingebauten Garderobenschranks. Die Tür zum Wohnbereich war nur angelehnt. Er öffnete sie ganz und konnte ein staunendes „Oha!" nicht unterdrücken. Die gegenüberliegende Wand des circa fünfzig Quadratmeter großen Raumes bestand vollständig aus Glas und bot einen atemberaubenden Blick über Elbe und Hafen.

Ausgestattet war der Raum mit wenigen Designermöbeln, die alle sehr neu aussahen. Gegenüber der Sitzgruppe war ein Kamin in die Wand eingelassen. Darüber hing ein gewaltiger Flachbildfernseher, der, so schätzte Corvin, eine Diagonale von mindestens zwei Metern aufzuweisen hatte. Bei dem Panorama brauchte man eigentlich keinen Fernseher, dachte er. Ihm fiel sofort auf, dass nirgendwo etwas herumlag. Keine Gegenstände des täglichen Gebrauchs, keine Zeitung, keine Bücher. Nur ein Teewagen, auf dem Flaschen mit Spirituosen und Gläser standen. Sieht aus wie eine Art Musterwohnung, wie sie gehobene Maklerfirmen bei Neubauten präsentieren, dachte er.

Vom Wohnraum führte eine weitere Tür in das Schlafzimmer. Auch das war sehr geräumig und ähnlich minimal, wenn auch mit dem Teuersten möbliert. Ein riesiges Bett bildete den Mittelpunkt des Raumes, links und rechts davon zwei Konsolen und gegenüber ein wandbreiter eingebauter Kleiderschrank. Auch hier keinerlei Anzeichen, dass das Apartment bewohnt war.

Nur durch eine Milchglaswand vom Schlafzimmer getrennt, gab es noch ein „Bad en Suite", eine in den

Schlafraum integrierte, großzügige Badelandschaft. Von der freistehenden Designerwanne, die Platz für zwei bot, konnte man durch eine weitere Panoramascheibe ebenfalls über Elbe und Hafen sehen. Auf der Konsole vor dem Spiegel standen einige Flacons, Deodorants und Schminkutensilien, die offenbar in Gebrauch waren.

Er ging zurück in den Wohnraum. Eine weitere Tür führte in die Küche, die mit allem ausgestattet war, was sich ein ambitionierter Koch nur wünschen kann. Nur hatte Corvin auch hier den Eindruck, dass in dieser Küche noch nie etwas gekocht worden war.

Etwas versteckt, neben der Panoramascheibe, befand sich eine weitere Tür, die auf einen Balkon führte. Balkon war untertrieben, denn diese Freifläche erstreckte sich über die gesamte Breite des Apartments. Nachdem Corvin das Panorama ausführlich bewundert hatte, beugte er sich über die Brüstung und konnte gerade in diesem Augenblick den Polizeiwagen sehen, der auf der anderen Seite des Hauses hielt. Zwei Uniformierte stiegen aus und der Portier kam ihnen entgegen. Sie trafen sich in der Mitte der Straße, besprachen etwas und schauten dann gleichzeitig zu ihm herauf. Mit einem großen Schritt trat er zurück.

Verdammt, dachte er, der Typ hat dich auf einer seiner Überwachungskameras gesehen und meine ehemaligen Kollegen geholt. Jetzt sitzt du in der Falle. Vorsichtig spähte er nach unten. Die Straße war leer. Wahrscheinlich waren sie schon im Haus.

Durch die Kameras war der Kerl in der Lage, jeden seiner Schritte zu überwachen. Auch in der Wohnung bot sich kein Versteck an. Die Außenwände waren glatt. Nirgendwo ein Vorsprung, auf den er hätte steigen und trotz seiner Höhenangst ausharren können. So eine Scheiße, entfuhr es ihm. In den großen Schrank im Schlafzimmer? Das war der Klassiker, dort würden sie als erstes nachsehen. Dennoch öffnete er die Schiebetür. Wie er erwartet hatte, befand sich dort nicht ein einziges Kleidungsstück. Er betrat den ebenerdigen Schrank, der in seinen Ausmaßen bescheidenen Menschen zur Ein-Zimmer-Wohnung gereicht hätte, und schob die Tür von innen zu. Nun war es stockdunkel. Er griff nach seinem Handy und schaltete auf Taschenlampenfunktion. Das Licht war nur schwach, der Akku war so gut wie leer. Er leuchtete die Wände ab, ob sich da nicht irgendein Versteck anbot. Plötzlich stutze er. Was war das? An der hinteren Wand zeichnete sich der Umriss einer Tür ab. Nicht mit Rahmen, Zarge und Drücker, nur der Ausschnitt, eine Art Tapetentür. Er drückte leicht dagegen und sie ließ sich widerstandslos nach innen aufdrücken. Ohne lange darüber nachzudenken, ging er durch die Öffnung, die Tür hinter ihm schloss sich selbstständig und lautlos. In dem Raum war es stockfinster. Da zwischen ihm und dem Schlafzimmer nur diese dünne Tür und die Lamellentüren des Schranks waren, konnte er hören wie die Wohnungstür geöffnet wurde.

„Hallo", hörte er eine Stimme im Befehlston sagen, „ist da jemand? Hier ist die Polizei, kommen sie bitte mit erhobenen Händen heraus."

Dann war es für kurze Zeit still.

Wieder hörte er die Stimme.

„Ich glaube, da ist niemand. Und sie haben ihn wirklich gesehen?"

Jetzt erkannte Corvin die hohe Stimme des Portiers.

„Selbstverständlich. Sonst hätte ich sie ja nicht gerufen. Es war derselbe Kerl, der vor ein paar Tagen schon einmal da war."

Die Stimmen kamen näher.

„Hier ist nichts. Ist ja auch alles sehr überschaubar. Wo geht es dahin?"

„In den Schlafraum."

Jetzt waren sie so nahe herangekommen, dass Corvin ihre Schritte hören konnte.

„Vielleicht sitzt er im Schrank. Sonst sehe ich hier keine Möglichkeit. Hallo? Kommen sie da heraus. Hier ist die Polizei."

Wieder war es einige Sekunden still. Dann hörte er, wie die große Tür aufgeschoben wurde und beinahe lautlos über die Schiene glitt.

„Hier ist auch nichts. Wahrscheinlich haben sie sich doch getäuscht."

Die Stimme des Portiers klang erregt.

„Ich habe mich nicht getäuscht. Er muss hier irgendwo sein."

Die Stimme des Polizisten klang gelangweilt.

„Tut uns leid, so viel Zeit haben wir nicht. Wenn sie neue Beobachtungen machen, sagen sie uns Bescheid."

Die Stimmen entfernten sich. Corvin konnte die Worte nicht mehr verstehen, aber es klang unfreundlich.

Er wartete einige Minuten. Dann wollte er das Licht an seinem Handy wieder einschalten. Aber da ging nichts mehr. Der Akku war leer.

Er tastete sich wieder zur Tapetentür, stieß dabei im Dunkeln an eine Art Tisch. Vorsichtig schob er die Schiebetür auf und ging ins Schlafzimmer. Lauschte einen Augenblick, durchquerte Wohn- und Vorraum und öffnete vorsichtig die Eingangstür. Der Flur war leer, nichts war zu hören. Ohne laute Geräusche zu verursachen, zog er die Tür wieder zu und ging mit schnellen Schritten zum Fahrstuhl.

Auf dem Weg nach unten war ihm klar, dass der Portier ihn durch die Überwachungskameras längst entdeckt haben musste.

In der Tiefgarage verließ er den Fahrstuhl, entdeckte auch dort die Kameras und verharrte im toten Winkel. Minutenlang. Kurz darauf entstieg eine ältere Dame dem Fahrstuhl, zog einen Autoschlüssel aus der Tasche und ging zu einem Audi, der offenbar ihr gehörte.

Corvin ging stark humpelnd auf sie zu.

„Entschuldigen sie bitte, gnädige Frau, es ist mir sehr unangenehm. Ich habe mir den Knöchel verstaucht und mein Auto steht oben auf der Straße. Ich komme die Schräge dort nicht hinauf, es tut so verdammt weh. Können sie mich das kurze Stück mitnehmen?"

Die Dame schaute ihn zuerst erschreckt dann mitleidig an, denn Corvin bemühte sich, das wehleidigste Gesicht zu machen, zu dem er fähig war.

„Ach Gott, sie Armer, soll ich sie nicht gleich zu einem Arzt fahren? Damit ist nicht zu spaßen. Vielleicht haben sie einen Bänderriss? Wissen sie, mein Schwager…"

Er unterbrach ihren Redefluss.

„Vielen Dank, das ist ganz zauberhaft von ihnen. Aber mein Arzt wartet schon. Ich habe ihn gerade angerufen. Bitte nur dies kurze Stück."

Nachdem Corvin die Dame davon abgehalten hatte, ihm in den Wagen zu helfen, fuhr sie los und Sekunden später waren sie auf der Straße.

Er nahm ihre Hand und deutete einen Kuss an.

„Tausend Dank, das war außerordentlich liebenswürdig von ihnen."

Die Dame lächelte und winkte Corvin zu, als er die Beifahrertür schloss.

Es gibt sie also doch noch, die Männer mit guten Manieren, dachte sie und fuhr davon.

Corvin wartete noch, bis sie außer Sichtweite war und ging dann mit schnellen Schritten zum Parkhaus „Speicherstadt". Auf dem Weg dorthin fuhr ein Streifenwagen mit hohem Tempo an ihm vorbei.

Eigentlich hatte er sich vorgenommen, noch bei Ermel vorbeischauen oder mit Wolfgang Sievert ein Bier zu trinken. Aber nach den Ereignissen dieses Tages wollte er nur noch eins – nach Hause.

Das Gefühl, dass er dort angekommen war, stellte sich stets ein, sobald er auf der B 216 die Ortschaft Göhrde passiert hatte. Wieder im Wendland, dachte Corvin und staunte meistens über sich selbst, dass er in der Lage war, solche romantischen Gefühle zu entwickeln.

Dann wurden seine Gedanken wieder sachlich. Du musst dir noch einmal diesen Raum in der Scheune von Georg Harms ansehen, dachte er. Und das Haus in Hitzacker, in dem Klaus Nowak gewohnt hatte. Da er jetzt mehr wusste und auch mehr ahnte als bei seinen ersten Besuchen, fielen ihm sicher ein paar Dinge auf, die er beim ersten Mal übersehen hatte.

Der Kreisverkehr kurz vor Lüchow kam in Sicht. Noch eine Viertelstunde, dachte er. Dummerweise wusste Lilo natürlich nichts von seiner vorzeitigen Rückkehr und darum würde er auch nichts Leckeres, das er nur aufwärmen musste, im Backofen finden. Für einen Augenblick überlegte er, ob er noch einen Abstecher in „die Wende" machen sollte, aber dann spürte er, dass er heute Abend lieber allein sein wollte. Zwei Spiegeleier mit Schinken würden es auch tun.

Und wieder stellte sich dieses freudige Gefühl ein, als er durch die breite Einfahrt auf seinen Hof am Rande von

Waddeweitz fuhr und den Wagen unter den Kastanien parkte.

Er schloss, wie immer, die Küchentür von außen auf und ging hinein. Alles war aufgeräumt und blitzblank, so wie Lilo die Küche immer hinterließ, bevor sie nach Hause radelte.

Jetzt erst einmal ein Bier, dachte er und öffnete die Kühlschranktür. Vier gut gekühlte Flaschen strahlten ihn an. Er griff sich eine, stellte sie auf den Tisch und öffnete den Küchenschrank. Im Gegensatz zu vielen seiner Freunde, trank er das Bier lieber aus einem richtigen Tulpenglas und nicht aus der Flasche. Er wollte das Bier gerade mit Vorfreude auf den Genuss in das Glas schütten, als sein Handy, das er während der Fahrt aufgeladen hatte, den berühmten Gitarrenriff von sich gab.

Er hatte überhaupt keine Lust, jetzt mit jemandem zu telefonieren und schaute verdrießlich auf das Display. Privat stand da zu lesen. Das war etwas Anderes. Leute, die ihre Identität unterdrückten, erregten immer sein Interesse. Auch wenn der Durst noch so groß war.

Er drückte auf die grüne Taste und meldete sich mit einem energischen „Hallo!".

„Corvin? Erik Corvin?"

„Wer will das wissen?"

Die Stimme klang sachlich, hatte aber gleichzeitig etwas Bedrohliches.

„Das spielt keine Rolle. Ich rufe an, um ihnen einen guten Rat zu geben. Halten sie sich raus aus Dingen, die sie nichts angehen."

Corvin bemühte sich, seine Stimme so gelangweilt wie möglich klingen zu lassen.

„Hören sie mal. Ich weiß überhaupt nicht, wovon sie reden. Was für Dinge meinen sie denn?"

Einen Augenblick war Stille in der Leitung.

„Sie kümmern sich um Dinge, die sie nichts angehen. Ich will sie nur warnen."

Corvin lachte kurz auf.

„Sie wollen mich warnen? Wovor?"

„Es könnte ihnen etwas zustoßen."

Corvin wurde ärgerlich.

„Hören sie zu, Mann. Ich lasse mich nicht so leicht einschüchtern. Schon gar nicht von Typen, die zu feige sind, ihren Namen zu nennen. Entweder sagen sie mir jetzt, was sie genau wollen oder ich lege auf."

Der Mann lachte.

„Was wir genau wollen, kann ich ihnen sagen. Entweder sie halten sich raus oder sie sind tot. Schon sehr bald."

Nach diesem Satz wurde die Verbindung unterbrochen.

Corvin merkte, wie seine Halsschlagader pochte und die Wut in ihm hochstieg. Doch sehr schnell fiel sein Puls wieder in den Normalzustand.

Aus was sollte er sich raushalten? Aus der Sache mit Georg? Aus der Sache mit Klaus Nowak? Oder aus der Sache mit dem Haus am Moor? Der Anrufer konnte ja nicht wissen, dass er gleich drei unangenehme und ungeklärte Vorgänge an den Hacken hatte.

Jetzt erst merkte er, dass er immer noch die Flasche mit dem Bier umklammert hielt. Idiot, sagte er laut und goss das Glas voll. Es war nicht ganz klar, ob er sich oder den Anrufer gemeint hatte.

Nach einem erfrischenden Schluck lehnte er sich zurück. Erst jetzt spürte er wieder das Hungergefühl, das ihn seit Stunden plagte. Kurz entschlossen ging er in die Speisekammer, nahm drei Eier aus dem Wandschrank und fischte eine Packung mit Parmaschinken aus dem Kühlschrank. Etwas Butter in die Pfanne, Schinken in kleine Teile schneiden, kross anbraten und die Eier bei mittlerer Hitze brutzeln lassen. Und das beliebteste Junggesellengericht aller Zeiten war fertig. Wie viele Eier du auf diese Art und Weise wohl schon vertilgt hast, dachte er.

Er holte eine Flasche Heinz Ketchup aus dem Kühlschrank, öffnete ein zweites Bier und setzte sich an den Küchentisch. Von solchen Idioten lasse ich mir doch nicht den Appetit verderben, dachte er und doch spürte er eine gewisse Unruhe.

Je länger er darüber nachdachte, desto klarer wurde ihm, dass der Anruf mit der unfreundlichen Übernahme des Hauses am Moor zusammenhängen musste. Und auch mit Paloma. Hatte sie in ihrer Vertrauensseligkeit dem Falschen zu viel erzählt? Und damit nicht nur ihn, sondern wahrscheinlich auch sich selbst in Gefahr gebracht? Auch diese Sache wirst du dir noch einmal etwas genauer ansehen müssen, dachte er.

Bis jetzt war er hellwach gewesen, aber plötzlich merkte er, wie die Müdigkeit in ihm hochkroch. Ab ins Bett, dachte er. Auch harte Hunde müssen schlafen. Und die ganz besonders.

Kurze Zeit später lag er in seinem Bett. Und es dauerte nur wenige Minuten, bis er eingeschlafen war. Er hörte nicht das Käuzchen schreien, das im Apfelbaum gegenüber des Schlafzimmerfensters saß. Er hörte nicht den Schrei des Fasans, der durch irgendwas aufgeschreckt mit lautem Flügelschlagen seinen Schlafplatz verließ und er sah auch nicht das Auto mit den zwei Männern, die ohne Licht auf seinen Hof zusteuerten, einen Augenblick hielten und dann weiterfuhren.

Nach dem Frühstück am nächsten Morgen beschloss Corvin, noch einmal nach Hitzacker zu fahren, um sich das Haus, in dem Klaus Nowak wenigstens zeitweilig gewohnt hatte, etwas näher anzusehen. Aus der Werkstatt holte er einen Bolzenschneider und steckte ihn in eine große Plastiktüte, denn er erinnerte sich, dass einer der Kellerräume mit einem Vorhängeschloss gesichert war.

Er ging vor wie beim ersten Mal, hielt vor dem Haus, blieb im Auto sitzen, und beobachtete, ob sich irgendetwas regte. Gras und Unkraut waren weitergewachsen, ein Zeichen dafür, dass sich offenbar niemand um das Haus kümmerte. Neu war das Schild eines Maklers, auf dem in großen Lettern „Zu verkaufen" stand. Nachdem er fünf Minuten so verharrt und nichts Auffälliges bemerkt hatte, parkte er den Wagen in einer Nebenstraße und ging zu Fuß zurück. Die Natur war sein Verbündeter, alles war so zugewachsen, dass weder von der Straße noch von den Nachbargrundstücken Einsicht in das Grundstück möglich war.

Er ging um das Haus herum und die Kelleraußentreppe hinunter. Der Schlüssel, den er auf dem Rahmen platziert hatte, lag immer noch an seinem Platz. Er steckte ihn in das Schloss und wenige Augenblicke später stand er im Keller. Nur wenig Licht fand seinen Weg durch die zugewachsenen Fenster, dennoch beschloss er, die elektrische Beleuchtung nicht einzuschalten. Das Vorhängeschloss an der Tür war nicht gerade das neueste Modell und fühlte sich rostig an. Corvin zog den Bolzenschneider aus der Tüte, setzte ihn an einem Bügel an und durchtrennte ohne große Kraftanstrengung das Metall. Er zog das Schloss aus dem Riegel und öffnete vorsichtig die Tür.

Fast enttäuscht schaute er sich um. Eine Überraschung erwartete ihn nicht. In einer Ecke standen hochkant zwei Keyboards in Schutzhüllen, mehrere Lautsprecherboxen übereinander, Kofferverstärker, ein Mischpult und mehrere Taschen mit Kleinteilen und Kabeln. Auf der anderen Seite stand ein hochbeiniger Arbeitstisch, auf dem ein Lötkolben und mehrere Feinmechaniker-Werkzeuge lagen. An der Wand ein Regal mit vielen durchsichtigen Behältern, in denen Kleinteile aufbewahrt wurden. Alle sorgsam beschriftet. Sieht fast so aus, wie bei Georg in der Werkstatt, dachte Corvin. Hatte Nowak hier an seinem Equipment gebastelt oder es repariert? Er konnte sich das kaum vorstellen, denn Klaus Nowak gehörte mit Sicherheit zu den Musikern, die erst auf die Bühne kommen, wenn die Technik eingerichtet und perfekt vorbereitet ist.

Dann fiel sein Blick unter den Tisch, wo eine große Kiste stand. Sie war schwer und er musste sich anstrengen sie hervorzuziehen. Auch sie war mit einem Vorhängeschloss gesichert. Ein Griff zum Bolzenschneider und der Riegel sprang fast wie von allein auf.

Er hob den Deckel an und schaute in die Kiste. Sie war randvoll mit Briefumschlägen, die bündelweise mit einer Banderole zusammengehalten wurden. Auf den Banderolen waren mit immer derselben Handschrift Namen notiert. Beate stand auf der obenliegenden, darunter Katharina, Rebecca, Waltraud, Sieglinde, Yvonne und jede Menge mehr. Er griff nach dem Stapel, der mit Yvonne beschriftet war. Es waren Briefe, die mit der Post befördert worden waren, adressiert an Herrn Klaus Nowak mit

Anschrift in Hitzacker. Er zog einen der Umschläge heraus und drehte ihn um. Y. Kossak, las er.

Waren das alles Briefe der Frauen, mit denen er Affären hatte? Warum hatte er die aufbewahrt? Aus Eitelkeit?

Als er das Bündel „Yvonne" in die Plastiktasche steckte, meinte er ein Geräusch gehört zu haben. Er schloss die Tür des Kellerraums hinter sich, ging bis zur Treppe und horchte.

„Sicher", hörte er die Stimme einer Frau sagen, „das muss von oben bis unten renoviert werden. Aber dann ist es auch ein Schmuckstück."

Darauf die Stimme eines Mannes, dessen Worte er nicht verstand.

„Natürlich", vernahm er wieder die Stimme der Frau, „alles unterkellert. Wir können gern mal nach unten gehen."

Ohne lange nachzudenken, drehte Corvin sich um, ging auf Zehenspitzen zur Außentür und schloss sie hinter sich, ohne wieder abzuschließen. Vorsichtig schlich er durch den Garten zur Pforte, schaute nach links und rechts, um sich dann mit eiligen Schritten fortzubewegen.

Als er die häusliche Küche wieder betrat, bot sich ihm der gewohnte Anblick. Mit eindrucksvoller Geschwindigkeit bewegte sich Lilo durch den Raum, trällerte ein undefinierbares Liedchen, griff mal hierhin mal dorthin, öffnete und schloss Schranktüren und wischte mit einem feuchten Tuch über die Tischplatte. Als sie Corvin bemerkte, grinste sie.

„Ah, der Herr Großgrundbesitzer. Schon so früh einen Ausflug gemacht? Oder kommst du etwa erst jetzt nach Hause? Von einer neuen Flamme vielleicht?"

Corvin zog die Augenbrauen hoch und äffte sie nach.

„Ah, die Wächterin des Hauses. Wieder alles im Griff und unter Beobachtung?"

Lilo machte ein schnippisches Gesicht und zog weiter ihre Kreise.

„Worauf du dich verlassen kannst."

Er nahm sich seinen Kaffeebecher aus dem Schrank, stellte ihn auf den Sockel der Espressomaschine und drückte auf den oberen linken Knopf. Mit großem Getöse begann das Mahlwerk, die Kaffeebohnen zu Mehl zu verarbeiten und heißes Wasser hindurchzupressen. Sekunden später lief ein duftendes Heißgetränk plätschernd in seinen Becher.

Vorsichtig nahm er einen Schluck.

„Sag mal, sagt dir der Name Yvonne Kossak etwas?"

Lilo blieb stehen und machte ein betretenes Gesicht.

„Yvonne? Natürlich sagt der mir was. Was für eine Tragödie. Die ist doch vom Dach gesprungen. Damals in Hamburg."

Corvin bekam lange Ohren.

„Wie? Was? Von was für einem Dach?"

Lilo zuckte mit den Schultern.

„Von irgendeinem Dach. Genaues weiß ich auch nicht. Sie war doch die Tochter von den Kossaks, die das Restaurant an der Elbe hatten. War irgendwie auf die schiefe Bahn geraten. Alkohol, Drogen und so. Ganz schreckliche Geschichte."

Corvin hatte interessiert zugehört.

„Wann war denn das ungefähr?"

Lilo schaute angestrengt auf den Fußboden.

„Lass mich überlegen. Das war kurz nach dem 13. Geburtstag von meinem Ältesten. Also ungefähr vor zweieinhalb Jahren."

Corvin nahm einen weiteren Schluck Kaffee.

„Hat sich das denn nicht schnell rumgesprochen?"

Lilo schüttelte den Kopf.

„Nee, die Eltern wollten das auf alle Fälle verhindern. Ich weiß das nur von Gertraud Gansel, die damals bei denen geputzt hat. Und die hat es mir auch nur unter großer Geheimhaltung erzählt. Aber warum willst du das eigentlich wissen?"

Corvin zuckte mit den Schultern.

„Ich habe da in Hamburg so etwas gehört. Dass es eine Frau aus unserer Gegend war und da wollte ich nur wissen, wer das wohl war."

Lilo fand, dass das keine plausible Erklärung war, verzichtete aber auf eine Nachfrage.

„Hast du einen bestimmten Wunsch für das Abendessen?"

Er hob die Hand.

„Nee, lass man. Ich war lange nicht mehr in der ‚Wende' und da könnte ich mich mal wieder an Beatrix' Gulaschsuppe laben."

Lilo zuckte mit den Schultern.

„Lange nicht mehr? Du warst doch erst vor drei Tagen da."

Corvin machte ein unschuldiges Gesicht.

„Eben."

Da es wieder mal ein lauer Sommerabend war, hatte es sich der größte Teil der „Wende"-Gäste im Freien rund ums Haus gemütlich gemacht. Nur eine verwegene Zahl von Männern, die aus beruflichen Gründen sowieso den ganzen Tag draußen aktiv waren, zog die schummerige Romantik und die schlechte Luft der großen Schankstube vor.

Nachdem Corvin das übliche Ritual absolviert hatte und freudig dem ersten König-Pilsener des Abends entgegensah, baute sich Beatrix vor ihm auf.

„Möchte der Herr etwas essen oder das Essen nur trinken?"

Corvin lachte.

„Ich habe einen geradezu animalischen Heißhunger auf deine Gulaschsuppe."

Beatrix nickte.

„Einfach oder doppelt?"

Corvin überlegte.

„Am besten dreifach."

Sie zuckte mit den Schultern und wollte sich in Richtung Küche fortbewegen, als Corvin plötzlich und feierlich die Hand hob.

„Halt, Stopp! Ich habe etwas für die beste Wirtin südlich des Polarkreises."

Er griff in die Innentasche seiner Jacke und förderte das mattglänzende Etui aus Papier zu Tage, in dem das teure Seidenprodukt der Marke Gucci schlummerte.

Er öffnete es und zog das Tuch wie ein Zauberkünstler hervor.

„Voilà! Seide, Gucci – nur für dich. Ich musste es für eine Recherche teuer erwerben, aber ich finde, mir steht es nicht. Darum sei es dein, liebe Beatrix."

Sie nahm das Tuch misstrauisch in die Hand.

„Irgendwas führst du im Schilde. Was willst du damit bei mir bewirken?"

Er schaute irritiert.

„Könnt ihr Frauen mal irgendwann begreifen, dass man auch mal was nur aus Zuneigung tut? Und nicht aus einem berechnenden Kalkül?"

Beatrix fuhr mit dem Finger über den Stoff.

„Das ist keine Seide. Das ist Seidensablé. So nennt man das, wenn aus Polyester plötzlich Seide wird. Klingt gut, bleibt aber Kunststoff. Billig eingekauft, teuer verkauft. Gewinnspanne sehr gut bis unfassbar. Ich weiß das, meine Cousine arbeitet in der Branche in Den Haag. Ich ahne, was du dafür bezahlt hast."

Dann lachte sie und präsentierte ihr Zahnfleisch in voller Schönheit.

„Aber dennoch, lieber Erik. Danke, dass du an mich gedacht hast. Allein der kleine Streifen mit dem Markennamen ist es wert. Meine Freundinnen werden neidisch sein."

Sie schlang sich das Tuch um den Hals und ging beschwingt in die Küche.

Corvin sah ihr nach. Eigentlich hätte er Corinna dieses Tuch schenken sollen. Aber die hätte das wahrscheinlich ganz anders interpretiert. Und das wollte er vermeiden. Und rothaarig, wenn auch nicht ganz echt, war Beatrix schließlich auch.

Nachdem er eine große Portion Gulaschsuppe zu sich genommen und mit zwei Pilsenern nachgespült hatte, fand er die Welt wieder relativ in Ordnung. Und da sich kein interessantes Gespräch entwickelte, beschloss er, gesättigt nach Hause zu fahren und sich mit den Briefen zu befassen, die er aus Hitzacker mitgebracht hatte.

Er zahlte, grüßte in die Runde und wollte gerade die Tür öffnen, als er die Stimme von Frank Matthes hinter sich hörte.

„Hey Erik, warte mal. Ich hab hier noch was für dich."

Als er sich zu Matthes umdrehte, sah er, dass der einen

Briefumschlag in der Hand hielt und mit dem in der Luft wedelte.

„Der ist für dich abgegeben worden."

Corvin schaute überrascht.

„Abgegeben? Von wem?"

Matthes grinste.

„Von einer sehr hübschen jungen Frau. Mit einem niedlichen Akzent. Klang polnisch oder tschechisch. Die habe ich hier noch nie gesehen."

Corvin nahm ihm den Umschlag aus der Hand und warf einen kurzen Blick darauf. Es war ein normaler weißer Briefumschlag, auf dem in krakeliger Schrift Corvin stand. Jemand musste das in großer Eile ohne feste Unterlage geschrieben haben.

Er zuckte mit den Schultern und steckte den Umschlag in die linke Seitentasche seiner Jacke.

Matthes grinste ihn an.

„Na, bahnt sich da was an? Du musst aber nicht darauf antworten."

„Habe ich auch nicht vor", knurrte Corvin, hob noch einmal grüßend die Hand und verließ das Lokal.

Er wartete, bis er die Landstraße erreicht hatte, fuhr dort auf einen Parkplatz und hielt neben einem Häuschen, das die Aufschrift Dixie trug.

Es war noch so hell, dass er keine weitere Lichtquelle brauchte. Er nahm den Brief aus der Tasche, klappte sein Taschenmesser auf und schnitt den Umschlag vorsichtshalber an der unteren Seite auf.

Er schüttelte ihn, bis etwas herausfiel. Es war der zu einem Streifen abgerissene Teil einer Zeitungsseite. An den Rand hatte jemand etwas in großer Eile mit Kugelschreiber geschrieben.

„Sorry, sie hatten recht. Sie halten mich als Geisel fest im 1. Stock. Bitte helfen sie mir. Keine Polizei. P."

Corvin lehnte sich zurück und dachte nach. Das „P" stand sicher für „Paloma". Die hatte sich wahrscheinlich Leuten anvertraut und ihnen von seinen Warnungen erzählt. Wahrscheinlich dem Mann, der sich Marco nannte und dem sie vertraute. Dann hatte der sie als Geisel genommen. Als Druckmittel, damit der verletzte Toni aus Spanien nicht seine Freunde benachrichtigen und Gegenaktionen in Gang bringen konnte, um sich gegen die feindliche Übernahme zu wehren.

Vermutlich hatte sie diese Mitteilung einer der Frauen zugesteckt, die den normalen Betrieb aufrechthielten, damit den Stammkunden nichts verdächtig vorkam. Seine Privatadresse hatte er nie genannt, aber er erinnerte sich, dass er bei einem Gespräch erwähnt hatte, dass er Stammgast in der „Wende" sei. Das musste sie sich gemerkt haben.

„Wird verdammt schwierig werden", sagte er laut zu sich selbst und ließ den Motor wieder an. Er überlegte einen Augenblick. Dann wendete er und fuhr in Richtung „Säge".

Er kannte die Gegend dort inzwischen gut genug und außerdem war es zu dieser Jahreszeit bis mindestens halb elf immer noch so hell, dass man kein auffälliges Licht einschalten musste.

Rund einen Kilometer vor dem Haus am Moor bog er nach rechts in einen Forstweg ab, der eigentlich nur dazu diente, geschlagenes Holz zum Hauptweg zu bringen. Er fuhr langsam, denn er wollte nicht riskieren, dass er sich mit dem nicht gerade geländetauglichen Heckantrieb seines alten Daimlers im morastigen Waldboden festfuhr.

Am Rande des Moors, das durch ein Hinweisschild als Naturschutzgebiet gekennzeichnet war, ließ er das Auto stehen und ging zu Fuß weiter.

Er musste jetzt sehr aufpassen, dass er nicht in den Morast geriet, denn der war tückisch, weil er kaum vom normalen Boden zu unterscheiden war. Es wuchsen auch noch einige Bäume dort, was für ein Moor ungewöhnlich war.

Aber das war ein Überbleibsel aus der Phase der Renaturierung. Es würde noch ein paar Jahre dauern, bis die Baumwurzeln keinen Halt mehr fanden und die umstürzenden Bäume vom Moor verschluckt wurden. Im Dunkeln, dachte er, sollte man hier lieber nicht spazieren gehen.

Als er dann doch in ein morastiges Loch getreten war und Wasser in seinen Schuh eindrang, konnte er im Dämmerlicht die Silhouette des Hauses am Moor erkennen. Vorsichtig ging er weiter, dann blieb er plötzlich stehen, weil er Stimmen hörte.

Das waren keine Männerstimmen, die nur fröhlich durcheinanderquatschten, sondern vielmehr solche, wie sie bei einem militärischen Manöver klingen könnten. Corvin schaute sich um. Weiter sollte er nicht gehen. Da fiel ihm eine Buche ins Auge. Die sollte sicher noch einige Jahrzehnte weiterwachsen, hatte aber jetzt schon eine beachtliche Höhe. Da sie aber noch relativ jung war, hatte sie noch Äste und Zweige in normaler Kopfhöhe eines mittelgroßen Mannes.

Corvin erinnerte sich, dass Andi und er als Kinder solche Buchen immer gesucht hatten, weil man leicht an ihnen hochklettern und sich dann im dichten Laub verbergen konnte. Was für eine Freude für zwei Zehnjährige, die von dort aus unbemerkt Gespräche von Erwachsenen belauschen konnten. Einmal hatte sich ein Liebespaar genau unter ihrem Baum niedergelassen. Allerdings verwirrte das die beiden Knaben mehr als es sie amüsierte, denn die Aktivitäten am Fuße des Baumes waren ihnen eher peinlich.

Die Stimmen kamen näher. Als hätte er es in Jahrzehnten nicht verlernt, sprang Corvin in die Höhe, griff nach einem der unteren Buchenäste und drückte sich gleichzeitig mit den Füßen am Stamm des Baumes nach oben. Griff mit der rechten Hand wieder nach oben zu einem höher gelegenen Ast und war im Handumdrehen im dichten Laubwerk verschwunden.

Gerade rechtzeitig, denn die Stimmen waren inzwischen so nah, dass er die Worte verstehen konnte.

„Du machst jetzt noch eine Stunde, dann wirst du abgelöst", sagte eine raue männliche Stimme.

„Ja, ja", sagte eine andere Stimme, die etwas genervt klang, „und ich sage dem Posten am Haupteingang, dass ich noch da bin. Sonst suchen die mich."

„Guter Junge", sagte die raue Stimme, „dass du ziemlich gut mit der Wumme umgehen kannst, wissen wir ja jetzt, aber manchmal ist ein wenig Denken auch nicht ganz schlecht."

Die Stimmen wurden leiser und was der andere entgegnete, konnte Corvin schon nicht mehr verstehen. Eines war klar. Das Haus stand unter gut organisierter Bewachung. Da kam keine Maus unbemerkt hinein. Und alles so diskret, dass die normalen Gäste nichts merkten.

Nimm es mal zur Kenntnis, dachte Corvin, da kannst du im Moment nichts machen. Schon gar nicht allein. Er horchte noch einmal, ob die Luft rein war, stieg den Baum hinunter und machte sich auf den Rückweg, denn er wollte auf jeden Fall nach Einbruch der Dunkelheit aus der Nähe des Moors verschwunden sein.

Am nächsten Tag fühlte Corvin sich schlecht. Er, der sonst immer eine Taktik, immer eine Strategie zur Hand hatte, kam sich gelähmt und hilflos vor. Als Polizist hätte er auf eine ganze Truppe von Spezialisten zurückgreifen können, auf Helikopter und Hundestaffel. Aber jetzt stand er ganz allein da. Und durfte nichts unternehmen, das Paloma in tödliche Gefahr bringen konnte. Er brauchte Beratung. Von jemandem, der sich auskannte im Milieu und für den heikle Situationen zum Tagesgeschäft gehörten. Er griff zu seinem Handy, rief seine Kontaktliste auf und drückte auf eine Nummer. Zu seiner großen Erleichterung meldete sich am anderen Ende eine wohlbekannte Stimme.

„Hallo Erik, du hast doch sicher ein Problem. Also, schieß los!"

Corvin lachte.

„Hallo Ermel. Und ob ich ein Problem habe. Hast du etwas Zeit? Es könnte länger dauern."

Und dann erzählte er dem alten Kiezexperten die ganze Geschichte. An einigen Stellen unterbrach der ihn mit den Worten „Das weiß ich doch", aber sonst hörte er stillschweigend zu. Als Corvin seine Erzählung beendet hatte, war für einen Augenblick Stille in der Verbindung.

„Ermel, bist du noch dran?"

Der Angesprochene räusperte sich laut und vernehmlich.

„Natürlich. Das Problem ist, dass du an die Frau nur rankommst, wenn die Jungs freiwillig das Haus verlassen und sich auch sonst zurückziehen."

„Das ist leicht gesagt, aber wie willst du das machen?"

„Die Jungs wollen so wenig Öffentlichkeit wie möglich, weil sie sonst das Interesse der Bullen auf sich ziehen."

„Ich sagte ja schon. Sie will auf keinen Fall Polizei. Denn damit wäre ihr Leben ja noch mehr in Gefahr."

„Ist klar. Ich habe ja auch nicht an die Polizei gedacht."

„An wen denn?"

Ermel lachte.

„An die Feuerwehr."

Corvin war überrascht.

„An die Feuerwehr? Du willst sie doch nicht etwa ausräuchern? Aber dazu müsste ja erst einmal das Haus brennen und mit der Feuerwehr kommt dann auch die Polizei."

Ermel räusperte sich noch einmal lautstark.

„Also: Ich muss dir ja nicht erzählen, dass in einem Brandfall erst einmal die Feuerwehr alarmiert wird und die wiederum die Polizei informiert. Zwischen dem Eintreffen der Feuerwehr und der Polizei liegen also immer ein paar Minuten. Das ist deine Chance. In dem Moment kannst du ins Haus und dein Mädel rausholen."

„Das ist nicht mein Mädel."

„Egal, eine andere Möglichkeit gibt es nicht."

„Und du glaubst im Ernst, die würden mich in ein brennendes Haus lassen?"

„Herr Kommissar. Nun aber bitte ein bisschen mehr Fantasie. Bei einem Brand wie ich ihn mir vorstelle, kommt sicher nicht nur eine Truppe eurer Freiwilligen Feuerwehr. Die kommen aus mehreren Dörfern. Die kennen sich fast alle untereinander. Wie gesagt, fast alle. Da fällst du nicht auf, wenn…"

Er machte eine Kunstpause. Corvin begriff und beendete den Satz.

„…wenn ich aussehe wie ein Feuerwehrmann."

Ermel lachte.

„Kluges Kerlchen. Dann musst du nur noch schnell machen."

Jetzt räusperte sich Corvin.

„Ermel? Das hört sich alles gut an. Aber eine Kleinigkeit hast du übersehen. Wie, zum Henker, willst du denn ein Haus in Brand setzen, das von ziemlich abgewichsten Jungs mit Maschinenpistolen bewacht wird?"

Ermels heiterer Ton in der Stimme war verschwunden.

„Sag mal, für wie blöde hältst du mich? Glaubst du, darüber hätte ich nicht nachgedacht? Für alles in der Welt gibt es Spezialisten. Und für sowas gibt es Pyro-Harry."

„Pyro-Harry?"

Ermels Stimme bekam wieder den leicht amüsierten Unterton.

„Ja, genau der. Was Harry nicht zum Brennen kriegt, das hat bereits gebrannt. Er ist ein Freund aller, die sich gern von einer Immobilie trennen würden, weil sie so gut versichert ist oder die etwas für immer verschwinden lassen möchten. Wenn du wüsstest, welche großen Brände aus den letzten Jahren auf sein Konto gehen, würdest du staunen."

„Und er ist noch nie in Verdacht geraten?"

Jetzt hatte Ermel wieder den alten Grad seiner Heiterkeit erreicht.

„Harry war selbst Feuerwehrmann. Und, wie du weißt, löschen Feuerwehrleute nicht nur, sie zündeln auch gern. Später war er dann Experte für Brandursachen, arbeitete für Polizei und Versicherungen. Dort hat er gelernt, wie man rauskriegt, ob ein Brand gelegt wurde, aber vor allem hat er auch gelernt, wie man das nicht rauskriegt."

„Und du meinst, das Haus im Moor könnte er auch anzünden, ohne dass die Bewacher ihn daran hindern können?"

„Sonst hätte ich das ja wohl gar nicht erst in Betracht gezogen, oder?"

Corvin dachte einen Augenblick nach.

„Aber das macht er ja wohl nicht nur zu seiner persönlichen Triebbefriedigung. Etwas muss für ihn wahrscheinlich auch dabei herausspringen."

„Das ist richtig. Mit zehn Riesen plus Spesen musst du rechnen."

Corvin überlegte nicht eine Minute.

„Ist okay. Das ist mir die Sache wert. Bis es soweit ist – wie lange kann das dauern?"

„Das geht sicher nicht von heute auf morgen. Aber ich kann in der Sache etwas Dampf machen. Ich habe Harry gerade vor Kurzem einen Gefallen getan. Schick du mir jetzt erst einmal einen Lageplan und dann sehen wir weiter. Ich habe den Laden ja kennengelernt und kann ihm was dazu sagen."

„Okay, aber das ist ziemlich dringend, wenn du weißt, was ich meine."

Für einen Augenblick war Stille in der Verbindung.

„Natürlich weiß ich das. Aber Erik – versprich mir eins: Du unternimmst nichts, bis ich mich wieder gemeldet habe. Du hängst in der Sache nicht nur mit dem Verstand, sondern auch mit dem Gefühl drin. Und das ist in so einer Situation ganz schlecht. Also, hab Geduld und vertrau einem alten Freund. Ich werde die Sache beschleunigen. Wie ein Brandbeschleuniger, sozusagen."

Corvin lächelte.

„Danke dir. Ich werde mich in Geduld fassen."

Er lehnte sich in seinem Sessel zurück und atmete tief ein. Das Haus in Flammen und er als Feuerwehrmann, der eine Frau aus den Händen von Gangstern befreit? Wenn du das in einem Film siehst, würdest du laut lachen und auf ein anderes Programm umschalten. Aber je länger Corvin darüber nachdachte, desto mehr begann er zu begreifen, dass der alte Fuchs recht hatte. Außerdem brannte auch noch vor den Augen der Besetzer das Objekt ihrer Begierde nieder und ihr einziges Druckmittel, die Geisel, war dann auch nichts mehr wert. Was für eine Niederlage. Eigentlich nicht schlecht, dachte er. Aber woher kriegst du eine Feuerwehr-Montur? Erwin! Richtig. Erwin Wohlleben war sein ganzes Leben aktiv bei der Freiwilligen Feuerwehr gewesen. Nun war er zu alt und unterstützte die wendländischen Firefighters nur noch als passives Mitglied mit einer großzügigen jährlichen Spende. Darauf war er sehr stolz und Corvin vermutete, dass er auch immer noch die gesamte Ausrüstung neben der Tür hängen hatte. Dort, wo seit Jahrzehnten ihr Platz war. Gleich morgen würde er ihn fragen.

Sein Blick fiel auf die gebündelten Briefe, die er aus Nowaks Haus in Hitzacker mitgebracht hatte und die nun auf dem Küchentisch lagen.

Er stand auf, nahm das Bündel an sich und setzte sich an den Tisch. Komisch, dachte er, kaum jemand schreibt heute noch Briefe. Nur Anwälte und Verliebte.

Er zog den ersten Brief aus dem geöffneten Umschlag und sofort stellte sich wieder das Gefühl ein, das ihn schon früher in seiner polizeilichen Arbeit behindert hatte. Es war dieses Gefühl des Voyeurs, das er hasste, denn solche Briefe waren meistens hochintim und gingen eigentlich nur die Beteiligten etwas an. Obwohl für die Ermittlung sehr wichtig, kam er sich stets vor wie ein Spanner. Nachdem seine Mutter gestorben war, fand er in ihrem Nachlass einen ganzen Karton mit Briefen, die sein Vater ihr geschrieben hatte. Ohne sie zu lesen, hatte er sie in einem fast sakralen Akt im Garten verbrannt.

Andererseits, dachte er, war Nowak höchstwahrscheinlich ein Schwein. Und diese Briefe sind wichtige Indizien, die ihn hoffentlich zu dem führten, was er wissen wollte. Also begann er zu lesen.

Nach einer halben Stunde stand er auf und holte sich ein frisches Bier. Viel weiter hatte ihn die Lektüre nicht gebracht. Es waren die üblichen emotionalen Purzelbäume, die eine Frau im Widerspruch ihrer Gefühle zu Papier gebracht hatte. Liebe und Hass lagen dicht beieinander.

Er ließ den Briefbogen sinken. Warum, dachte er, hat sie sich eigentlich umgebracht? Das konnte doch nicht völlig verborgen geblieben sein. Wenn jemand in Hamburg vom Dach springt, dann steht das mit Sicherheit im „Abendblatt" oder in der „Morgenpost".

Er holte sein Notebook und rief die Seite des „Abendblatts" auf. Klickte sich ins Archiv, überwand die Bezahlschranke per PayPal und gab die Suchkriterien ein. Yvonne Kossak, junge Frau, Selbstmord, Sprung vom Dach. Dann der ungefähre Zeitpunkt, den Lilo errechnet hatte.

Das Ergebnis kam blitzartig. Lilos Gedächtnis hatte sie nicht getäuscht. Zum errechneten Zeitpunkt war eine Yvonne K. vom Dach des Hochhauses am Millerntor in die Tiefe gesprungen. Sie war sofort tot. Es folgten ein Augenzeugenbericht und ein paar Zitate von Polizei und Feuerwehr. Er las weiter. „Ich hoffe, dass die Leute, die das verschuldet haben, keine ruhige Minute mehr haben", sagte ihre Schwester Julie K.

Corvin stutzte. Neben Fotos vom Hochhaus und den Einsatzkräften gab es auch ein Foto der Schwester. Sehr stark gepixelt und kaum erkennbar. Doch je länger er drauf starrte, umso schärfer wurden die Konturen. Und bald hatte er keinen Zweifel mehr. „Ich werd verrückt!", sagte er laut zu sich.

Trotz dieser überraschenden Entdeckung konnte er jetzt nichts unternehmen. Er rechnete jederzeit mit Ermels Anruf und dann musste es ganz schnell gehen. Er kannte solche Situationen nur zu gut und hasste sie, denn Geduld gehörte nicht zu seinen starken Seiten.

Vielleicht könnte er jetzt endlich anfangen, den Hühnerstall zu bauen. Aber genauso schnell, wie dieser Gedanke gekommen war, verwarf er ihn auch wieder. Das kriegst du nur hin, wenn du dich darauf konzentrierst, denn sonst wird alles schief und krumm. Lilos ätzenden Kommentar konnte er sich recht gut vorstellen.

Stopp! Du wolltest dir doch noch einmal den Arbeitsraum von Georg Harms genau ansehen. Wenn Ermel anrief, dann immer auf seinem Handy und damit war er überall erreichbar. Er musste also nicht hier zu Hause hocken und auf den Anruf warten. Die Feuerwehrklamotten würde er im Auto…verdammt, die Feuerwehrklamotten.

Er verließ seinen Hof und ging die zweihundert Meter zu Erwins Haus zu Fuß. Der war wie immer mit Gartenarbeit beschäftigt und düngte gerade hingebungsvoll sein Rosenbeet.

Als er Corvin kommen sah, lachte er.

„Schau mal, Erik, diese Barkarole. Dieses dunkle Rot. Ist das nicht wunderschön? Aber ich glaube, ich werde sie festbinden, die wird noch bis zu einem Meter zwanzig hoch."

Corvin lachte zurück.

„Ja, Erwin, wunderschön. Mal eine Frage: Wir haben doch ungefähr die gleiche Größe. Würdest du mir deine Feuerwehrkluft für ein paar Tage leihen?"

Erwin schaute ihn verständnislos an.

„Willst du zur Feuerwehr? Dann brauchst du aber eigene Klamotten."

Corvin schüttelte den Kopf.

„Nein, nein. Ich will nur jemandem einen Streich spielen. Wird sicher sehr lustig. Kann ich dir aber jetzt nicht erklären. Vielleicht später."

Erwins Verständnis schien nicht gewachsen zu sein.

„Ich wusste gar nicht, dass du zu Albernheiten neigst. Aber wenn du unbedingt willst? Bitte sehr. Sie hängen wie immer innen neben der Eingangstür. Kannst sie dir holen."

Nachdem Corvin die Einsatzkleidung, Helm und Zubehör im Kofferraum seines Wagens verstaut hatte, rief er Corinna an. Ja, sagte sie, du kannst kommen, wann du willst. Ich bin da. Gerade als er losfahren wollte, fiel ihm Georgs Handy ein. Das sollte er unbedingt dabei haben, also ging er zurück ins Haus und holte es aus der Schublade seines Nachtschranks.

Corinna begrüßte ihn freundlich, hatte aber immer noch diesen Gesichtsausdruck, in dem ihre ganze Trauer sichtbar wurde. Auch sie hatte gerade im Garten gearbeitet. Corvin zeigte auf das Nebengebäude.

„Ich möchte mir gern noch einmal den Arbeitsraum ansehen", sagte er.

Sie nickte.

„Jederzeit. Brauchst du mich dazu?"

Er schüttelte den Kopf.

„Nein, wenn ich dich brauche, rufe ich dich."

Er ging hinüber zum Stall. Obwohl draußen sommerliche Temperaturen herrschten, war es drinnen ziemlich kalt. Wahrscheinlich wurden hier früher Schweine gehalten, denn die Koben waren noch vollständig erhalten. Einer stieß direkt mit der Wand aus Ytong-Steinen zusammen, mit denen der Arbeitsraum abgeteilt worden war. Er war als einziger nicht nach oben offen, sondern mit einem stabilen Betondeckel verschlossen, auf dem Farbdosen, Kanister, Zementsäcke und Mauersteine gestapelt waren.

Corvin öffnete die Tür und setzte sich an den Arbeitstisch. Wieder fiel ihm die penible Ordnung auf. Dieser Georg musste ein ziemlicher Pedant gewesen sein. Dann fiel ihm das Handy ein. Er zog es aus der Tasche und wollte es einschalten, doch der Akku hatte sich in der Zwischenzeit vollständig entladen. Zwei Minuten später war er froh, dass hier ein Pedant gearbeitet hatte, denn unter dem wohlgeordneten Zubehör hatte er ein Aufladegerät schnell gefunden.

Neben dem Arbeitstisch befand sich in Kniehöhe eine Steckdosenleiste mit vier Anschlüssen. Er wollte die Kontaktstifte des Steckers in die erste stecken, doch nichts passierte. Kein Piepton, kein Kontrolllämpchen. Er versuchte es mit der zweiten. Das Ergebnis war ebenso negativ. War das Aufladegerät oder gar das Handy kaputt? Seltsam, dachte er und ging zu der Regalwand, wo er ein zweites Mal zugeben musste, dass penible Ordnung auch von Nutzen sein konnte, denn einen Phasenprüfer und eine kleine Taschenlampe hatte er sofort gefunden.

Er steckte das einem Schraubenzieher ähnliche Gerät in das rechte Loch der Dose, doch auch hier tat sich nichts. Wenn Strom in der Leitung wäre, müsste das Glimmlämpchen im Griff des Prüfers aufleuchten. Aber es blieb dunkel. Er wollte den Phasenprüfer in die vierte Dose stecken, doch dort ließ er sich nicht einmal einführen. Irgendetwas leistete Widerstand. Nach zwei vergeblichen Versuchen ging er in die Knie und leuchtete mit der Taschenlampe in die Steckdose. In dem Loch, das für den Kontaktstift eines genormten Steckers vorgesehen war, steckte etwas. Er beugte sich noch tiefer. Er sah einen Messingstift, der vorn eine Öffnung wie bei dem Zylinder eines Sicherheitsschlosses hatte. Nur sehr viel kleiner. Es sah aus wie eine Schlüsselsperre, mit der man Schlösser, die nur mit einem einfachen Bartschlüssel funktionierten, zusätzlich sichern konnte.

Plötzlich fiel ihm der Schlüssel ein, der in Georgs Jacke gesteckt hatte. Dieser seltsame, stiftartige Schlüssel. Ob der nun passte, konnte er zu seinem Bedauern nicht feststellen, denn der lag friedlich in der Tasche seiner Lederjacke, die ordentlich zu Hause an der Garderobe hing.

Er ging hinaus und winkte Corinna zu, die gerade zwischen zwei Beeten das Unkraut jätete.

„Ich habe etwas zu Hause vergessen, was ich hier dringend brauche", rief er ihr zu. „Kann ich morgen wiederkommen?"

Sie winkte zurück.

„Jederzeit."

21

Rebus' Stimme klang erregt. „Hör mal. Ich wollte Kalle im Knast besuchen, um ihm ein wenig Mut zu machen. Und da sagen mir diese Arschlöcher, dass ein Besuch nicht möglich ist. Wo leben wir denn hier? Im Polizeistaat? Hast du eine Erklärung dafür?"

Corvin wechselte das Handy vom linken auf das rechte Ohr und setzte sich in seinen Sessel.

„Eigentlich nicht. Man kann aber während der Untersuchungshaft ein Besuchsverbot verhängen, wenn die Ermittlungen durch Besuche erschwert oder gefährdet werden. Das liegt im Ermessen des Richters und der folgt meistens der Einschätzung der Ermittler. Bei Kalle kann ich keine Gründe erkennen."

„Verdammt noch mal. Irgendetwas muss man doch für ihn tun können. Jürgen sagt auch, du solltest dringend…"

Corvin unterbrach ihn.

„Rebus, reg dich nicht auf. Ich tue mein Möglichstes. Aber alles, was mit diesem Fall zu tun hat, arbeitet gegen mich. Ich kann aber so viel sagen: Ich bin ein ganzes Stück weiter."

Rebus tat einen tiefen Seufzer.

„Tut mir leid, Erik. Ich weiß, dass das für dich nicht einfach ist. Und du kannst mir nicht sagen, wen du in Verdacht hast?"

Corvin lachte gequält.

„Zu diesem Zeitpunkt kann ich das nicht. Ich kann dir nur eins sagen: Ich krieg ihn da raus. Ihr müsst Vertrauen haben. Und Geduld."

„Okay Erik, ich bin nur so stinkesauer und Jürgen auch. Ausgerechnet Kalle, der Friedfertigste unter dieser Sonne. Aber dann müssen wir eben warten. Wir vertrauen dir."

Corvin ließ das Handy sinken. Ausgerechnet er bat um Geduld. In der Physik würde man so etwas wahrscheinlich ein Paradoxon nennen. Und so sichere Beweise für Kalles Unschuld hatte er auch noch nicht. Wenn er ehrlich war, nur Vermutungen. Und die zählten vor einem Untersuchungsrichter überhaupt nicht.

Während er das dachte, vibrierte das mobile Telefon in seiner Hand.

Bitte nicht schon wieder jemand mit guten Ratschlägen, dachte Corvin und war erleichtert, als er Ermels Stimme erkannte.

„Hör zu. Tut mir leid, dass du zwei Tage warten musstest, aber Harry brauchte Zeit, um alles vorzubereiten. Heute Nacht soll es losgehen. Du musst ab jetzt jederzeit abrufbar sein. Also halte dich bereit. Ich melde mich."

Corvin war erleichtert und stand gleichzeitig unter Spannung. Endlich passierte was. Diese Warterei machte ihn aggressiv.

Abermals vibrierte sein Handy. Bitte jetzt nicht noch ein besorgter Freund, dachte er und schaute auf das Display. Das war doch Lilos Nummer? Er berührte die grüne Taste.

„Hallo Lilo? Was für eine ungewöhnliche Zeit?"

Lilos Stimme war kaum wiederzuerkennen. Aus dem Kasernenhofton war ein ängstliches Piepsen geworden.

„Erik, ich brauche deine Hilfe. Mein Ältester ist verschwunden. Ich mache mir solche Sorgen. Bitte, hilf mir."

„Verschwunden? Seit wann ist er denn weg?"

„Er ist die ganze Nacht nicht nach Hause gekommen.

Das hat er noch nie gemacht, ohne Bescheid zu sagen."

„Wie alt ist er denn?"

„Sascha ist fünfzehn. Aber für sein Alter noch sehr kindlich."

Das sehen Mütter meistens verkehrt, dachte Corvin, sagte es aber nicht.

„Hat er denn eine Freundin?"

„Nein, das wüsste ich. Wie gesagt, er ist eher schüchtern und zurückhaltend."

Corvin seufzte.

„Und was, meinst du, sollte ich jetzt tun?"

Lilos Stimme klang jammervoll.

„Ihn suchen, finden und mir wiederbringen."

Durch Corvins Kopf raste ein Szenario. Er war gerade dabei, sich mit der Unterwelt anzulegen, das Haus am Moor abzufackeln und unter Lebensgefahr eine Geisel zu befreien. Und nun sollte er stattdessen einen offenbar hormongesteuerten Teenager auf Erkundungstour wiederfinden.

„Lilo, ich bin in einer blöden Situation, ich sitze hier auf Abruf und es hängt – das ist nicht übertrieben – Leben und Tod davon ab. Warte doch noch einen Tag. Sascha wird sich bestimmt wieder einfinden."

Jetzt schwoll Lilos Stimme wieder zur gewohnten Lautstärke an.

„Einen ganzen Tag? Erik Corvin! Wie oft habe ich dir schon einen Gefallen getan. Auch gegen meine Überzeugung. Jetzt hilfst du bitte mal mir. Aber wenn du nicht willst – es gibt jede Menge Herren im Wendland, die mich mit Gold aufwiegen würden."

Corvin schaute auf die Uhr. In jeder Minute konnte Ermel anrufen. Aber Lilo im Stich lassen? Das ging auch nicht.

„Okay Lilo. Ich komme. Aber fass bitte nichts an, was mit Sascha zu tun hat. Lass alles so liegen."

Lilo tat einen tiefen Seufzer.

„Ach Erik, ich wusste doch, dass ich mich auf dich verlassen kann."

Wenige Minuten später hielt Corvin mit aufs Äußerste gespannten Nerven vor dem kleinen Arbeiterhaus aus den Fünfzigern, wo er Lilo schon oft abgesetzt, das er aber noch nie betreten hatte.

Auf sein Klopfen öffnete ein Mädchen mit einem blonden Pferdeschwanz, das ungefähr zehn Jahre alt sein mochte.

„Hallo, wer bist du?"

Corvin lächelte.

„Hallo, ich bin der Erik. Sagst du deiner Mutter, dass ich da bin?"

Die Kleine drehte sich um und entwickelte ein Stimmorgan, das sie offensichtlich von ihrer Mutter geerbt hatte.

„Maammmmaa, komm mal. Der Erich ist da."

Corvin wollte gerade seinen Vornamen korrigieren, aber da stand schon Lilo in ihrer ganzen Massigkeit in der Türöffnung.

„Erik, komm rein. Ich wusste doch, dass du mich nicht im Stich lässt."

Sie breitete ihre Arme aus und Corvin schaffte es nur mit einem gekonnten Hüftschwung, nicht in ihrer Umarmung zu landen. Er schaute nervös auf seine Armbanduhr.

„Also Lilo, mach jetzt alles, was ich dir sage und stell keine Fragen. Hat dein Sohn ein eigenes Zimmer?"

Lilo nickte heftig.

„Ja, als Ältester hat er ein Recht auf ein eigenes Zimmer.

Die beiden anderen müssen sich eins teilen. Weißt du, ich habe…"

Corvin hob die Hand, bremste den Redefluss und schaute wieder auf seine Uhr.

„Lilo, wie gesagt, ich bin unter Zeitdruck. Bitte zeige mir jetzt das Zimmer."

Das erste Mal in ihrer Zweckgemeinschaft sah Corvin seine Haushälterin von ihm eingeschüchtert. Das gab seinem Stress einen positiven Schub.

Sie eilte in der ihr eigenen Art die Treppe hinauf und betrat einen kleinen Flur. Aus einem Zimmer schauten ein paar neugierige Kinderaugen auf den fremden Mann.

Ein rothaariger Junge mit Sommersprossen steckte seinen Kopf aus dem Türspalt.

„Hallo, ich bin der Oliver. Kommst du jetzt öfter?"

Bevor Corvin etwas entgegnen konnte, hatte Lilo eine Zimmertür geöffnet, ihn am Arm gepackt und in den Raum gezogen.

„Das ist Saschas Zimmer", schluchzte sie und brach in Tränen aus.

Das Zimmer war winzig. Ein Bett, ein Stuhl, ein kleiner Schreibtisch und ein Bücherregal mit erstaunlich vielen Büchern. Corvin schaute sich um.

„Offensichtlich liest er gern."

Lilo nickte heftig.

„Oh ja, er liest und liest und liest. Und dann immer dieses unverständliche Zeugs. Ich sage, geh doch mal raus, aber er…"

Corvin hob wieder die Hand und augenblicklich verstummte sie. Er trat an den Schreibtisch. Auf der Schreibunterlage lag ein aufgeschlagenes Buch. Corvin nahm ein Lineal, legte es zwischen die Seiten und klappte das Buch zu. „Frank Wedekind. Frühlings Erwachen" stand auf dem Titel. Obwohl er unter Druck stand, dachte Corvin an seine Schulzeit. „Frühlings Erwachen"? Er versuchte sich zu erinnern. Das war doch das Theaterstück, in dem sich unter anderem zwei Schüler ihre Liebe gestehen. Alle Klassenkameraden hatten sich damals darüber lustig gemacht, obwohl alle das heimlich spannend fanden, denn jeder kannte diese alters- und pubertätsbedingten Gefühlsschwankungen.

In diesem Moment gab sein Handy das berühmte Gitarrenriff von sich. Er schaute erst auf das Display, dann auf Lilo.

„Entschuldigung, ich muss da ran."

Sie zuckte mit den Schultern und machte ein beleidigtes Gesicht.

„Hör jetzt gut zu", hörte Corvin Ermels Stimme sagen, „es geht los. Ich sage dir jetzt den genauen Zeitablauf."

Corvin hob abwehrend die Hand.

„Bitte, bitte. Gib mir noch fünf Minuten. Ich bin in einer blöden Situation. Ich melde mich umgehend."

Ermels Stimme klang nach einer Mischung aus Verblüffung und Verärgerung.

„Sag mal, für wen machen wir das hier eigentlich? Also gut. Fünf Minuten. Sonst wird die Sache abgeblasen. Kostet aber dasselbe."

Lilo schaute ihn wütend an.

„Hast du gerade blöde Situation gesagt? Wenn du das blöde findest, dann kannst du ja gehen. Wir schaffen das auch ohne dich."

Damit rauschte sie die Treppe hinunter. Corvin eilte hinterher.

„Lilo, nein, versteh mich doch, ich habe das nicht so gemeint…"

Fast wäre er auf sie geprallt, denn sie blieb am Fuß der Treppe abrupt stehen und starrte ins Wohnzimmer. Auf dem Sofa saß ein Junge mit gegeltem schwarzen Haar, der schweigend auf die Tischplatte starrte. Davor stand das kleine Mädchen mit dem Pferdeschwanz. Lilo fand ihre Sprache wieder und brüllte los.

„Sascha, verdammter Mistkerl, wo hast du gesteckt? Und Merle, warum hast du nichts gesagt?"

Der Junge starrte weiterhin schweigend auf die Tischplatte und das Mädchen stemmte beide Fäuste in die Hüften.

„Erstens hast du mich nicht gefragt und zweitens wollte ich dich und den Erich nicht stören."

Corvin merkte, dass sich auf seiner Stirn kleine Schweißperlen ausbreiteten.

„Na bitte, dann ist ja alles wieder in Ordnung. Auf Wiedersehen, ich muss jetzt dringend los."

Lilo hob beide Hände.

„Kommt nicht in Frage. Ich habe dir unrecht getan. Ich koche dir jetzt erst einmal…"

Weiter kam sie nicht, denn Corvin war mit zwei großen Schritten an der Eingangstür, riss sie auf und eilte zu seinem Auto.

Das kleine Mädchen schaute ihm verwundert nach.

„Hat der Erich das immer so eilig?"

22

Corvin riss die Wagentür auf, sprang hinein und drückte auf die eingespeicherte Nummer. Schon nach dem ersten Rufton meldete sich Ermel. Seine Stimme klang immer noch ein wenig verärgert.

„Das war knapp, mein Lieber. Ich wüsste auch nicht, was im Moment wichtiger für dich gewesen sein könnte. Egal. Also, pass auf. Heute Nacht um zwölf geht der Feuerzauber los. Im Haus sind mehrere kleine, aber äußerst effektive Brandsätze platziert. Die werden Punkt zwölf per Funk gezündet. Du parkst kurz vor zwölf irgendwo in der Nähe, wo du die Zufahrtsstraße beobachten kannst, dich aber niemand sehen kann. Kurz darauf wirst du die Feuersirenen hören und dann wartest du, bis die ersten Wagen mit Blaulicht und Tatütata an dir vorbeigefahren sind. Dann fährst du auch los. Das ist nämlich der Moment, sagt Harry, wo alle sich auf ihren Einsatz konzentrieren und du nicht weiter auffällst. Den Moment musst du nutzen und im Haus verschwinden. Ab dann musst du selbst wissen, was du zu tun hast."

Corvin lehnte sich zurück.

„Sag mal – eine Frage. Warum so früh? Wäre es nicht besser so gegen drei, wenn sich alle hingelegt haben?"

Ermel klang genervt.

„Weil um zwölf der Betrieb noch voll am Laufen ist und dadurch ein viel größeres Chaos entsteht. Und für deine Aktion brauchst du Chaos, kapiert?"

„Alles klar. Jetzt wüsste ich nur gern, wie er es geschafft hat, unbemerkt Brandsätze zu deponieren."

„Er spricht nicht drüber. Er hat wohl ein paar Freunde, die gestern Abend als normale Gäste dort waren. Die fallen unter Spesen. Sind ein gut eingespieltes Team."

Corvin lachte.

„Das Gefühl habe ich auch."

Ermel räusperte sich.

„Okay Erik, viel Glück. Ich weiß, du bist kein Anfänger, aber nimm dich vor Pauls Leuten in Acht. Sollten sie noch da sein, wenn du kommst, treib sie nicht in die Enge. Das könnte ins Auge gehen."

Es war kurz vor elf, als Corvin seinen Hof am Rande von Waddeweitz erreichte.

Er holte die Feuerwehrmontur aus dem Kofferraum und ging ins Haus. Da er inzwischen jeden Meter des Weges zum Haus am Moor kannte, konnte er genau ausrechnen, wann er wieder losfahren musste, um im Zeitplan zu bleiben.

Dann hast du jetzt noch eine Viertelstunde, um dich zu kostümieren, dachte er und begann sich auszuziehen. Er musste sich beeilen, denn als Ungeübter brauchte er lange, um sich die Arbeitskleidung der Feuerwehrleute anzuziehen. Verdammt schwer das Zeugs, dachte er, und von Minute zu Minute wuchs seine Achtung vor den Männern und Frauen, die in kürzester Zeit einsatzbereit sein mussten. Jetzt noch den Helm mit der Kopflampe und die Atemschutzmaske und alles war perfekt. Er stellte sich vor den Spiegel in der Diele. Wenn er den Helm weiter nach unten und die Maske nach oben zog, würde nicht mal seine Mutter ihn erkennen.

Wieder schaute er auf die Uhr. Verdammt, schon ein paar Minuten zu spät. Im Laufschritt eilte er zu seinem alten Benz, tat sich mit dem Einsteigen in der ungewohnten Montur etwas schwer, ließ den Motor an und gab Gas.

Es war schon richtig dunkel, als er den Waldweg erreichte, der zum Haus am Moor führte. Kurz vorher bog er nach rechts ab. Eigentlich war es nur eine Treckerspur, aus der im Laufe der Jahre eine Art Weg geworden war. Da die Spur der schweren Fahrzeuge immer tiefer wurde, entpuppte sich der mit Gras bewachsene Mittelstreifen als Bremse für einen normalen PKW. Und obwohl er ganz langsam und mit äußerster Vorsicht fuhr, gab es plötzlich einen Ruck und er saß fest. In Sekundenschnelle schoss ein Szenario durch seinen Kopf. Zu Fuß auf dem Brandplatz zu erscheinen, wäre wirklich verdammt auffällig, denn alle Mitglieder der Freiwilligen Feuerwehr kamen bei Einsätzen auf dem schnellsten Weg mit ihrem Privat-PKW zum Ort des Geschehens. Und außerdem – wenn er Paloma aus den Händen ihrer Geiselnehmer befreit hatte, wie sollte er mit ihr fliehen? Zu Fuß kamen sie mit Sicherheit nicht weit.

Er stieg aus und ging um den Wagen herum. Der berührte tatsächlich mit dem Unterboden die Grasnarbe und die Antriebsräder der Hinterachse drehten auf der aufgeweichten Fahrspur durch. Im selben Augenblick hörte er Schreie aus der Richtung, in der das Haus am Moor lag.

„Verdammte Scheiße, es geht los", sagte er laut, „und ich sitze hier fest."

Er stieg wieder ein, schaltete in den Rückwärtsgang und gab so wenig Gas wie irgend möglich. Trotzdem drehten die Hinterräder durch, bekamen keinen Boden mehr zu fassen. Er wollte sich mit der flachen Hand gegen die Stirn schlagen, vergaß aber, dass er einen Helm trug und schlug gegen den Rand. Der Schrei aus Wut und Schmerz klang wie der eines wilden Tieres, wurde aber im gleichen Augenblick übertönt von den Feuersirenen aus mehreren Dörfern im Umkreis.

Corvin war ein Mann, der zwar sehr schnell ausrastete, in ausweglos erscheinenden Situationen aber trotzdem einen kühlen Kopf behielt. Plötzlich fiel ihm ein, wie er sich im letzten Winter aus einer Schneewehe befreit hatte. Er riss die Tür auf, kniete sich hin und zog die Fußmatte des Fahrersitzes aus ihrer Verankerung. Er rannte um den Wagen herum und machte dasselbe mit der des Beifahrersitzes, legte beide Matten hinter die Reifen der hinteren Räder und schob sie so dicht wie möglich heran.

Als er gerade den Motor starten wollte, hörte er das erste Martinshorn eines Feuerwehrwagens und sah in der Dunkelheit das zuckende Blaulicht. Er legte den Rückwärtsgang ein und gab vorsichtig Gas. Zuerst drehten die Räder noch durch, dann schienen sie etwas zu fassen zu bekommen. Er gab etwas mehr Gas, dann noch etwas mehr und gerade als er im Rückspiegel die Blaulichter sah und die Sirenen hörte, machte der Wagen einen Ruck und hatte wieder festen Boden unter den Reifen. Links und rechts flogen die Fußmatten in das Unterholz.

Ein paar Meter weiter ging rechts eine Schneise in den Wald, die genug Platz bot, um zu wenden.

Als er ohne Scheinwerfer langsam an den größeren Waldweg heranfuhr, sah er bereits den ersten PKW eines der Mitglieder der Freiwilligen Feuerwehr, die bei solchen Einsätzen die Regeln der Straßenverkehrsordnung mit Freude aufhoben und mit hoher Geschwindigkeit heranrasten. Das war zwar durch kein Gesetz gedeckt, aber geduldet.

Er schaltete das Abblendlicht ein, gab ebenfalls Gas und

reihte sich in die Kolonne der Helfer ein, die jetzt aus allen Himmelsrichtungen kamen.

Dichter Qualm stand zwischen den Bäumen. Corvin suchte sich eine Parkposition so abseits wie möglich und bereits in die Richtung weisend, in die er nach der Befreiung fliehen wollte.

Harry hatte offenbar ganze Arbeit geleistet, denn die Flammen schlugen bereits aus den Fenstern des ersten Stocks. Rauch stieg aus den Dachpfannen auf. Er öffnete die Fahrertür und ließ sie offenstehen. Menschen mit und ohne Uniformen rannten durcheinander und gaben Schreie von sich, die zum Teil nach Befehlen und zum Teil nach Entsetzen klangen.

Er begann zu laufen, denn die Flammen fraßen sich schneller durch das alte Gemäuer, als er jemals angenommen hatte. Der erste starke Wasserstrahl erreichte die Fassade und das Dach, was von den Flammen mit einem ohrenbetäubenden Zischen beantwortet wurde.

Eine Frau, die nur einen Slip trug und ein Mann in Unterhosen, beide mit geschwärzten Gesichtern, rannten ihm schreiend entgegen. Er wich aus und erreichte keuchend den Eingang, in der Hand das kurze Beil, das er in Erwins Ausrüstungsgegenständen gefunden hatte. Am Eingang stand einer der Feuerwehrleute und hob die Hand.

„Bleib draußen, da drinnen ist keiner mehr."

Corvin stieß ihn zur Seite.

„Doch. Ich habe noch jemanden gesehen."

Der Eingangsbereich war schon voller Rauch. Er zog die Atemschutzmaske hoch und erreichte die Treppe nach oben. Das ist Wahnsinn, was du hier machst, dachte er, als er die ersten Stufen emporstieg. Trotzdem ging er weiter.

Als er die letzte Stufe erreicht hatte, sah er zwei Gestalten, die sich durch den Rauch kämpften und sich zum Schutz vor einer Vergiftung nasse Handtücher über den Kopf gezogen hatten. Eine böse Vorahnung stieg in ihm auf.

Es waren ein Mann und eine Frau. Sie liefen nebeneinander und Corvin konnte trotz des Infernos erkennen, dass er ihren Arm auf den Rücken gedreht hatte. Der Mann hatte ihn gesehen und hob das Handtuch. Corvin zweifelte nicht eine Sekunde. Das war der Mann, der sich Marco nannte.

„Hier ist keiner mehr", stieß der hervor, „wir sind die Letzten."

Für einen Augenblick sah er auch die Augen der Frau und spürte, dass sie ihn trotz Helm und Atemschutzmaske erkannt hatte.

„Raus hier, raus!", brüllte er. „Draußen sind Sanitäter!"

Sie stolperten die Treppe hinab und waren mit ein paar Sätzen im Freien. Die Frau wollte sich vor Erschöpfung zu Boden fallen lassen, aber der Mann riss sie hoch und trieb sie weiter nach vorn. Hinter einem Löschfahrzeug parkte ein Range Rover, der ihm offenbar gehörte. Mit einem Ruck riss er die Tür auf und drückte die Frau mit solcher Gewalt auf den Rücksitz, dass sie aufschrie.

„Hey du, fass mal mit an", brüllte ein Feuerwehrmann neben ihm, der gerade fluchend dabei war, einen im Gebüsch verhedderten Schlauch zu bergen.

Corvin beachtete ihn nicht, versuchte den Rover im Auge zu behalten und gleichzeitig in Richtung seines Autos zu laufen. "Hey, zu welchem Arschgeigenverein gehörst du denn?", hörte er den Feuerwehrmann hinter sich brüllen.

Als er den alten Mercedes erreicht hatte, sah er gerade

noch, dass der Rover stoppte, weil ein Mann, mit beiden Armen gestikulierend, sich davorgestellt hatte. Die Beifahrertür ging auf, der Mann sprang hinein und mit durchdrehenden Reifen raste der schwere Geländewagen weiter.

Corvin startete den Motor und gab Gas. Am liebsten hätte er voll durchgetreten, aber er wollte nicht Gefahr laufen, sich noch einmal im weichen Waldboden festzufahren. Plötzlich bremste der Rover und fuhr ganz nach rechts, denn ihm kamen drei Polizeiwagen mit Blaulicht und Martinshorn entgegen. Für ein paar Sekunden überlegte Corvin, wie er sie auf sich aufmerksam machen konnte, aber da waren sie schon vorbei. Nach rund zweihundert Metern sah er aus den Augenwinkeln, dass in einer Abzweigung des Waldweges ein unbeleuchtetes Auto stand, in dem jemand hinter dem Steuer saß. Wahrscheinlich noch einer von Paolos Männern, dachte er. Das fehlt mir gerade noch.

Der Mann, der sich Marco nannte, hatte längst gemerkt, dass ihm jemand folgte, fuhr langsam und betätigte den rechten Blinker. Eigentlich ein freundliches Zeichen, das meist von LKW-Fahrern benutzt wurde, um den auf Landstraßen hinter ihnen fahrenden PKW zu signalisierten, dass diese jetzt gefahrlos überholen können.

Für ein paar Sekunden überlegte Corvin. Jetzt hilft nur noch ein Bluff.

Er überholte, bremste aber sofort danach und stellte sich quer auf den Weg. Er setzte den Helm wieder auf und zog die Maske über die Nase, stieg aus und ging auf den Rover zu. Marco ließ die Scheibe herunter und starrte ihn an.

Corvin hielt kurz die Hand an den Helm.

„Sorry, dass ich sie anhalte. Aber wir brauchen sie dringend als Zeugen und außerdem besteht die Gefahr einer Rauchvergiftung. Das muss dringend überprüft werden."

„Was will der?", sagte der Mann auf dem Beifahrersitz und Corvin erkannte sofort die Stimme des Mannes, die er in seinem Versteck in der Buche gehört hatte. Marco grinste.

„Danke, das ist sehr nett, dass sie sich um uns kümmern, aber wir kommen sehr gut allein zurecht." Damit ließ er die Scheibe wieder hochfahren und trat im Leerlauf auf das Gaspedal. Corvin blieb stehen und hob die Hand.

„Wir können sie nicht zwingen, aber dann lassen sie wenigstens die Frau raus."

Marco grinste weiter.

„Ist ja gut. Jetzt haben sie ihr Sprüchlein aufgesagt und nun gehen sie und fahren ihr Vehikel bitte aus dem Weg."

Corvin schüttelte energisch den Kopf.

„Nein, erst lassen sie die Frau raus."

Marco hob beide Hände und lachte.

„Okay, Herr Feuerwehrhauptmann, wenn es ihnen was bedeutet!"

Er stieg aus und als er aus der Deckung der geöffneten Autotür trat, sah Corvin, dass er eine Pistole in der Hand hatte und nicht mehr lachte.

„Okay, es reicht jetzt, du Klugscheißer. Geh aus dem Weg oder du bist tot. Bei dem Chaos merkt das hier sowieso keiner."

Er trat näher an Corvin heran.

„Irgendwie kommst du mir bekannt vor. Kennen wir uns?"

Corvin zuckte mit den Schultern.

„Nicht, dass ich wüsste."

Marcos Augen wurden zu Schlitzen.

„Zieh mal die Maske runter und nimm den Helm ab."

Corvin blieb regungslos stehen.

Marco drehte sich zum Rover um und hob die Hand.

„Hey Al, komm mal raus und mach mal Demaskierung mit dem Herrn."

Der Mann stieg aus der Beifahrertür und ging auf Corvin zu. Dabei grinste er, denn er fühlte sich im Schutz der Beretta, in deren Abzugsbügel Marco seinen Finger bereits gesteckt hatte, ziemlich sicher. Kurz vor Corvin blieb er stehen, riss mit einem schnellen Griff die Maske nach unten und schlug ihm gleichzeitig den Helm vom Kopf.

Marco lachte auf.

„Als wenn ich es nicht gewusst hätte. Der Herr Ex-Polizist in der Verkleidung eines Firefighters vom Lande. Der edle Ritter, der die Jungfrau aus den Händen der Bestie befreien will."

Sein Gesicht verfinsterte sich.

„Los, Al, schau nach, ob er eine Waffe bei sich hat."

Der andere Mann, der immer noch neben Corvin stand, gab ihm ein Zeichen, dass er die Arme hochhalten solle, ging in die Knie und begann seine Hosenbeine abzutasten.

Dann ging alles sehr schnell. Er hörte einen Motor aufbrüllen und sah einen roten Ford Mustang, der von hinten auf Marco zuschoss. Der wollte noch zur Seite springen, schaffte es aber nicht mehr. Es gab einen hässlichen Knall, Marco flog ein paar Meter durch die Luft, knallte gegen einen Baum und blieb regungslos auf dem Waldboden liegen. Gleichzeitig wollte sich der Mann, der Corvin durchsuchen sollte, wieder aufrichten. In diesem Moment breitete Corvin blitzschnell die Arme aus und schlug seinem Widersacher mit flachen Händen und aller Kraft auf beide Ohren. Der schrie auf, knickte wieder in sich zusammen und wurde am Kinn von Corvins Knie getroffen, das dieser kraftvoll nach oben gezogen hatte. Röchelnd ging der Mann zu Boden und bewegte sich nicht mehr.

Inzwischen war der Fahrer des Mustangs ausgestiegen und betrachtete seinen Kühler.

„Scheiße. Ganz schöne Beule. Das wird nicht billig", sagte er und strich mit der Hand über das Blech.

Corvin starrte ihn mit aufgerissenen Augen an.

„Mein Gott, Ermel, wo kommst du denn her?"

Ermel ließ von seinem lädierten Oldtimer ab und ging auf Corvin zu.

„Wie hat Lenin gesagt? Vertrauen ist gut, Kontrolle ist besser. Ich habe dir zu dieser Aktion geraten, aber ich wusste auch, dass da was schieflaufen kann. Also habe ich auf dich aufgepasst. Als wir telefonierten und du dachtest, ich wäre in Hamburg, war ich schon ganz in deiner Nähe. Reingelegt, Herr Kommissar."

Er stieß mit dem Fuß gegen den auf dem Boden liegenden Marco.

„Und jetzt nimm dein Mädel und hau ab. Ich habe noch was zu erledigen. Ich komme später nach."

Corvin sah ihn überrascht an.

„Was hast du vor?"

Ermel machte eine wegwerfende Handbewegung.

„Das willst du nicht wissen."

Auf dem Rücksitz hatte sich immer noch nichts geregt. Wahrscheinlich ist sie ohnmächtig, dachte er. Doch als er die Autotür öffnete, stellte er fest, dass sie hellwach war und ihn mit großen Augen anstarrte.

„Was war das? Ich verstehe nicht ganz."

Er griff nach ihrem Arm und zog sie sanft aus dem Auto.

„Kommen sie schnell, wir müssen hier weg."

Fast teilnahmslos stolperte sie hinter ihm her bis zu seinem Wagen. Er schob sie auf den Beifahrersitz und schnallte sie an. Sie schaute ihn immer noch ungläubig an.

„Wohin bringen sie mich?"

Er setzte sich hinter das Steuer und sah sie mit ernsten Augen an.

„Ich weiß, sie haben eine ganz besondere Sicht auf Männer. Wir fahren jetzt zu mir. Aber nicht, weil ich die Situation ausnutzen will, sondern weil ich glaube, dass sie mir eine ganze Menge zu erzählen haben."

23

Sie setzten die Fahrt nach Waddeweitz schweigend fort. Während Corvin in seinem Kopf die Fragen sortierte, die er ihr stellen wollte, schwirrten in ihrem die Gedanken nur so durcheinander. Sollte sie ihm wirklich vertrauen? Bis jetzt hatte er sich akzeptabel verhalten, aber sie kannte die Männer und hatte schon jede Menge brave und biedere Exemplare erlebt, die bemerkenswerte Fantasien entwickelten, wenn sich plötzlich die Gelegenheit dazu bot.

Sie tat so, als müsste sie einem dringenden Juckreiz am unteren Teil ihres Beines nachgeben. Dabei fuhren die langen Finger ihrer rechten Hand in den Schaft des halbhohen Stiefels. Der kleine, an beiden Seiten der Klinge geschliffene Dolch in der Lederscheide war noch da. Den hatten nicht einmal Marco und seine Männer entdeckt.

Bald darauf erreichten sie Corvins Hof. Entgegen seiner Gewohnheit ging er nicht durch die Küche ins Haus, sondern schloss die schwere Eichentür des Haupteingangs auf.

„Bitte sehr, kommen sie herein."

Sie schüttelte den Kopf.

„Gehen sie vor. Ich folge ihnen."

Er merkte sofort, dass sie ihm immer noch misstraute, zuckte mit den Schultern und ging voran.

Sie folgte ihm, schaute in alle Ecken der Diele. Vor dem großen Garderobenspiegel blieb sie stehen.

„Oh, mein Gott!"

Erst jetzt wurde ihr bewusst, wie sie aussah. Ihre kurzen schwarzen Haare standen in alle Richtungen, als habe sie einen Stromschlag abbekommen. Ihr Gesicht war von Rauch und Ruß geschwärzt, an einem Mundwinkel klebte verkrustetes Blut. Corvin war ebenfalls stehen geblieben und schaute sie an.

„Ich denke, sie brauchen dringend ein Badezimmer."

Sie nickte und schaute immer noch entgeistert in den Spiegel.

Er zeigte mit dem Finger auf die Treppe.

„Gehen sie nach oben. Gleich hinter der ersten Tür rechts ist das Bad. Da gibt es auch saubere Handtücher. In dem weißen Schrank liegen frische T-Shirts. Wenn sie wollen. Vielleicht passt ihnen eins."

Er wollte in die Küche gehen, blieb aber stehen und drehte sich um.

„Der Schlüssel steckt innen in der Tür. Sie können also beruhigt abschließen."

Sie schaute ihn mit ernsten Augen an, nickte und ging mit schleppenden Schritten nach oben.

Erst jetzt merkte er, wie das Adrenalin, das ihn auf Hochtouren hatte laufen lassen, sich langsam zurückzog, und die Müdigkeit in ihm hochkroch. Reiß dich zusammen, dachte er, das ist jetzt alles viel zu wichtig.

Er nahm zwei Kaffeebecher aus dem Regal und holte das Brot, das er am Morgen frisch angeschnitten hatte, aus dem Küchenschrank. Und inspizierte den Wurst-, Schinken- und Käsevorrat, der sich im Kühlschrank dank Lilos vorrausschauenden Haushaltsplanung anbot.

Er begann, den Tisch zu decken und während er das tat, schoss ihm ein Gedanke durch den Kopf.

Der kleine digitale Voicerecorder, den er immer benutzte, wenn ihm plötzlich etwas einfiel, kam ihm plötzlich in den Sinn. Der hatte ein hochempfindliches Mikrofon und eine Aufnahmekapazität von über 1500 Stunden. In diesem Moment hörte er sie die Treppe hinunterkommen.

Mit schnellen Schritten ging er in sein Schlafzimmer, nahm den Recorder aus der Schublade seines Nacht-schranks, schaltete ihn ein, eilte zurück und platzierte das Gerät im obersten Regal des Tellerbords.

Sie öffnete die Tür, ging ein paar Schritte in den Raum und schaute sich in der Küche um.

„Wohnen sie hier ganz allein?"

Er nickte.

„Ja, halbe Tage ist meine Haushälterin hier und ab und zu habe ich Gäste. Möchten sie einen Kaffee oder ein Was-ser?"

Das erste Mal sah er den Anflug eines Lächelns in ihrem Gesicht.

„Wenn es keine Umstände macht, bitte beides."

Er drehte sich um, stellte einen Becher unter die Aus-laufhähne der Kaffeemaschine und öffnete den Kühl-schrank, um ein Glas Mineralwasser einzugießen.

„Offenbar haben sie alles gefunden", sagte er und schau-te auf das T-Shirt mit dem Aufdruck „Hard Rock Café", das er vor ein paar Jahren in New York gekauft, aber noch nie getragen hatte.

„Ja, danke. Mir geht es jetzt schon viel besser."

Er stellte zwei Becher mit Kaffee auf den Tisch und setz-te sich.

„Wenn sie lieber schlafen wollen, sagen sie es bitte. Ich habe zwei Gästezimmer. Übrigens auch von innen abschließbar. Dann setzen wir unsere Unterhaltung mor-gen fort."

Er schaute auf die große Wanduhr und hörte den beru-higenden Schlag ihres Pendels.

„Was heißt morgen. Heute ist ja schon morgen."

Sie schlürfte einen Schluck Kaffee.

„Nein. Lassen sie uns reden. Jetzt."

Sie stellte den Becher zurück auf den Tisch.

„Erst einmal muss ich mich bedanken. Ja, man kann es nicht anders sagen. Sie haben mir das Leben gerettet. Ich nehme an, der Brand gehörte zu ihrem Plan?"

„Ja. Eine andere Möglichkeit, sie dort rauszuholen, gab es nicht."

Sie nahm erneut einen Schluck Kaffee.

„Ich hatte sie zwar um Hilfe gebeten. Aber sagen sie mir, warum sind sie ein solches Risiko eingegangen. Ich bin doch für sie eine wildfremde Frau?"

Corvin lehnte sich zurück.

„Das stimmt. Aber sie sind vor allem ein ungewöhnlicher Mensch, der mich sehr interessiert hat. Von Anfang an. Oder sagt man heute Menschin?"

Sie lachte.

„Sie sind aber auch ein ungewöhnlicher Typ. Wissen sie, wenn man Männer durch die Branche kennenlernt, in der ich arbeite, dann weiß man, dass sie alle gleich sind. Ob alt oder jung, klug oder dämlich. Sie wollen so schnell wie möglich mit dir ins Bett. Und daran haben sie wohl nie gedacht."

Corvin grinste.

„Es wäre doch unglaubwürdig, wenn ich das jetzt bestreiten würde. Aber kennen sie das nicht? Sie finden jemanden faszinierend und wollen alles über ihn – oder sie – wissen?"

Ihr Blick wanderte ab.

„Oh ja, das kenne ich. Und wie ich das kenne. Das ist meistens so, wenn man jung und verknallt ist. Und dann gerät man an den Falschen und – peng – nach ein paar Wochen ist die Seifenblase zerplatzt. Bei manchen Männern ist das sogar die Masche. Und aus dem sensiblen Kunstfreund wird mit einem Mal das prügelnde Machoekel."

„Soweit ich das sehe, haben sie sich doch aber ganz gut behauptet."

Sie nickte.

„Ja, aber mal eine Zwischenfrage. Wir sitzen hier ganz relaxed und draußen hat sich gerade ein Inferno abgespielt. Sind sie eigentlich sicher, dass nicht gleich die Polizei bei ihnen klingelt?"

Er stand auf, ging zum Kühlschrank und goss sich ein frisches Glas Wasser ein.

„Total sicher. Ein alter Freund kümmert sich um alles. Und der sorgt dafür, dass wir uns in aller Ruhe unterhalten können."

Sie schaute ihn forschend an.

„Jetzt mal ehrlich. Wir haben gerade ein Riesending wie aus einem Actionfilm erlebt, sie haben mir das Leben gerettet, haben ihr eigenes riskiert. Diese Inszenierung wird sie einiges gekostet haben. Ich komme immer noch nicht dahinter, worauf sie hinauswollen. Sie wollen nicht vögeln, sie wollen keine Gespräche über den Sinn des Lebens. Wir sitzen nur einfach da und machen Small Talk. Was, zum Teufel, treibt sie an?"

Er stellte sein Wasserglas mit einem Ruck auf den Tisch und stand auf. Seine Stimme wurde etwas lauter.

„Was mich antreibt? Einer meiner besten Freunde sitzt in Untersuchungshaft, weil ihm ein Mord angehängt wird. Ein Mord, mit dem er nichts zu tun hat.

Sein Name ist Karsten Hoppe, von allen nur Kalle genannt. Ich denke, der Name sagt ihnen was, Paloma.

Oder soll ich lieber Julie zu ihnen sagen, Frau Kossak?"

Sie versuchte, ihre Gesichtszüge im normalen Modus zu halten, aber es gelang ihr nicht. Für Sekunden starrte sie ihn ungläubig an.

„Ich weiß nicht, wovon sie reden."

Corvin merkte, wie die Wut in ihm hochkroch. Er verließ die Küche, eilte in sein Zimmer, war kurz darauf zurück und knallte den Ausdruck aus dem „Hamburger Abendblatt" vor ihr auf den Tisch.

Mit ausgestrecktem Finger zeigte er auf das Foto, das die Schwester der vom Dach des Hochhauses gesprungenen Yvonne zeigte.

„Und wer, bitte schön, ist das?"

Sie starrte auf das Foto.

„Oh mein Gott. Das ist… Okay, sie haben gewonnen."

Er ließ sich zurück in den Sessel fallen.

„Entschuldigung, dass ich etwas laut geworden bin. Das war nicht meine Absicht."

Sie hob beschwichtigend die Hand.

„Alles klar. Ich bin ihnen eine Erklärung schuldig. Hören sie mir zu?"

In diesem Moment hörten sie lautes Klopfen an der Haustür. Corvin schnellte in seinem Sessel nach vorn. Paloma-Julie schaute ihn mit aufgerissenen Augen an.

„Wer ist das?"

Corvin stand auf.

„Ich denke, ich weiß, wer das ist."

Er ging zur Haustür, drehte den Schlüssel um und öffnete sie.

„Kommse rein, guter Mann."

Ermel sah müde und abgekämpft aus. Corvin schloss die Tür hinter ihm.

„Möchtest du was trinken?"

Ermel schüttelte den Kopf.

„Nee, danke. Ich hau mich jetzt gleich aufs Ohr. Ich merke schon, dass ich nicht mehr der Jüngste bin. Hab ich dasselbe Zimmer wie letztes Mal?"

Er schlurfte zur Treppe, blieb stehen und warf einen Blick in die Küche.

„Ihnen auch eine angenehme Nachtruhe. Ich hoffe, sie haben sich von dem Feuerwerk erholt."

Wieder schwiegen sie eine Minute, die Corvin wie eine Ewigkeit vorkam.

Sie räusperte sich.

„Kann ich noch ein Glas Wasser haben?"

Er stand auf und stellte die angebrochene Flasche mit Wasser auf den Tisch.

„Bitte, bedienen sie sich."

Sie griff nach der Flasche und goss sich ein Glas ein.

„Damit sie die Zusammenhänge verstehen, muss ich etwas ausholen. Sind sie einverstanden?"

Er nickte.

„Ich höre zu."

Bevor sie begann, nahm sie einen großen Schluck Wasser.

„Also, sie haben recht. Ich bin Julie Kossak, die ältere Schwester von Yvonne. Meine Schwester war ein fröhliches, intelligentes Mädchen, aufgeschlossen gegenüber allen Menschen und immer neugierig. Als sie Karsten kennenlernte, war sie gerade in die 13. Klasse gekommen, auf dem Wege zum Abitur. Sie wurde von Jungs geradezu umschwärmt und darum haben wir uns gewundert, dass sie sich in einen jungen Mann verliebte, der zwar nett und höflich war, andererseits aber introvertiert und grüblerisch wirkte. Aber Gegensätze ziehen sich ja bekanntlich an und wir hatten den Eindruck, dass die beiden sehr glücklich miteinander waren. Ich sah sie nur sporadisch, denn ich hatte zu dieser Zeit gerade unser gemeinsames Elternhaus verlassen und war nach Hamburg gezogen, wo ich mit einem Soziologiestudium begonnen hatte. Unsere Mutter stammt übrigens aus einer Hugenottenfamilie. Deshalb die französischen Namen.

Ich hatte zu der Zeit sehr viel zu tun und sah meine Familie nur sehr selten. Ich erinnere mich aber, dass ich eines Tages nach Hause gekommen bin und sofort merkte, dass mit Yvonne irgendetwas nicht stimmte. Sie verhielt sich anders als sonst. So, als stünde sie vor einer großen Entscheidung. Ich bohrte und bohrte und dann rückte sie plötzlich mit der Wahrheit heraus. Sie und Karsten seien sehr glücklich miteinander, aber dann habe sie jemanden kennengelernt und das habe sie umgehauen.

Er sei, wie Karsten, Architekt und auch Musiker und er habe eine Ausstrahlung, der man sich einfach nicht entziehen konnte. Er sei praktisch der Gegenentwurf zu Karsten. Lebenslustig, charmant, redegewandt und von allen Frauen umschwärmt. Dass er nun ausgerechnet ein Auge auf sie geworfen hatte, machte sie richtig stolz. Sie habe auch gleich mit ihm geschlafen und das sei das Größte gewesen, das sie je auf diesem Gebiet erlebt habe.

Ich habe ihr damals gesagt, dass nur sie entscheiden kann, wer der Richtige ist. So eine himmelstürmende Verliebtheit aus dem Stand könne auch ganz schnell wieder auf dem Boden landen, während eine weniger leidenschaftliche Verbindung für eine dauerhafte Zukunft oft besser geeignet sei.

Ich bin dann wieder nach Hamburg gefahren und habe eine ganze Zeit nichts von ihr gehört.

Zu diesem Zeitpunkt ging es unseren Eltern gesundheitlich immer schlechter. Sie hatten das Lokal schon vor längerer Zeit aufgeben müssen und brauchten jetzt einen Platz in einem Pflegeheim. Ich habe dann auch einen in Hitzacker gefunden, während Yvonne sich gar nicht an der Suche beteiligte. Sie teilte mir nur kurz mit, dass sie mit Karsten Schluss gemacht habe und mit Klaus nach Hamburg gehen werde. Er habe da ein tolles Geschäft in Aussicht und sie sei sehr glücklich. Gesehen hatte ich diesen Klaus bis zu dem Zeitpunkt immer noch nicht.

Ich habe dann ein ganzes Jahr nichts von meiner Schwester gehört. Zu diesem Zeitpunkt habe ich mich innerhalb meines Studiums an einer Studie über die Lebenssituation von Frauen beteiligt, die man heute als Sexarbeiterinnen bezeichnet. Ich lernte dabei die schrägsten Vögel kennen, unter anderen auch Anton Kratochvil, denn alle auf dem Kiez nur Kartoffel-Toni nannten. Zuerst fand ich ihn widerlich, nach und nach stellte ich aber fest, dass er eigentlich ein ganz netter Kerl war, nur etwas ruppig. Er mochte mich auch und entgegen allen Gerüchten habe ich nie etwas mit ihm gehabt. Im Gegensatz zu meinen Kommilitonen hatte ich überhaupt keine Schwierigkeiten, Gesprächspartner für meine Interviews zu finden, Toni konnte mir alle gewünschten Türen öffnen.

Ich habe in dieser Zeit immer wieder versucht, Kontakt zu Yvonne aufzunehmen, aber sie war einfach wie vom Erdboden verschwunden. Einmal hat sie mich angerufen, sie hätte im Moment wahnsinnig viel zu tun, aber sie klang mehr als seltsam.

Irgendwann habe ich dann das Studium abgebrochen und Tonis Angebot angenommen, seine rechte Hand zu werden. Das war auch gut, denn sein Laden auf St. Pauli lief bestens und Toni machte so gut wie keine krummen Dinger. Alle Avancen aus der Unterwelt lehnte er ab und damit konnte er ganz gut leben. Besonders zimperlich war er allerdings nicht. Er wusste, wie man sich Respekt verschafft."

Julie beugte sich vor und trank einen Schluck Wasser.

„Bin ich zu langatmig?"

Corvin schüttelte den Kopf.

„Nein, erzählen sie weiter."

Sie stellte das Glas zurück auf den Tisch. Durch die Fenster schien bereits das erste Morgenlicht.

„Es grenzt schon an das Unwahrscheinliche, dass wir im gleichen Milieu unterwegs waren, ich meine Schwester aber nie getroffen habe. Doch dann, eines Tages, passierte es. Ich hatte mir gegen Mittag gerade etwas aus dem Imbiss am Millerntor geholt, da sah ich sie auf der anderen Straßenseite. Etwa auf der Höhe des Operettenhauses. Ich bin bei Rot über die Straße gerannt, ihr hinterher und habe sie an der Schulter gepackt. Als sie sich umdrehte, habe ich fast einen Herzinfarkt bekommen. Das war nicht mehr meine schöne, lebenslustige Schwester. Das war eine von allen Schrecklichkeiten dieses Lebens – von Alkohol und Drogen – gezeichnete Frau, die gefühlt um zwanzig Jahre gealtert war. Ich glaube, zuerst hat sie mich gar nicht erkannt und wollte nicht mit mir reden. Aber dann habe ich es doch noch geschafft. Ich habe sie in unser Büro gebracht und ihr erst einmal einen Kaffee gekocht.

Sie hat so gezittert, dass sie nicht einmal die Tasse zum Mund führen konnte. Eine richtige Unterhaltung war gar nicht möglich. Ich hatte zu diesem Zeitpunkt ein schönes Apartment im Hochhaus an der Palmaille mit einem grandiosen Blick über die Elbe. Dorthin habe ich sie gebracht und dort hat sie erst einmal mehr als zwölf Stunden geschlafen.

Mittlerweile kannte ich ja solche Abhängigen und darum wusste ich, wie sie sich verhalten würde, wenn sie aufwachte und voll auf Entzug war. Nach dem ersten Schnaps hat sie sich erst einmal erbrochen, was sie aber nicht daran gehindert hat weiterzutrinken. Als sie auf einem gewissen Level war, hat sie plötzlich ganz klar gesprochen und mir das Wichtigste erzählt. Die heiße Liebe zu dem wunderbaren Klaus sei sehr schnell zu Ende gewesen. Er habe sie in seine Abhängigkeit gebracht, ihr gedroht, sie geschlagen. Er brauche dringend Geld, habe er ihr gesagt, und sie müsse ihm helfen. Wenn sie nur ein paar Mal mit Geschäftsfreunden ins Bett ginge, wäre das bald überstanden. Er habe da so ein Luxusapartment in Hamburg und die Herren würden sehr gut bezahlen. Ein Schlückchen vorher und alles sei gar nicht so schlimm.

So ist sie immer tiefer abgesackt, bald hat er sie ganz fallen lassen und sie ist auf den Strich gegangen. Ich habe gesagt, sie könne erst einmal bei mir bleiben, aber als ich am Abend nach Hause kam, war sie weg. Ich habe ganz St. Pauli nach ihr abgesucht, sie aber nicht gefunden. Offenbar hat sie zu dieser Zeit schon am Truckerstrich an der Süderstraße gestanden.

Und dann bekam ich diesen Anruf von der Polizei. Sie stehe auf dem Dach des Hochhauses am Millerntor und drohe zu springen, wenn jemand in ihre Nähe käme. Einem Pastor von der Michaeliskirche, der gerade vorbeikam und sich angeboten hat, ist es dennoch gelungen an sie heranzukommen. Dem hat sie einen Zettel mit einer Telefonnummer gegeben. Dann ist sie gesprungen. Die Nummer auf dem Zettel war meine."

Julie schluckte, griff erneut zum Glas und trank einen Schluck Wasser.

„Zu diesem Zeitpunkt wusste ich schon, dass der Klaus mit Nachnamen Nowak hieß. Yvonne hatte es irgendwann mal erwähnt. Damals habe ich mir geschworen, dass ich diesen Kerl zur Strecke bringen werde. Und wenn es noch so lange dauere."

Corvin hatte bisher schweigend zugehört.

„Und wie sind sie dann ins Wendland gekommen?"

„Das wollte ich gerade erzählen. Auf St. Pauli änderten sich zu dieser Zeit immer mehr die Machtverhältnisse. Die Albaner rissen alles an sich und waren dabei überhaupt nicht zimperlich. Eines Tages fragte mich Toni, ob ich jemals etwas über das ‚Haus am Moor' gehört habe, ich käme doch aus der Gegend. Ein guter Kunde habe ihn darauf aufmerksam gemacht. Das sei billig zu haben und wenn man es richtig anstelle, könne man eine Goldgrube daraus machen. Zuerst wollte ich auf keinen Fall mitkommen und bin in Hamburg geblieben. Aber Toni hat all seine Überredungskünste aufgeboten. Und eines Tages habe ich dann eingewilligt."

Corvin hob die Hand.

„Eine Zwischenfrage. Hatten sie keine Angst, dass ihnen viele alte Bekannte begegnen, wenn sie wieder in ihre alte Heimat zurückkehrten?"

Sie schüttelte den Kopf.

„Nein. Erstens stehe ich zu meinem Job und zweitens habe ich mich äußerlich so verändert, dass sogar meine Mutter Schwierigkeiten gehabt hätte, mich zu erkennen. Aber lassen sie mich weitererzählen.

Es dauerte nicht lange, da erschien auch Klaus Nowak im Haus am Moor. Er hatte angerufen und seinen Besuch mit vollem Namen angekündigt. Ich weiß noch, als ich ihn das erste Mal gesehen habe. In seiner ganzen Selbstverliebtheit, seiner Arroganz. Schaut her, ihr Mädels, ich gönne euch einen Teil meiner Aufmerksamkeit. Und dafür macht ihr schön die Beine breit. Von der ersten Sekunde an habe ich ihn gehasst. Und beschloss, alles über dieses Schwein rauszukriegen und ihn zur Strecke zu bringen.

Und dann habe ich ihn verfolgt. Zum Teil selbst, zum Teil durch Privatdetektive, die ich dafür bezahlt habe.

Es hat sehr lange gedauert, aber dafür habe ich auch alles rausbekommen. Bis ins kleinste Detail."

24

Vogelgezwitscher und erste Sonnenstrahlen, die vom Osten auf den Hof schienen, versprachen einen schönen Tag im Spätsommer. Corvin stand von seinem Stuhl auf.

„Ich habe sie jetzt lange genug strapaziert. Wenn sie sich etwas ausruhen möchten, haben sie mein vollstes Verständnis."

Julie schüttelte den Kopf.

„Ich habe sowieso einen anderen Wach- und Schlafrhythmus als die meisten Menschen und ich möchte das hier zu Ende bringen. Ich hätte gern noch einen Kaffee und etwas Hunger habe ich auch. Sie haben ja, wie ich sehe, schon ausreichend vorgesorgt. Aber wenn sie etwas schlafen möchten, tun sie sich keinen Zwang an."

Corvin lächelte kurz.

„Da sind wir uns, glaube ich, ziemlich ähnlich. Während der Zeit bei der Poilzei in Hamburg habe ich manchmal drei Nächte lang nicht geschlafen."

Er nahm die Kaffeebecher und ging zur Maschine. Julie hatte sich inzwischen ein Brot mit Schinken belegt und verschlang es mit Heißhunger. Corvin stellte die gefüllten Becher auf den Tisch. Sie wischte sich mit der Serviette über den Mund.

„Wissen sie, dieser Mann hatte zwei Gesichter. Auf der einen Seite der charismatische Musiker und weltgewandte Charmeur, der die Herzen der Frauen im Sturm erobert. Auf der anderen Seite das verklemmte Söhnchen, dessen pubertäre Schwierigkeiten mit seiner Mutter sich in einem

Hass auf Frauen entlud. Und dieser Hass bedingte, dass er große Freude am Quälen hatte. Ich kann ihnen etwas über seine Kindheit und Jugend erzählen."

Corvin hob die Hand.

„Das brauchen sie nicht. Ich war in seinem Haus in Hitzacker. Da ist jede Beschreibung überflüssig."

Sie schaute ihn überrascht an.

„Sie waren dort? Warum?"

Corvins Miene verfinsterte sich.

„Ich sagte ja schon: Ich suche nach Beweisen, dass mein Freund Kalle nicht sein Mörder ist. Und hoffte, dort Einiges zu finden."

Sie schwieg eine Weile.

„Ja, natürlich. Seine Mutter hat ihm alles beigebracht, was Frauen an einem zugewandten, höflichen Mann mit sehr guten Manieren schätzen. Das ist ihm in Fleisch und Blut übergegangen und machte ihn, zusammen mit seinem unbestritten guten Aussehen, zu einem für Frauen begehrenswerten Typen. Dann noch seine Musikalität, seine Großzügigkeit – welche Frau wäre da nicht begeistert. Dass sie ihm aber auch beigebracht hat, wie sich eine Frau einen idealen Mann im Bett vorstellt, das war wohl etwas zu viel für einen jungen Mann."

Corvin riss die Augen auf.

„Was sagen sie?"

Julie schaute ihn mit unbewegtem Gesicht an.

„Sie haben richtig gehört. Es hat lange gedauert, bis ich das rausgekriegt habe. Nach dem Tod ihres Mannes hat sie ihn gezwungen, regelmäßig mit ihr zu schlafen. Eine Art Ödipus in Hitzacker an der Elbe."

Corvin schüttelte den Kopf.

„Unvorstellbar."

Julie nahm einen Schluck Kaffee.

„Warum sie dann so schnell in einem Pflegeheim verschwand und relativ früh starb, darüber kann ich nur spekulieren. Will ich aber gar nicht und es ist mir auch egal. Ich wollte nur ergründen, warum ein Mensch mit so vielen guten Anlagen zu einem Schwein geworden ist."

„Und zu welchem Schluss sind sie gekommen?"

Julie stellte ihre Tasse wieder auf den Tisch.

„Er war ja nicht blöd. Auf der einen Seite wusste er, welche Anziehungskraft er auf Frauen hatte und auf der anderen Seite ließ er seinem Hass freien Lauf. Das Spiel machte ihm offenbar großen Spaß. Von dem Geld, das er geerbt hatte, kaufte er sich das Apartment in der HafenCity, denn seine Triebe nur im Wendland auszuleben, war ihm nicht anonym genug. Hier kennt jeder jeden und man weiß nicht, wer nun gerade mit wem verwandt oder verschwägert ist. Das kann einem sehr schnell großen Ärger einbringen. Auf jeden Fall gehörte meine Schwester offenbar noch zu den Versuchsobjekten. In Hamburg merkte er dann, dass gerade Damen aus Harvestehude und Blankenese ihm schöne Blicke zuwarfen. Frauen, denen es materiell in ihrer Ehe an nichts mangelte, dafür aber an anderen Dingen. Wie er das alles gewinnbringend zusammensetzen konnte, war ihm nicht klar. Bis er den Ingenieur traf."

Corvin schaute sie überrascht an.

„Er hat wen getroffen?"

Sie lachte kurz auf.

„Das fragen sie mich? Sie haben mir doch selbst ein Bild von ihm gezeigt!"

Corvin rieb sich die übernächtigten Augen.

„Sie kannten Georg Harms? Hab ich's mir doch gedacht."

Sie schüttelte den Kopf.

„Den Namen kannte ich nicht. Bei uns lief er nur unter ‚Der Ingenieur'. Ich glaube auch, niemand wollte seinen Namen wissen. Als Mann war er uninteressant. Sozusagen der Gegenentwurf zu Nowak."

„Und, wissen sie, wo die beiden sich kennengelernt haben?"

Sie lachte.

„Oh ja, das weiß ich. Nowak hatte einen Auftritt bei einem Festival. Nicht das neue bei Langendorf, sondern das bei Dünsche, wissen sie. Ziemlich in der Nähe von Gorleben. Politisch war er völlig uninteressiert, aber er hatte bemerkt, dass sich viele gut aussehende junge Frauen unter den Protestlern befanden. Und dort ist es dann passiert. Techniker haben mir das erklärt. Er benutzte eine ziemlich komplizierte Verstärkeranlage für seine Keyboards und die gab plötzlich ihren Geist auf. Die ortsansässigen Techniker waren wohl überfordert, aber dann meldete sich ein Mann aus dem Publikum. Er sei zwar kein Tontechniker, aber in Elektronik sei er ziemlich fit. Sie ließen ihn gewähren, und – oh Wunder – nach kurzer Zeit lief die Anlage wieder. Nowak war begeistert und lud den blassen Mann nach der Vorstellung zum Essen ein. Und da muss ihm wohl die Idee gekommen sein."

„Was für eine Idee?"

„Der Ingenieur hat ihm wohl allerhand erzählt, vor allem, dass er sich in elektronischer Spionagetechnik sehr gut auskenne. Dass die Bauteile immer winziger würden und dass er ein ganzes Haus verwanzen könnte, ohne dass die Bewohner etwas merken würden. Kann ich bitte noch einen Kaffee haben?"

Corvin nahm ihren Becher und ging zur Kaffeemaschine.

„Lassen sie mich raten. Der Ingenieur, das Apartment in der HafenCity, da haben die beiden einen Plan geschmiedet."

Er kam zurück und stellte den Kaffeebecher auf den Tisch.

„So ist es. In dem Apartment kann man sich nicht den Hintern abwischen, ohne dass man dabei beobachtet wird. Haben sie mal die ‚Truman Show' gesehen?"

Corvin nickte.

„So ähnlich ist das, aber alles noch viel detaillierter."

Sie nahm erneut einen Schluck Kaffee.

„Ich möchte sie aber jetzt nicht noch mit ekligen Einzelheiten beglücken. Im Großen und Ganzen hat er Luxusfrauen aus frustrierten Ehen dorthin abgeschleppt, ein paar Tage den Verliebten gespielt und sie dann erpresst. Vorher hatte er akribisch die Schwachstellen in der Vita seiner Auserwählten recherchiert und sie so unter Druck gesetzt, dass keine gewagt hat, zur Polizei zu gehen. Sie haben alle gezahlt und nicht zu knapp. Doch damit nicht genug. Das Material hat er im Darknet Voyeuren angeboten, die sich das für teures Geld ansehen durften. Es gibt im Internet zwar Pornoseiten ohne Ende, aber das ist für viele langweilig. Erst live mit Frauen, die keine Ahnung haben, dass sie beobachtet werden, das gibt den Kick. Okay, so viel zur Technik. Der Ingenieur bekam für jede Vorstellung eine Provision. Das brachte einen Haufen Geld, aber sicher kein Vermögen. Bis zu dem Tag, als Simone in sein Leben trat."

Corvins beginnende Müdigkeit war mit einem Mal verschwunden.

„Simone? Die mit der Boutique?"

Jetzt schaute Julie überrascht.

„Ach, die kennen sie auch schon?"

Corvin nickte.

„Ja, das erkläre ich ihnen später. Erzählen sie bitte weiter."

Julie winkelte ein Bein an und zog es auf die Sitzfläche ihres Stuhls.

„Nowak hatte Simone als reiche Frau aus Winterhude ausgemacht und mit allen Mitteln versucht, sie in sein Kingsize-Bett in der HafenCity zu bekommen. Das gelang ihm aber nicht, weil sie offenbar mit genau denselben Wassern gewaschen war wie er. Egal, nach drei Dates hatte sie ihn durchschaut und ihm ein Angebot gemacht. Die Boutique sei nur eine Art Nebenjob, ihre Haupteinnahmequelle sei ein Escort-Service. Die jungen Damen stammten alle aus erstklassigem Hause, waren gebildet, hatten ihre eigenen Apartments und sie vermittelte sie auf großzügiger Provisionsbasis.

So lief das Spiel mit dem Apartment in der HafenCity auch umgekehrt, ohne dass die Akteure etwas davon wussten. Mit Erpressung hielt sich Nowak zunächst zurück, nur die Voyeurs-Plattform lief hervorragend.

Corvin schüttelte den Kopf.

„Ich glaub's einfach nicht."

Sie lachte.

„Es kommt noch perfider. Wann immer eine von den Escort-Ladies das Apartment benutzte, verschaffte sich der Ingenieur Zugang zu der Wohnung des betreffenden Mädels und verwanzte sie. So ging das Stück für Stück und bald hatten sie ein ganzes Netz von Möglichkeiten zwischen Voyeurismus und Erpressung. Ein sehr einträgliches Geschäft. Aber, Entschuldigung, ich muss mal. Wo ist hier das Klo?"

Corvin zeigte zur Tür.

„Gleich hier links. Die zweite Tür. Ist auch von innen abschließbar."

Sie machte sich gerade und schaute ihn vorwurfsvoll an.

„Lassen sie ihren Zynismus. Ich habe inzwischen kapiert, dass ich ihnen vertrauen kann."

Mit diesen Worten verschwand sie auf dem Flur. Corvin beschlich ein mulmiges Gefühl. Vertrauen? Sein Blick ging zu dem Recorder auf dem Tellerbord. Egal, du tust es für Kalle.

Wenig später kam sie zurück.

„Darf ich mich hier in den Sessel setzen? Ihre Stühle sind schon sehr hart."

Er sprang auf.

„Aber natürlich. Machen sie es sich bequem."

Er nahm seinen Stuhl, rückte ihn in die Nähe des Sessels, setzte sich rittlings darauf und verschränkte seine Arme über der Stuhllehne.

„Und nun sagen sie mir doch, was der Ingenieur mit dem Haus am Moor zu tun hatte."

Sie stutzte einen Augenblick, dann lächelte sie.

„Auch das ist eine kuriose Geschichte. Nowak war schon ein paar Mal bei uns gewesen, ohne dass wir wussten, dass er nebenbei auch noch Musiker war. Etwas angetrunken hatte er sich ans Klavier gesetzt und die Gäste so hervorragend unterhalten, dass Toni begeistert war und ihm anbot, dass er nichts bezahlen müsste, wenn er wieder einmal für die Gäste spielen und singen würde. Eines Tages kam er in Begleitung eines blassen Mannes. Er erzählte Toni, dass er dem viel zu verdanken habe und alles auf seine Rechnung ginge. Das Auge des Ingenieurs fiel sofort auf eine hübsche Tschechin mit Namen Tereza, sie nahm ihn mit aufs Zimmer und als sie wiederkamen, war es wohl um ihn geschehen. Er war bis über beide Ohren verknallt. Das erleben wir häufiger mal, aber das vergeht auch immer sehr bald wieder. In diesem Fall war es anders und beruhte wohl auch auf Gegenseitigkeit. Zu diesem Zeitpunkt hatte ich keine Ahnung, was für Geschäfte er mit Nowak machte und ich weiß auch nicht, ob das seine oder ihre Idee war. Auf jeden Fall bekam Toni eines Tages heraus, dass das Zimmer, in dem Tereza meistens arbeitete, verwanzt war. Er machte einen Riesenlärm, schrie immer rum, dass wir ein anständiger Puff seien und drohte ihr, sie umzubringen. Am nächsten Tag war sie verschwunden und alle hatten Angst, dass Toni seine Drohung wahr gemacht hat. Heute weiß ich, dass sie ebensolche Angst hatte und bei Nacht und Nebel zurück nach Tschechien geflohen ist. Vom Ingenieur habe ich nie wieder etwas gehört, bis auf den Tag, als du mir das Bild gezeigt hast. Oh, Entschuldigung, jetzt habe ich sie geduzt."

Corvin lachte.

„Keine Ursache. Mir liegt das schon eine ganze Zeit auf der Zunge. Bei dem, was wir schon zusammen durchgemacht haben, ist es ziemlich albern, wenn wir uns siezen. Aber jetzt erzähle mir bitte, wie Nowak ums Leben gekommen ist. Es gibt da ja einige, die seinen Tod nicht bedauern. Weißt du, wer ihn erschossen hat?"

Sie nickte.

„Ja, das weiß ich."

Sie machte eine Kunstpause.

„Ich habe es getan. Aber auch das ist eine ziemlich ungewöhnliche Geschichte."

Corvin stand auf, drehte den Stuhl wieder um und lehnte sich zurück.

„Dann erzähle sie mir bitte."

Sie atmete tief ein.

„Ich hatte ja nun schon eine lange Zeit Material über dieses Schwein zusammengetragen. Nur, um es ihm eines Tages um die Ohren zu hauen und ihn anzuzeigen, damit der Tod meiner Schwester gerächt werden konnte. Eines Abends, nachdem er bei uns wieder einmal den charmanten Entertainer gegeben hatte, habe ich ihm aufgelauert. Auf dem Weg zu seinem Wagen habe ich mich ihm in den Weg gestellt und ihm ein Foto von Yvonne unter die Nase gehalten. Er war zunächst sprachlos und blieb es auch erst einmal, weil ich ihm alles vorhielt, was ich von ihm wusste. Er wurde abwechselnd rot und blass, aber dann lachte er, griff in seine Innentasche, zog eine Pistole am Lauf heraus und reichte sie mir mit den Worten:

„Dann kann ich mich ja nur noch erschießen. Aber ich kann das nicht, bitte tun sie es für mich."

Ich habe von Waffen keine Ahnung. Jedenfalls nahm ich sie und richtete sie auf ihn. Das brachte ihn dazu, nochmals laut zu lachen.

„Ihr Weiber. Eine noch dämlicher als die andere. Dir fehlt ein kleines Detail, meine Süße."

Damit griff er in die Außentasche und zeigte mir das Magazin, das er vorher aus dem Griff der Pistole entfernt hatte. Ich weiß nicht warum, aber ich habe dennoch abgedrückt. Wahrscheinlich aus Wut, dass er mich nun auch noch vorgeführt hatte. Es gab einen Knall, er schaute mich ungläubig an. Und dann bildete sich auf seinem weißen Hemd in der Herzgegend ein riesiger Blutfleck. Er verdrehte die Augen und fiel mir vor die Füße. Ich war vor Schreck ganz starr, bin dann wieder zurück ins Haus gerannt und habe Toni geholt. Er hat die Situation sofort überschaut und gesagt, dass Nowak wohl vergessen hatte, dass eine Patrone bereits im Lauf steckte. Er meinte, viele machen das. Schieben das Magazin ein, laden dann durch und legen im Magazin eine Patrone nach. Dann haben sie einen Schuss mehr. Wenn eine Zeit vergangen ist, vergisst man das manchmal. Dann hat Toni seine Leute angewiesen, die Leiche woanders abzulegen und Nowaks Wagen verschwinden zu lassen. Sowas könne er hier überhaupt nicht brauchen. Und zu mir hat er gesagt, ich solle so schnell wie möglich zum Tagesgeschäft zurückkehren. Dann hat er das Magazin in den Griff der Pistole geschoben, sie mir wiedergegeben und gesagt, ich solle sie ins Moor werfen."

Während der letzten Minuten hatte Corvin sie ungläubig angestarrt.

„Das ist ja eine völlig irre Geschichte. Und alles hat sich tatsächlich so zugetragen?"

Sie warf ihm einen bösen Blick zu.

„Du misstraust mir? Warum sollte ich dir etwas vorlügen? Alles ist so gewesen, wie ich es dir erzählt habe. So und nicht anders. Und ich weiß auch, dass ich dafür bestraft werde. Aber das war es mir wert."

Corvins Stirn legte sich in Falten.

„Das war allerhöchstens fahrlässige Tötung. Auf jeden Fall kein Mord oder Todschlag. Zur Last gelegt wird dir auf alle Fälle, dass du dich nicht gleich gestellt hast. Darüber sollten wir noch mal reden. Aber vorher habe ich noch Fragen."

Sie lehnte sich zurück.

„Bitte sehr!"

„Wenn da so viel Geld geflossen ist, wieso finden sich darüber kaum Unterlagen? Auf Nowaks Konto gab es immer wieder Einzahlungen von ihm selbst aber auf

Georgs Konto gab es sowas nicht. Ich habe alles durchgesehen."

„Weil alles in bar abgewickelt wurde. Er hat in bar kassiert und er hat den Ingenieur bar bezahlt. Keine Buchungen, keine Quittungen."

Corvin schüttelte den Kopf.

„Doch, doch. Ich glaube, Georg, den du den Ingenieur nennst, hat so eine Art Kassenbuch geführt. Alles nur Buchstaben und Zahlen. Als ich das gefunden habe, war mir bloß nicht klar, was er da notiert hatte. Aber irgendwo muss er das Geld doch gelassen haben.

Und noch eine Frage. Als ich in dem Hamburger Apartment war, habe ich im Kleiderschrank eine Tür gefunden, hinter der sich ein weiterer Raum befand. Es war allerdings stockdunkel. Weißt du, was das ist?"

Sie nickte.

Das war die angrenzende Wohnung, ein Ein-Zimmer-Apartment. Die hat Nowak später noch dazu gekauft. Das war so eine Art Regieraum, von wo aus man alle verwanzten Wohnungen überwachen konnte. Und außerdem war es die Werkstatt des Ingenieurs. Zuerst hatte er sie in Nowaks Haus in Hitzacker, später dann in dieser Wohnung."

Für eine kurze Zeit schwiegen beide. Corvin schien über etwas nachzudenken.

„Eine Frage bewegt mich noch, die aber nicht mal du beantworten kannst. Wieso zieht jemand wie Nowak, der ein solches Leben führt, in Erwägung, sich einer Amateurband wie der unseren anzuschließen?"

Sie zog die Mundwinkel nach unten.

„Ich weiß es nicht, aber ich kann es mir denken. Er fühlte sich durch euer Interesse geschmeichelt und bewundert.

So etwas brauchte er wie das tägliche Brot. Und außerdem konnte er Karsten, den du Kalle nennst, damit demütigen. Andere zu quälen, gehört ja auch zu seinen liebsten Tätigkeiten. Aber ich garantiere dir, er wäre ein- oder zweimal zu euren Treffen gekommen und dann wäre es ihm zu langweilig geworden, weil er nicht mehr im Mittelpunkt des Interesses gestanden hätte."

Corvin stand von seinem Stuhl auf.

„Ich muss das alles erst einmal sacken lassen. Danke für deine Ehrlichkeit. Ich schlage vor, dass du dich jetzt wirklich erst einmal ausruhst, und danach besprechen wir, wie wir weiter vorgehen sollten."

Sie schüttelte energisch den Kopf.

„Deine Fürsorge ist sehr nett gemeint, aber ich möchte jetzt erst einmal mein Auto holen. Erstens war das ziemlich teuer und zweitens befinden sich meine wichtigsten Sachen im Kofferraum. Ich hatte nämlich alles so eingerichtet, dass ich jederzeit verschwinden konnte. Den Wagen habe ich so geparkt, dass ihn vom Haus aus niemand sehen kann. Würdest du so nett sein und mich in der Nähe absetzen? Dann drehst du um und fährst wieder nach Hause. Es sind bestimmt noch Leute an der Brandstelle und man sollte uns nicht zusammen sehen. Danach komme ich wieder her und nehme gern deine Gastfreundschaft in Anspruch."

Corvin zuckte mit den Schultern.

„Wie du willst."

Sie gingen über den Hof bis zu Corvins Mercedes, in dem immer noch der Brandgeruch schwebte. Schweigend fuhren sie in Richtung Moor.

Nachdem er in den Waldweg eingebogen war, drosselte Corvin das Tempo.

„Sag mir, wo du aussteigen willst, ich fahre dann gleich zurück."

Sie nickte.

„Noch gut zweihundert Meter, dann gehe ich zu Fuß weiter."

Einen Augenblick später hob sie die Hand und Corvin hielt an.

Sie öffnete die Tür, drehte sich noch einmal zu ihm um und sah ihm in die Augen.

„Danke und bis gleich."

Dann schlug sie die Tür wieder zu und war in Sekunden im dichten Wald verschwunden.

Er wendete und fuhr wieder zurück. Irgendwie hatte er kein gutes Gefühl.

Ermel und Lilo saßen in trauter Zweisamkeit am Küchentisch. Als er die Tür öffnete, drehte sich Ermel zu ihm um.

„Hey Erik, da bist du ja. Wir haben uns schon Sorgen gemacht. Wo ist Paloma?"

Lilo schaute ihn irritiert an.

„Paloma? Ist das deine neue Flamme?"

Corvin machte eine wegwerfende Handbewegung.

„Erstens heißt sie nicht Paloma sondern Julie und zweitens ist sie nicht meine Flamme sondern eine Frau, der ich in einer Notsituation geholfen habe. Sie wird gleich hier sein und bleibt dann erst einmal. Du kennst sie übrigens, Lilo."

Lilo machte große Augen.

„Wie das?"

Corvin lächelte.

„Du hast mir doch von dem Mädchen Yvonne erzählt,

das in Hamburg vom Dach gesprungen ist. Julie ist ihre ältere Schwester."

Lilo schlug mit der flachen Hand auf den Tisch.

„Das ist ja'n Ding! Das musst du genauer erzählen."

Corvin wollte gerade etwas sagen, als sein Handy sich meldete.

Die weibliche Stimme am anderen Ende klang ziemlich missmutig. Eine Weile hörte Corvin zu, nickte dabei immer wieder mit dem Kopf.

„Ja, Corinna, du hast völlig recht. Ich habe gesagt, ich komme am nächsten Tag wieder und das ist jetzt schon wieder mehrere Tage her. Ich bin in einen Strudel von Ereignissen hineingerissen worden und indirekt hat das auch etwas mit dir zu tun. Heute kann ich nicht mehr, aber ich verspreche dir, morgen komme ich und erzähle dir alles. Punkt zehn bin ich bei dir. Und wenn die Welt untergeht."

Ermel lachte.

„Mein Gott, Erik, die Frauen reißen sich ja geradezu um dich. Ich könnte…"

Lilo fiel ihm ins Wort.

„Das kannst du wohl sagen. Da gibt es einige, die gern Frau Corvin werden möchten. Aber unser Erik lässt sich nicht an die Kette legen. Warum auch? Er hat ja auch so alles. Und außerdem können die jungen Frauen heute alle nicht mehr kochen. Und das ist schließlich das Wichtigste."

Ermel lachte.

„Och, mir fielen da auch noch ein paar andere Dinge ein."

Sein Blick fiel wieder auf Corvin.

„Hey, Junge, wir reden von dir. Aber du bist ganz woanders."

Corvin schaute ihn irritiert an.

„Wie? Was hast du gesagt? Ach so…"

Er schaute auf seine Armbanduhr.

„Ich verstehe das nicht. Sie müsste längst wieder hier sein."

Er zog sein Handy aus der Tasche und tippte auf ihre eingespeicherte Nummer. Es war aber kein Rufton zu hören sondern nur die Ansage, dass der Teilnehmer zurzeit nicht erreichbar sei. Auch beim zweiten und dritten Versuch änderte sich das nicht.

Corvin stand auf und ging zur Tür.

„Ich fahre noch mal los. Irgendetwas stimmt da nicht. Sollte sie hier auftauchen, ruft mich bitte sofort an."

Damit öffnete er die Tür und eilte zu seinem Wagen.

Er hatte die Brandstelle schnell erreicht. Vom Haus am Moor war nicht mehr viel übriggeblieben. Überall lagen angekohlte Balken, Reste der Möbel und zerschmetterte Gläser, die noch vor wenigen Stunden von einer lebenshungrigen Meute benutzt worden waren. Ein beißender Geruch von nasser Asche lag in der Luft. Drei Feuerwehrleute hielten Wache, denn unter den verkohlten Trümmern konnten noch Schwelbrände lauern.

Corvin spielte den Überraschten.

„Meine Güte, das sieht ja schlimm aus."

Der Feuerwehrmann nickte.

„Ja, da war nicht mehr viel zu machen. Wir mussten ja auch vor allem den Wald schützen. Wenn das Feuer übergesprungen wäre. Ich sag's ihnen, das wäre eine ziemliche Sauerei geworden."

Corvin zeigte sich entsetzt.

„Sind denn Menschen verletzt worden oder gar Schlimmeres?"

Der Feuerwehrmann schüttelte den Kopf.

„Gottseidank nicht. Sind alle heil rausgekommen. War wahrscheinlich der heiße Sex, der alles in Brand gesteckt hat."

Er lachte lauthals über seinen Witz. Corvin grinste beiläufig.

„Sagen sie, haben sie zufällig ein weißes BMW Cabrio gesehen? Gehört einem Freund und ich sollte mal nachsehen."

Wieder schüttelte der den Kopf.

„Nee, hab ich nicht. Und wenn der in der Nähe gestanden hat, ist er jetzt sicher nicht mehr weiß."

Wieder lachte er schallend. Corvin hob die Hand zum Gruß.

„Ich werde dann mal weitersuchen. Danke und passen sie gut auf sich auf."

Er lief noch eine halbe Stunde im Zickzack durch den Wald. Von Julie und ihrem Auto war weit und breit keine Spur zu finden.

Frustriert ging er zurück zu seinem Wagen und fuhr nach Hause. Lilo und Ermel erkannten sofort seinen Gemütszustand und ließen ihn in Ruhe. Am späteren Nachmittag schaute Ermel in Corvins Zimmer.

„Ich wollt nur Tschüs sagen. Der Kiez ruft. Mach dir keinen Kopf wegen der Kleinen. Die ist durch irgendetwas aufgehalten worden und kommt sicher noch. Die mochte dich sehr, das hab ich mit einem Blick gemerkt."

Er hob die Hand und schloss die Tür. Wieso, dachte Corvin, merken die anderen immer, wenn man sich mag. Auch wenn man so tut, als sei das nicht der Fall.

An diesem Abend ging er früh zu Bett. Obwohl er hundemüde war, konnte er nicht einschlafen. Immer wieder kreisten seine Gedanken um Julie. Dieser Blick, als sie ausgestiegen war. Je länger er darüber nachdachte, desto klarer wurde ihm, dass das ein Abschiedsblick gewesen sein musste.

Egal, sie wird ihre Gründe haben. Doch was wird jetzt aus Kalle? Er hatte zwar die Aufnahme auf seinem Recorder, aber Tonaufzeichnungen waren immer noch ein schwieriges Beweismittel und in vielen Fällen vor Gericht nicht zulässig, weil man sie leicht fälschen konnte. Aber erst einmal musste er es versuchen. Gleich morgen würde er Andi einweihen. Gleich morgen? Halt! Stopp! Du hattest Corinna versprochen, dass du morgen zu ihr fährst. Er musste ihr die ganze Wahrheit über ihren Mann erzählen. Und das war schon ganz harter Tobak. Hoffentlich würde sie das verkraften. Er sollte ihr das ganz vorsichtig und behutsam erklären. Aber erst einmal musste er rauskriegen, was es mit dieser seltsamen Steckdose auf sich hatte, in der offenbar ein Schloss steckte. Er durfte auf keinen Fall den Schlüssel mit der französischen Lilie vergessen. Über diesen Gedanken schlief er ein.

Corinna hatte ihn schon erwartet. Trotz ihrer Trauer sah sie wieder hinreißend aus, dachte Corvin, als er sie winkend am Gartentor sah und ihre roten Haare sich im Wind bewegten.

Sie küssten sich auf beide Wangen.

„Gib mir erst ein bisschen Zeit. Ich muss etwas überprüfen. Dann komme ich zu dir und erzähle dir alles, was du wissen willst."

Sie lächelte ihn an.

„Okay, ich fasse mich in Geduld. Ich bin hinten im Gemüsegarten."

Corvin öffnete die Tür zu Georgs Arbeitsraum im Stallgebäude, setzte sich auf den Bürostuhl und holte die kleine Kette mit der französischen Lilie aus der Tasche, an dem der Sicherheitsschlüssel und der seltsame Stift mit den Einkerbungen hing.

Er ging in die Knie, schaltete die Lampe in seinem Handy ein und schob den Stiftschlüssel in das Loch, in dem die Sperre steckte. Nach drei Versuchen glitt der Schlüssel ohne Widerstand in die gezackte Öffnung. Er drehte den Schlüssel nach rechts. Nichts geschah. Dann nach links und mit einem lauten Knackgeräusch sprangen links und rechts neben der Steckdosenleiste zwei Bügel aus verchromtem Stahl aus der Wand. Er steckte das Handy wieder ein, griff mit den Händen nach jeweils einem Bügel und zog daran. Mit einer Leichtigkeit, wie er sie nicht vermutet hatte, konnte man jetzt den unteren Teil der Wand wie eine riesige

Schublade herausziehen. Wahrscheinlich lief sie auf Kugellagern. Er musste erst einmal den Stuhl wegschieben, bevor er diese Schublade in ihrer ganzen Länge in den Raum gezogen hatte. Sie war gut zwei Meter lang und hatte eine Höhe von rund fünfzig Zentimetern. Was sich darin befand, konnte man nicht sehen, denn sie war mit einem Deckel verschlossen, der wiederum mit einem Schloss gesichert war.

Corvin nahm den zweiten Schlüssel und schob ihn in das Schloss. Er passte und wie von einer Feder nach oben gedrückt, sprang der Deckel ein paar Zentimeter nach oben. Jetzt sah er, dass dieser Deckel aus zwei Teilen bestand. Er griff unter den ersten und hob ihn an.

„Heilige Scheiße", entfuhr es ihm, als er sah, was in dem Hohlraum lag. Geldscheinbündel an Geldscheinbündel. Alles sortiert nach 200-, 100- und 50-Euroscheinen, sorgsam mit Banderolen zusammengehalten. Ein halber Kubikmeter Bargeld. Er öffnete den zweiten Deckel. Auch hier der gleiche Anblick. Nur, dass diese Kammer im Gegensatz zur prall gefüllt ersten noch nicht ganz voll war.

Er klappte die Deckel wieder zu, so dass sie wieder ins Schloss einrasteten, schob die Schublade in die Wand, drückte die Griffe zurück und steckte das Schloss in die Steckdose. Jetzt wurde ihm klar, warum Georg diesen Raum direkt an die Schweinekoben gebaut hatte. Er brauchte einen Hohlraum, in dem die Schublade, von außen nicht sichtbar, verschwinden konnte. Ein perfektes Versteck.

Er ging hinaus in den Garten, um das Haus herum und sah Corinna vor einem Gurkenbeet, wo sie gerade dabei war Unkraut zu jäten.

Sie hatte ihn nicht kommen hören und stieß einen leisen Schrei aus, als er ihr die Hand auf die Schulter legte.

„Mein Gott, Erik, hast du mich erschreckt."

Er nahm sie in den Arm und küsste sie auf die Wange.

„Entschuldige, Corinna, kannst du bitte mitkommen. Ich muss dir etwas zeigen."

Sie schaute ihn mit ernsten Augen an.

„Ist es etwas Angenehmes oder etwas Unangenehmes?"

Er zuckte mit den Schultern.

„Das musst du entscheiden."

Sie gingen zum Stallgebäude. Corvin öffnete die Tür und ließ ihr den Vortritt. Bevor sie in Georgs Arbeitsraum gingen, hielt er sie fest.

„Ist dir hier jemals etwas aufgefallen?"

Sie schaute ihn hilfesuchend an.

„Was soll mir hier aufgefallen sein?"

Er öffnete die Tür.

„Okay, dann komm bitte hier herein."

Er schob den Bürostuhl vom Schreibtisch weg.

„Bitte setze dich und schau genau zu."

Er zeigte ihr die Schlüssel.

„Diese Schlüssel habe ich in Georgs Jacke gefunden. Und nun pass auf."

Er kniete sich nieder und wiederholte die Prozedur wie vor ein paar Minuten. Als er die lange Schublade aus der Wand zog, sprang sie von ihrem Stuhl auf.

„Mein Gott, was ist das?"

Er antwortete nicht, sondern schloss den ersten Deckel auf und klappte ihn hoch.

Für ein paar Sekunden war Stille, dann schrie sie auf.

„Erik! Mein Gott, du hast es gefunden. Ich habe es gewusst, nur du kannst es finden. Mein Gott, wie viel mag das sein?"

Das waren keine Schreie des Entsetzens, sondern die der zügellosen Freude. Als er die zweite Kammer öffnete, schrie sie noch einmal.

„Ich fasse es nicht, ich fasse es nicht."

Er drückte sie sanft auf den Stuhl zurück.

„Das ist die eine Seite. Aber zu diesem Geld gehört eine Geschichte. Und ich glaube, die wird dir nicht gefallen."

Sie strahlte ihn an.

„Schieß los."

Etwas irritiert wegen dieser unerwarteten Reaktion, begann er zu erzählen.

„Zuerst das Positive. Der Mord, von dem Georg in seinen letzten Minuten sprach, hat nie stattgefunden. Du kannst also beruhigt sein."

Sie schüttelte den Kopf.

„Das ist mir ziemlich egal. Wäre auch nicht schade um die kleine Nutte gewesen."

Corvin wollte etwas sagen, doch er verlor den Faden.

„Was hast du gerade gesagt? Du wusstest von…"

Sie unterbrach ihn.

„Natürlich. Tereza hieß die kleine Schwanzlutscherin. Georg hat mir alles erzählt. Er wollte mich verlassen. Wegen so einer. Man glaubt es nicht."

Corvin fand kaum noch Worte.

„Er hat dir alles erzählt? Und warum hast du mich dann um Hilfe gebeten?"

Sie lachte und warf ihr Haar über die Schulter.

„Ja, er hat mir alles erzählt. Auch, dass er viel Geld verdient hatte. Wo er das Vermögen versteckt hatte, behielt er allerdings für sich. Über seinen Tod hinaus. Ich wusste, nur du kannst es finden. Da du aber auch ein sensibler Mensch bist, musste ich dir erst einmal die trauernde Witwe vorspielen. Sonst hättest du mir sicher nicht geholfen."

Zwischen Corvins Augenbrauen bildete sich eine Zornesfalte. Er musste sich zusammennehmen, um nicht loszubrüllen.

„Du hast mich wochenlang auf Spurensuche gehen lassen, nur um herauszukriegen, wo dieser lumpige Zaster liegt? Ich glaube es einfach nicht."

Sie schob die Unterlippe nach vorn.

„So lumpig ist das nicht. Das müssen ein paar Hunderttausende sein, damit kann man schon was anfangen. Und außerdem, Erik Corvin, soll das ja auch dein Schaden nicht sein. Ich habe nicht erst seit gestern das Gefühl, dass wir beide gut zusammenpassen. Mit Georg – das war schon lange nichts mehr. Aber mich einfach verlassen? Wegen einer kleinen Nutte? Dafür musste ich ihn bestrafen."

Corvins Pupillen weiteten sich.

„Bestrafen? Du hast doch nicht etwa..."

Sie lächelte verschwörerisch.

„Wer weiß? Ich bin ja gelernte Krankenschwester. Da kennt man sich aus. Offiziell war es Herzversagen. Das habe ich schriftlich."

Corvin war außer sich.

„Corinna, ich werde alles vergessen, was du gesagt hast. Mit deinem Gewissen musst du allein klar kommen. Aber jetzt geh mir bitte aus dem Weg."

Er schob sie zur Seite, eilte zur Tür durch den Garten zur Pforte. Er hörte, dass sie hinter ihm herlief.

„Erik, so warte doch. Ich brauche dich. Lass es mich erklären."

Er setzte sich in sein Auto und gab Gas, so dass die Kieselsteine auf dem Weg nach hinten flogen. Im Rückspiegel sah er sie gestikulieren.

„Wie siehst du denn aus?", sagte Lilo, als er fast wie in Trance in die Küche stolperte. Wortlos ging er zum Küchenschrank, nahm die neue Flasche Mirabellengeist heraus und goss sich ein großes Glas ein. Mit einem Schluck war der Inhalt verschwunden.

Lilo schaute ihn mit offenem Mund an.

„Meine Güte, dich muss es ja hart getroffen haben. Aber, man soll die Hoffnung nicht aufgeben. Bestimmt kommt sie wieder."

Er ließ sich auf einen Stuhl fallen. Sie legte ihm die Hand auf die Schulter.

„Komm mal mit. Ich zeige dir jetzt was, dass deine düstere Stimmung mit Sicherheit wieder auffrischt."

Er folgte ihr durch den Garten, hinter die Scheune, wo er das Material für den neuen Hühnerstall abgelegt hatte.

Sie strahlte ihn an.

„Na, was sagst du?"

Corvin riss die Augen auf. Das Material, das er dort abgelegt hatte, war verschwunden. Dafür stand dort ein neuer Hühnerstall. Akkurat gezimmert, mit Dachpappe vor Wind und Regen geschützt.

Drum herum ein sorgfältig eingezäunter Auslauf. Lilo griff ihn bei der Hand und zog ihn auf die andere Seite. Lachend ergriff sie ein Seil und zog die Hühnerklappe auf und nieder.

„Nun sag doch schon was. Hat Ermel gebaut in einer unglaublichen Geschwindigkeit. Aber alles sehr solide. Wusstest du eigentlich, dass er mal Zimmermann gelernt hat?"

Corvin stöhnte auf.

„Meine Güte, die vielen Berufe, die Ermel schon ausgeübt haben will – das reicht für drei Leben."

Lilo schlug ihm mit der flachen Hand auf den Rücken, so dass er ein Stück nach vorn taumelte.

„Nun freu dich doch. Morgen kommen die Hühner, die ich bestellt habe. Die werden sich hier wohlfühlen. Und sei bitte besonders nett zu ihnen. Sie müssen sich ja erst einmal einleben."

Corvin nickte kraftlos und lächelte gequält.

„Ja, Lilo, ich verspreche es."

Lilo lachte und schlug ihm noch einmal auf die Schulter.

„Na siehste. Und wenn du dann das erste Ei im Becher hast, dann bist du glücklich."

Sie gingen zurück ins Haus. Plötzlich stutzte Lilo.

„Ach so, hätte ich fast vergessen. Da war ein niedliches Mädchen mit einem witzigen Akzent und hat etwas für dich abgegeben."

Sie bückte sich stöhnend, hob ein Päckchen vom Boden auf und gab es ihm. Ohne es lange anzusehen, verschwand er damit in seinem Zimmer. Es war flach und kaum vierzig Zentimeter lang. Die Anschrift mit seinem Namen war mit der Hand geschrieben. Er riss das Packpapier ab und öffnete vorsichtig die Pappschachtel, die zum Vorschein kam.

Darin lagen mehrere mit der Hand beschriftete Briefbogen und die Kopie eines Personalausweises. Als er sie hochhob, sah er darunter eine zugeklebte Tüte aus durchsichtigem Plastik, in er eine Pistole lag. Eine Walther PPK, wie er mit einem Blick sah. Er begann zu lesen.

„Ich gebe zu, den Architekten Klaus Nowak durch eine Verkettung unglücklicher Umstände erschossen zu haben. Die Tatwaffe liegt bei…"

Er las den gesamten Text. Es war genau der Vorgang, wie ihn Julie geschildert hatte. Sie hatte das Ganze unterschrieben und ihren Ausweis kopiert. Dass es sich um die

Tatwaffe handelte, konnte ein Ballistiker ohne Schwierigkeiten feststellen.

Er ließ sich in seinen Sessel fallen. Nachdem die Gedanken für ein paar Minuten wie ein Vogelschwarm in seinem Kopf hin und her schwirrten, griff er zu seinem Handy und wählte eine altbekannte Nummer. Der Teilnehmer meldete sich sofort. Corvin räusperte sich.

„Andi? Kannst du bitte so schnell wie möglich kommen? Ich muss dir etwas zeigen. Und ich gehe davon aus, dass ihr Kalle heute Nachmittag noch laufen lassen müsst."

Andi war in einer halben Stunde bei ihm, hörte sich Corvins Bericht an und nahm alles an sich. Zwei Tage später kam die erlösende Nachricht.

„Du hattest recht. Es ist alles überprüft, auch die Details, die nur der Täter kennen konnte. Kalle ist schon seit zwei Stunden wieder auf freiem Fuß. Er hat Anspruch auf eine Haftentschädigung. Und noch etwas. Wir haben den BMW gefunden. Er stand einige hundert Meter weit entfernt von der alten Villa. Oder von dem, was noch übriggeblieben ist. Er stand direkt am Moor. Von der Halterin fehlt jede Spur. Wenn sie ins Moor gelaufen ist, dann werden wir sie so schnell nicht wiederfinden."

Corvin merkte, wie sein Hals trocken wurde.

„Und? War etwas im Auto? Etwa im Kofferraum?"

„Nein. Der Wagen war leer. Warum fragst du?"

Corvin atmete tief ein.

„Nur so."

Er lehnte sich zurück. Warum hatte sie das getan? Hatte sie Angst gehabt vor der Strafe, die sie erwartete, nachdem sie ihre Schwester gerächt hatte? Und trotzdem hatte sie es geschafft, vor ihrem Tod noch alles in Ordnung zu bringen. Das Leben konnte schon verdammt grausam sein.

Vier Wochen später kam Corvin freudestrahlend mit einem kleinen Bastkörbchen in die Küche.

„Lilo, schau mal. Zehn Eier haben sie gelegt. Und alle vom Feinsten."

Lilo strahlte ebenfalls.

„Siehste, hab ich doch gesagt. Wenn man sie zuvorkommend behandelt, dann geben sie auch was zurück."

Sie wollte gerade in die Speisekammer gehen, als sie sich plötzlich umdrehte.

„Ach, hätte ich schon wieder fast vergessen. Da ist eine Postkarte für dich gekommen."

Sie griff in ihre Schürzentasche und zog eine Ansichtskarte hervor.

Auf dem Foto war eine Landschaft in Spanien zu sehen. Er drehte sie um.

Die Schrift erkannte er sofort.

„Danke für alles", las er, „man sieht sich. J."

Corvin ließ sich auf den Stuhl fallen.

Die Frauen, dachte er. Verstehen werde ich sie nie.

Die Personen

Enrico (Erik) Corvin:
ehemaliger Hamburger Kripomann mit Wurzeln im
Wendland und ambitionierter Rockgitarrist

Andreas (Andi) Feindt:
Corvins Freund und Ex-Kollege bei der Polizei

Lieselotte (Lilo) Lorenz:
resolute und trickreiche Haushälterin

Karsten („Kalle") Hoppe:
unter Mordverdacht geratener Bassist in
Corvins Rockband

Paloma:
geheimnisvolle rechte Hand eines ehemaligen
St. Paulianers

Klaus Nowak:
Schönling mit vielen Talenten

Corinna Harms:
trauernde Witwe mit auffällig roten Haaren

Ernst (Ermel) Meldorf:
Corvins alter Kumpel aus St. Pauli mit handfesten Ideen

Simone Wendler:
Boutique-Besitzerin mit verzweigten Geschäftsinteressen

Frank Matthes:
Wirt im Wendenhof

Beatrix Matthes:
seine Frau mit holländischen Wurzeln

Klaas Vormann:
Landwirt und Anekdotenerzähler

Die Wendland-Krimis
im Ellert & Richter Verlag

Rolf Dieckmann
Es sind Wölfe im Wald
Der Wendland-Krimi
Erik Corvins erster Fall
272 Seiten
978-3-8319-0740-3

Ein Bogenschütze jagt in den tiefen Wäldern des Wendlands. Doch nicht auf Wild hat er es abgesehen, sondern auf Männer mit einem dunklen Geheimnis, die qualvoll durch seinen Pfeil verenden. Kriminaloberkommissar Erik Corvin, der sich von Hamburg in seine alte Heimat nach Dannenberg versetzen ließ, steht vor einem Rätsel, denn zunächst ist ein Zusammenhang zwischen den Opfern nicht zu erkennen. Gleichzeitig beunruhigen Attacken des wieder heimisch gewordenen Wolfes den sonst so beschaulichen Landstrich. Durch seine Recherchen kommt Corvin den Zusammenhängen nicht nur auf die Spur, sie verändern auch sein ganzes Leben. Die Lösung dieses mysteriösen Falls findet er überraschend auf einer Insel weit im Süden ...

Erik Corvins zweiter Fall

Rolf Dieckmann
Kalthaus
Der Wendland-Krimi
Erik Corvins zweiter Fall
248 Seiten
978-3-8319-0751-9

Eigentlich will der ehemalige Kriminaloberkommissar Erik Corvin nichts mehr mit Ermittlungen zu tun haben, nachdem er den Beruf des Polizisten endgültig an den Nagel gehängt hat. Aber das spurlose Verschwinden einer jungen Frau aus adeligem Haus und die traurigen Augen ihrer Freundin reizen die Sinne des Spürhundes. Außerdem muss er in eigener Sache ermitteln, denn woher stammt der Plastiksack voller Geldscheine, den jemand auf seinem Hof versteckt hat? Und welches Geheimnis hütet die gepiercte Schönheit mit der widerborstigen Punkerfrisur, die sich in einem seiner schwachen Momente bei ihm einquartiert hat? Bis Corvin die Zusammenhänge erkennt, steckt er bereits mitten drin und steht einigen Leuten erheblich im Wege.

Erik Corvins vierter Fall

Rolf Dieckmann
Gepenster
Der Wendland-Krimi
Erik Corvins vierter Fall
280 Seiten
978-3-8319-0834-9

Eigentlich will der Hamburger Expolizist und Hobbyland-wirt Erik Corvin nur herausfinden, wohin seine Hühner verschwinden. Darum stellt er eine Wildkamera auf, die den Dieb auf frischer Tat ertappen soll. Doch die Kamera zeichnet ein Geschehen auf, das Corvin sich zunächst nicht erklären kann. Dann ist da noch diese Frau, die glaubt, ein Mörder verfolge sie, und deren Mann behauptet, sie sähe nur Gespenster. In einem alten Bauernhaus spukt es, ein geheimnisvoller Engländer ist auf der Suche nach einem verschwundenen Landsmann und ein Erpresser droht, die „Kulturelle Landpartie" in die Luft zu sprengen. Die Ereig-nisse überschlagen sich und Corvin merkt langsam, welche Zusammenhänge da bestehen. Diese Erkenntnis kommt sehr spät, fast zu spät. Denn inzwischen ist er selbst ein Störfaktor, der beseitigt werden soll.

Erik Corvins fünfter Fall

Rolf Dieckmann
Zirkusblut
Der Wendland-Krimi
Erik Corvins fünfter Fall
288 Seiten
978-3-8319-0857-8

Als das Paar, das den alten Hof gekauft hat, auch noch einen Teich anlegen will, macht es eine grausige Entdeckung. Um ihr Projekt aber nicht zu gefährden, lassen sie den Fund einfach verschwinden. Eine falsche Entscheidung, wie sich bald herausstellt. In ihrer Not bitten sie Erik Corvin, den Ex-Polizisten aus Hamburg, der sich im Wendland zur Ruhe gesetzt hat, um Hilfe. Doch der ist nur mäßig interessiert, hat er sich doch selbst in eine heikle Situation gebracht. Weil er sich mit einem Zirkus, der auf seiner Wiese die Zelte aufschlagen durfte, einen Kindertraum erfüllt hat. Doch schnell wurde aus einem Traum ein Albtraum. Weil hinter den Masken der so liebenswerten Zirkusleute ziemlich dunkle Seiten zum Vorschein kommen. Und dann ist da noch diese geheimnisvolle Frau, die wie ein Schatten aus Corvins Vergangenheit auftaucht und ihn in einen kriminellen Sumpf hineinzieht…

Erik Corvins sechster Fall

Rolf Dieckmann
Die Hexen von Polkwitz
Der Wendland-Krimi
Erik Corvins sechster Fall
256 Seiten
978-3-8319-0877-6

Als der Hamburger Ex-Polizist und Rockgitarrist Erik Corvin mit seiner Band für einen „Tanz in den Mai" gebucht wird, glaubt er noch an ein Partyevent, wie es davon viele in dieser Nacht gibt. Doch in Polkwitz, einem vergessenen Dorf an der Ostgrenze des Wendlands, ist alles ein bisschen anders. Denn hier feiert man die Walpurgisnacht. Eine Nacht, in der die Hexen ekstatisch ums Feuer tanzen und verzückt auf das Erscheinen des Teufels warten. Was er zuerst für Hokuspokus hält, entpuppt sich bald als blutiger Ernst. Er muss feststellen, dass die Mischung aus Aberglauben, Esoterik und schwarzer Magie in allen Bevölkerungsschichten unauslöschlich vorhanden ist. Dass es gute und böse Hexen gibt, die sich äußerlich nicht voneinander unterscheiden. Und dass nichts so ist, wie es auf den ersten Blick scheint.

Der Autor

Rolf Dieckmann freier Journalist und Autor, hat viele Jahre für Zeitungen und Magazine gearbeitet. Die längste Zeit für den stern.

Sein erzählerisches Debut lieferte er mit zwei Romanen aus der Toskana um den charismatischen Spieleerfinder Robert Darling. Bei Ellert & Richter sind neben „Die Frau aus dem Moor" seine Krimis „Es sind Wölfe im Wald", „Kalthaus", „Gespenster", „Zirkusblut" und „Die Hexen von Polkwitz" lieferbar.

Er wohnt im Wendland, wo sein altes Bauernhaus im Laufe der Zeit immer mehr zum Lebensmittelpunkt geworden ist.

**Bibliografische Information der Deutschen National-
bibliothek**
Die Deutsche Nationalbibliothek verzeichnet diese
Publikation in der Deutschen Nationalbibliografie;
detaillierte bibliografische Daten sind im Internet über
http://dnb.d-nb.de abrufbar.

ISBN 978-3-8319-0800-4

© Ellert & Richter Verlag GmbH, Hamburg 2021
2. Auflage 2025

Borselstr. 16 C, 22765 Hamburg
info@ellert-richter.de

Titelfoto: © Lario Tus/Shutterstock
Text: Rolf Dieckmann
Covergestaltung: BrücknerAping Büro für Gestaltung,
Bremen
Gesamtherstellung: CPI books GmbH, Leck

www.ellert-richter.de
www.facebook.com/EllertRichterVerlag
www.instagram.com/ellert_richter_verlag